各方赞誉

威廉·格拉斯顿的小说《12》通过追随一个人的旅程,从而发现了关于古玛雅"世界末日"预言背后的秘密和真相。

——《出版者周刊》

从技术上讲,这本小说在一定程度上借鉴了作者自身的生活,并且混合了各种现实和历史的题材。结果就是,你永远不知道(直到未来的某年开始进行研究)什么是真实,什么不是……所以它看起来就是真实的。小说与现实进行了有效的无缝连接。

如果你对2012年12月21日的玛雅预言感兴趣,或者你经常感到你有一种"特殊的"使命需要去完成,你就一定会喜欢《12》。

——《探索平衡》(Quest For Balance)

在小说中,威廉·格拉斯顿怀有一个全球性的希望——他预言了一个积极的世界,改变了灾难性的结局。作为一个毕业于哈佛和耶鲁的成功商人,威廉把自己当作了麦克斯的原型。

《12》展示的核心宗旨,是引导读者开始自己真正有价值的人生历程。深层次而言,这本小说也是走向2012年的现实与精神指导。小说的高潮与很多科学和至灵机构的预言同步,那就是2012年对人类的真正意义——"世界末日"可以是地球上人类自我意识的一次改变和突破。

——《Ode杂志》(Ode Magazine)

这是一本鼓舞人心的奇妙作品。格拉斯顿对于"世界末日"的乐观解释,让我们对未来有了一种耳目一新的认识。而我们知道的许多学者和作者都将他们的悲观情绪投射到了当今世界的事件上,从而让我们对未来形成了一种夸张的沮丧认识。

他对于许多古怪人物的生动描述极具娱乐性,使得阅读他的书成为一种真正的享受。这个故事不仅吸引人，而且充满了思考和乐趣，他带领着读者进行了一趟迷人的冒险之旅。世界上无数看起来毫无关联的、偏远的、不寻常的角落，在书中有了一种深层次的联系。通过小说主人公在旅途中跌宕起伏的一生，暗示了他不同寻常的命运，启发读者思考自己的人生目标——即使是最微不足道的时刻，也有可能会变成比我们自己计划或者想象的任何时候都具有更深刻的影响。

——基思·哈拉里博士

高级心理研究所执行董事，《你以为你是谁》作者

我非常喜欢《12》这部小说，我正在琢磨 MySpace 也用一些创新的方式来链接你和小说。这真是一本很棒、很及时的书。

——汤姆·安德森：全球社交网站 Myspace 的创始人兼总裁

无法停止阅读。《12》是一本有关命运的书，没有什么能够阻止它的前进。

——康斯坦斯·凯尔劳

埃克哈特·托利《当下的力量》加拿大最早的出版商

我读了两遍《12》。第一遍的时候，我从一个编剧的角度来看，我一边阅读一边将其视觉化，这将是一部非常伟大的电影。第二遍我完全是觉得小说太有意思，它使我产生新的想法。我不记得我上一次如此喜欢阅读一本小说是什么时候了。太棒了！

——威廉·弗勒利希

电视编剧和制片，作品有《迈克尔·汉默》《侠骨柔情》和《玉面飞龙》

十分欣赏《12》，相信我的听众也一样。

——汤姆·哈特曼

美国国家辛迪加电台脱口秀节目主持人，每日拥有 300 万听众

《古代阳光的最后余辉》作者

《12》恐怕是我所读过的最有力的书了，它让我想起我第一次读埃克哈特《当下的力量》时的感觉。我在那本书还没有成为畅销书的时候就告诉埃克哈特,《当下的力量》是一部特殊的非常满足需求的书,我现在对《12》也有着同样的感觉。它让我想起《圣境预言书》,但是它传递的精神信息更加具有时效性并且更有力量。人们迫切需要读一读《12》,它必会感动那些从未发现这本书能够如此轻松和完美地探讨基本精神信息的数百万人。

——凯瑟琳·吉萨:畅销书作家

《12》的前三章简直是大师之作。从文学上讲,开始部分绝对是完美无瑕的,特别是和玛丽亚的关系的描述。这真是一本大师水准的文学作品,太棒了……整本书都让我爱不释手。

——桑托斯·罗德里格斯

西班牙马德里 Nowtilus 出版公司的创始人和出版商

作品表现出罕见的纯熟。

——琳达·迈克纳布:作家,"宽恕"工作室的领导者

我又哭又笑,就是不能放下《12》。如此深厚的精神真理,如此感人的故事。麦克斯就是我们每一个人。

——康拉德·岑硕:作家,加拿大的精神导师

麦克斯在《12》中的旅程,把我们带到了自我旅程和潜能的内在真理面前。《12》就像是一曲乐章,我在阅读之后很久,那种振颤的感觉都还在,它令我回到那些故事中,并深刻影响着我——一个美丽的心灵,释迦牟尼般的幻像。想象一本播放着音乐的书,就像是约翰·列农的歌。

——薇薇安·格林

"吻"和其它销量超过 1 亿 5 千万美元的贺卡系列的作者

真正的手不释卷,我不能将它放下。

——罗伯特·霍尔特:畅销书《耶稣受难日》作者

我昨天读了《12》,喜欢书中的每一刻。多么伟大的故事,多么伟

大的传达如此深刻信息的方式。《12》以如此聪明的方式探讨世界各地不同的宗教、不同类型的圣人、不同的圣地。从佛教到印度教到基督教再到科学冲浪,从富裕到贫穷,从年轻到年老,从大城市到乡村,很多不同类型的人被连接起来并被带入故事。如此出色地组织起来的故事,真是令人叹为观止,那里有一个真正的宇宙。

麦克斯是一个可信赖的人,故事带着这么多娱乐性的角色和消遣快速发展,这些事实掩盖了一个深刻的普世真理,那就是我不过是一个读者。我非要读第二遍不可。

——尼尔玛拉:作家,亚利桑那州塞多那的精神导师

我一口气看完《12》。仅仅几个小时后,这些情节、行动和人物就闯入了我的内心,实在令人惊叹。

——道格·梅努埃茨:专业的商业和艺术摄影师

这个故事具有超强的力量,一个滴水不漏的故事!

——谭熙烈:锐步前 CEO,
雅达化妆品董事长的顾问,慈善家和演说家,《登天》的作者

《12》是一个关于拯救和宽恕的真实故事,是每个人都应该分享的。这本书具有高度可视性,以致于我可以看到每一页纸上展开的行动,我感觉我就在每一个具有异国情调的场景里。而结尾却是壮丽的。

——盖尔·纽豪斯:治疗师,网页设计师和
PLANETCHANGE2012.com 的共同创始人

我真是喜欢《12》这本小说。首先,我自己生活、学习和旅行过50个国家,给许多参观世界各圣地的人做导游。小说精妙地提及了其中的许多地方,更是充分描述了亚利桑那州的塞多那。

更重要的是,本书的精神信息非常强大,相信每个读者都会喜欢它。

通向墨西哥的大结局的线索构造得十分精美。人物有趣而纯朴,主要人物的全球行动是真正意义上的冒险。

——丹尼斯·安德烈斯:"塞多那先生",世界各圣地的导游

THE TWELVE

目 录

前 言

2012这一年，曾被玛雅历书宣告为“终结之日”。无独有偶，霍皮族和神秘的西藏也有类似的远古传说，此外，就连利莫里亚和亚特兰蒂斯神话（许多人相信它们传承着古代文明的智慧）也都指出：2012是几千年以来人类文明的终结——抑或新生。

基督教对人们宣扬着“人间天国”，但却也预言着“末日审判”的那一刻。不仅基督徒在盼望着他们的救世主，在许多土著民族的宗教信仰中，同样预言着我们这个星球将通过某种神奇的方式而改变形态。

所有这一切，都与2012——这个神秘的年份有关。

如果你翻开这本书，在阅读的时候感到莫名紧张，那么毋庸怀疑，你正是那些“被选中的人”之一。也许当那“终结之日”到来之时，你将决定它究竟意味着地球的毁灭，还是人类文明的改头换面，重获新生。

第 *1* 章
大爆炸

1949 年 *3* 月 *12* 日

发生在 1949 年 3 月 12 日这一天的“大爆炸”，并非斯蒂芬·霍金和许多科学家所描述的“宇宙诞生”的过程，而是麦克斯·多弗的诞生过程。

时间是一个繁星密布、天色爽朗的冬夜，确切地说，就在 23 时 11 分 45 秒。而地点则在纽约市郊外的泰利镇上，再确切地说，是在祝福大道旁的一处牧场风格的平房卧室里——赫伯特·多弗和他的太太简刚刚经历了结婚多年来最快乐的一次肌肤之亲。

对于赫伯特来说，这次欢愉持续了 14 秒钟。

而对于简，刚才的感觉则有着更多的意义。当她的身体和心灵都为海浪般的幸福感而深深颤栗的时候，一种“灵魂出壳”的感觉袭击了她。她发现自己被大团炫目的紫色和蓝色包围着。

时间仿佛静止了，她陷入了彻底的沉醉之中。在简的一生中，她从未有过这样的经历，而在此时此刻，她很清楚一件事：她和她的丈夫共同创造了一个孩子。对此，他们期盼已久。

赫伯特和简已经有了一个 18 个月大的儿子，名叫路易斯。这孩子出生的时候，被脐带缠住了脖子。经过医护人员的精心治疗，路易

12

斯才在人生第一次创伤中幸免于难。

但从此开始,路易斯就变得暴躁、易怒、多动而难以自控。对于简来说,幸运的是赫伯特开了一家成功的出版公司,他雇得起一个全日制保姆来帮她照顾孩子。但即使如此,路易斯仍然是一个棘手的难题。所以,他们很渴望有一个正常的孩子。

时间推移,到了 1949 年 3 月 12 日的 23 时 12 分。赫伯特心满意足地放松下来,并有些惊异于简的反应。她还在全身心地体验着他所无法了解的极乐感觉,而他则紧紧地抱了她 3 分钟。

阿根廷作家博尔赫斯曾经写道:当一对男女完美无缺地爱过一次后,整个宇宙也会为之改变,而这对情侣也将幻化成为世上的所有男男女女。中国有人也曾将密宗的悟道之法称为“欢喜”,坚信两人之间纯洁无暇的爱将会最终拯救人类,并将世上万物带入极乐世界。

可惜据他所知,世上并没有那样完美的情侣,也没有那样忘情的爱。

" " "

1949 年 12 月 12 日,下午 4 点过 5 分,麦克斯·多弗呱呱坠地。他出生的时候睁着双眼。

有了生路易斯时的前车之鉴,简在这次被建议采用剖腹产。母亲被割了一刀,却令孩子来到人间的道路畅通无比,这也间接形成了麦克斯那种比较温和的性格。

然而,一片乌云却从麦克斯降生伊始,就悬在他头顶了。这就是他的哥哥路易斯。路易斯此时 27 个月大,已经强壮到了足以对弟弟构成威胁。

" " "

在麦克斯降生后的第三天,赫伯特和简把他带回了家,放在主卧的大床上,介绍给路易斯。

他们还没来得及反应,路易斯便抓住了麦克斯,卡住他的脖子,开始用力挤压。从震惊中苏醒过来后,简赶紧制止了路易斯的索喉手，把他推开，而赫伯特则去护卫住了新生儿。

没能得逞的路易斯发出一长串的尖叫，并开始用拳头殴打赫伯特和简。夫妇二人只好一起把他从卧室抱了出去。

这就是哥哥给予麦克斯的热烈欢迎。麦克斯逃过了这一劫，但后面还有持续不断的新节目在等着他呢！他很快发现，这种经常性的暴力攻击总是针对他一个人的。

而除此之外，他的生活可谓是无忧无虑，他也长成了一个心性平和的孩子。

麦克斯是个可爱的小男孩，他长着棕红色的头发，又长又黑的睫毛，深棕色的眼睛，五官比例也近乎完美。他一笑起来更加可爱，而他大部分时间都是笑着的。

他的身材不胖也不瘦，比例非常完美。尽管身架子还没长开，但小小的脚踝和膝盖已经既强壮又善于运动了。

麦克斯对陌生人毫无防备之心，似乎相信每个人都对自己抱有爱和善意——除了路易斯。而婴儿期的成长经历也证明，他确实需要对这位兄长怀有戒心。

然而，出于某种莫名其妙的原因——也许是因为路易斯的攻击，也许是因为某种遗传问题——麦克斯的语言能力没有像普通孩子那样正常发展。他能够像其他孩子一样发出各种声音，但却没法将这些声音变成词汇。

不过，麦克斯看起来能够听懂人们所说的话，并且拥有一种类似于心电感应的能力，可以与妈妈进行交流。就连经常折磨他的哥哥路易斯，他也可以用这种方式与其沟通。但他与外界的交流方式仅限于此。

这种情况可给哥哥提供了欺负他的大好机会。

“蠢货，从厨房给我拿块儿甜饼来。”路易斯会这样命令他。

“嘿，小傻子，过来，要不你可有麻烦啦！”有时候则是这样的叫喊。

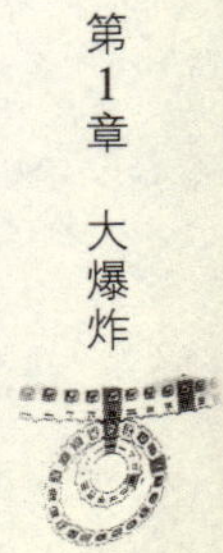

路易斯觉得自己很聪明，可以创造出“蠢货”和“小傻子”这些外号。但赫伯特和简规定，不准叫麦克斯蠢货——起码是他们在场的时候。夫妇二人勉强认可了“小傻子”这个称谓，并徒劳地希望路易斯有一天会自己说腻了。

而在父母不在场的时候，路易斯可就不管那套文明礼貌的规定啦！他通常会这样说：“如果你不把那辆小卡车给我拿来，蠢货，我就把你打成肉酱。”或者：“滚蛋，蠢货。”

” ” ”

从语言的障碍上推断，赫伯特和简认为儿子也许在心智的发育方面出了问题。麦克斯 4 岁的时候，他们决定给他雇一位语言方面的治疗师。出乎意料，那位治疗师很快发现，麦克斯是个聪明绝顶的孩子，他似乎能够理解任何东西。

果不其然，麦克斯不到 6 岁的时候，终于说出了人生中第一句完整的话，并且展示了远远超过他这个年纪的语言能力。那天的景象简直像魔术一样，麦克斯轻而易举地开口了。

“我想，今年夏天咱们去玛莎的葡萄园时，可以租一幢带池塘和小船的黄屋子。”他说，“去年去的时候，我就特别喜欢在湖上划船，真希望每天都可以到那儿去。”

从震惊中醒过来后，赫伯特和简简直高兴过了头。

与此同时，麦克斯在智力测验中取得了极其高的分数，把父母心里的担心彻底打消了。

赫伯特和简为这一连串事情又惊又喜，而路易斯心中则愤恨不已。他对弟弟的折磨越发变本加厉，成了麦克斯童年时代的天敌。

” ” ”

从一开始，麦克斯仿佛就知道人的生活是有目标的，而命运的每一个音符则要靠自己去谱写。这种信念并非什么成形的思想，而是在出生之际头脑中便固有的某种信念。

而且对于孩子来说，内心世界就像一个秘密的游乐场，那里充满了美和高雅的事物。这令麦克斯倍感幸福。

麦克斯学习任何知识的时候都毫不费力,而最令他情有独钟的,则是数学王国中蕴含着的奇妙和美感。他在数学方面显现出了不可思议的能力,那些数字在他小小的头脑中旋转,如同具有颜色和生命一般令他着迷。甚至在学会说话以前,他就已经能在心里默算三位数的乘法了。

在麦克斯的头脑中,数字还能够通过三维的几何形式体现。他想象着无数个“盒子”被放来放去:垂直的、水平的、沿着切线方向的……他还想象着每个盒子就是一个独立存在的宇宙,并且思考着这些“宇宙”的形状、方向、起始和结束的所在,以及集合在一起的“宇宙”之间的关系。

这种小游戏给了麦克斯极大的快乐,也是他在生活中做得最多的一件事。然而,他仍然需要经常提醒自己:生活可不这么完美。

那就是路易斯。

尽管从哥哥那儿遭受过如此多的暴力和虐待,麦克斯仍然认为路易斯是他最好的朋友。在冥冥之中,仿佛有种神秘的联系存在,让麦克斯深爱着自己的哥哥。毕竟,他们的记忆中有一个共同的天堂——那就是母亲的子宫。

自从降生伊始,麦克斯仿佛就习惯了眼前的世界。他确信,这正是自己想来的地方。这令他的性格平和。

与此相反,路易斯却痛恨别人把他从幸福的子宫里赶出来,而且这个世界送给他的见面礼竟然是一次致命的脐带捆绑。因此,他回敬给生活的是踩踏,是尖叫,以及无休无止的叛逆。

麦克斯没有经受过同样的痛苦,这更让路易斯愤怒。他决定采用暴力和恐吓,将弟弟的生活也变得和自己一样可怜。在整个幼儿时期,路易斯都常常这样攻击麦克斯:把他按到地板上,让他窒息。而当麦克斯开始哭的时候,路易斯又能立刻撤退,当大人跑过来的时候,他已经逃到安全的地方去啦!因为这个伎俩,父母甚至都意识不到路

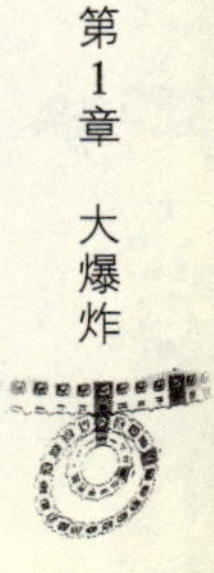

易斯的暴力倾向有多么严重。偏偏那时的麦克斯又不能说话，父母就都被蒙在鼓里了。

最后，麦克斯学会了装死。他明白，如果不拿出这招儿，自己绝对无法逃脱那无休无止的折磨——每当被激怒的时候，路易斯都会爆发出超人的力量，就连大人都不能轻易制止他。

因此，尽管天性乐观，麦克斯也开始为这种接连不断的暴力困扰不已了。他从来就没在家里感到过安全，而且他明白，不管自己在学校和其他方面取得什么样的成功，只要一回到家，就必须忍受哥哥的暴力。

随着路易斯的暴力攻击越发变本加厉，麦克斯曾经认真地考虑过结束自己的生命。只要一死了之，就可以逃离无休无止的虐待了，他想。

7岁的时候，他甚至真的打算用一把黄油刀刺进自己的肚子。当时他悲哀地想，与残酷的外界生活相比，自己内心深处的秘密世界是多么丰富多彩啊！在那里，他可以存在得如此真实。而恰恰是内外两个世界之间的巨大差距，让他这么小就有了厌世的情绪。

麦克斯打定了主意，拿起了刀子。

幸好，正当刀刃快划到肚皮的时候，他突然回忆起了婴儿时代听到过的、内心深处的、神奇的声音。他把刀子扔到了一旁，并在那一刻清楚地认识到，自己的生命还有目的——甚至可以说是一个任务。就算生活中有重重阻碍，他也要鼓起勇气去面对，走完自己的路。

此后，他也学会了如何从哥哥的锁喉手下逃脱。

〃 〃 〃

作为一个孩子，尽管语言的表达还有点障碍，麦克斯仍然在各种团体活动中展示出了卓越的领导才能。

随着年岁越长越大，他在学校里功课出色，任何学科都学得非常好，并且真的从学习中体会到了乐趣。他也很擅长体育，12岁就获得了韦斯切斯特县50米短跑的冠军。对于这一点，麦克斯还曾自嘲：这可是拜路易斯所赐。要不是经常需要从哥哥的手底下逃跑,他才跑不了那么快呢!

八年级毕业时，他取得了全校第一名，此外还当选了学生会主席,担任橄榄球、摔跤和棒球队队长。他仿佛有着非凡的预判能力,能提前知道球或对手的运动方向，并且总是能在恰当的时机出现在恰当的位置,在运动场上很少犯错。

他希望自己能在任何方面都做到完美。确实,他也做到了。并且,这种愿望也没给他造成过焦虑——拥有一颗平常心，这可是大多数孩子都做不到的。

毫无疑问,他被父母视为掌上明珠。还得感谢父亲赫伯特的大好事业,他自小就不必为物质方面的事情发愁。所以,尽管来自哥哥的暴力折磨也在与日俱增,麦克斯仍然顺利地度过了他的少年时代。

然后,当他 15 岁的时候——确切地说,是 1965 年的 2 月 19 日,一个星期二的下午 3 点 15 分，地点在霍华德·格雷医生的办公室里——麦克斯·多弗死了。

第 2 章

麦克斯·多弗之死

1965 年

在那个命中注定的 2 月午后,确切地说是下午 2 点 44 分,简和她的儿子麦克斯到达了泰利镇综合医疗中心。天气很冷,空地上布满积雪——不是干净新鲜的雪,而是融化之后又冻上的残雪。

大部分路面还算干净。经过了此前的洒盐和铲雪,现在地上覆盖着一层又薄又脆的灰尘。无论是从视觉上还是听觉上说,这景象都令人索然无味。

但路面上没有雪总归是好事,简·多弗可是个差劲的司机。只要握着方向盘,她就全无自信。而且两年前,她刚刚经历了一次惨痛的车祸——那件事改变了她的一生。

" " "

简·莱夫蔻维茨是个美丽的女孩。她高 5 英尺 5 英寸,皮肤和身材都很完美,有着一头柔软得难以置信的黑色卷发,还有一双黑色的大眼睛。自然,她的笑容也很有魅惑力,让人难以抗拒。每当看到她,人们都会想起二十世纪二三十年代的那些电影明星——比如玛丽·

碧克馥(Mary Pickford)[①]和诺玛·希拉(Norma Shearer)[②]。

年方16的时候,她曾经陪伴24岁的姐姐莫娜坐船前往古巴。她们一家都是俄国移民,莫娜在三个女儿中排行老大。她远不及简美丽,因此总是被人视为交际场上的配角,似乎不大有机会找到金龟婿了。但那是在1939年,而她父母又是从“旧世界”来的老古板,因此她必须第一个结婚——否则妹妹们也得受她的拖累。

俄国来的家庭就是这么古板,或者说,最起码莱夫蔻维茨家族就是这样。

简的父亲阿诺德·莱夫蔻维茨是个卖鸡蛋的,他带着一家人苦哈哈地生活在新泽西的纽瓦克。因为这个职业,他的太太格拉迪斯可没少看不起他。其实,阿诺德是个深邃、智慧的男人,而且精通犹太律法,获得了全世界拉比的尊重。但饶是如此,却仍然无法补偿格拉迪斯所受的“委屈”。她觉得她跟阿诺德结婚,纯属“下嫁”。

在欧洲,格拉迪斯的娘家可是拥有自己的商店的,而且她爸爸还是个相当有名的内科医生呢!因为这样的家庭出身,格拉迪斯认为自己是个见多识广的女人,各方面都要比自己谦逊的丈夫强多了。

格拉迪斯从来不工作,但却是个出色的管家婆。她管理着丈夫挣来的每一个子儿。尽管这次旅行花销巨大,但她还是打开了厨房冰箱的第三级抽屉,找出她为“不时之需”而偷偷准备的存钱罐,凑足了这笔钱——这也几乎耗尽了家里的小金库。有了妈妈的倾囊相助,不仅是莫娜,就连简也有机会享受这次从纽约港到古巴的哈瓦那为期10天的航行之旅了。

---

① 玛丽·碧克馥(Mary Pickford,1892—1979):美国早期的电影明星,极盛时期曾是全世界最富有、名气最大的女人,也是“联艺”影业公司的创立成员之一。自从有了玛丽·碧克馥,就有了“美国甜心”这个词。1928年以《卖得风情》一片获奥斯卡最佳女主角奖,1975年获得奥斯卡特别荣誉奖。——编者注(全书未标明注释者一律为编者注)

② 诺玛·希拉(Norma Shearer,1902—1983):美国早期的电影明星,1923年被米高梅公司的制片人欧文·索尔伯格发掘,1925年起担当主角。她先后以《他们的私欲》、《弃妇》、《自由花》、《闺怨》、《铸情》、《绝代艳后》六获奥斯卡影后提名,其中《绝代艳后》荣获1938年威尼斯电影节最佳女演员奖,并以在《弃妇》中的出色表现于第三届奥斯卡中最终问鼎。

简的任务只是给姐姐做个伴，让后者不感到旅程孤单。尽管如

12 此，对于简来说，这趟旅行仍然不失为一次开阔眼界的好机会。她曾经有很多梦想，环游世界就是其中一个。此外，她还梦想过当一个女作家，以及到英国德文郡的乡间小屋去过诗情画意的生活。

而且从家庭的方面考虑，让莫娜独自旅行也是不合适的。在那个时候，姑娘家一个人出远门难免会招来飞短流长。

这可是必须严肃对待的事情。

尽管没人敢说出这个词儿，但这次旅程明显是莫娜的“结束单身之旅”，她必须在途中认识一个合适的男人。女大当嫁，剩下的时间可不多了，莫娜的婚事一旦搞定，简和另一个姐姐米丽亚姆的婚事便可以提上日程啦！

在旅行途中，船上的那些单身男女都可以自由地交往，这是安排好的“节目”。而船上举行第一次宴会的时候，简和莫娜被分配到了船长那一桌。

赫伯特·多弗那年24岁，恰恰和莫娜同龄。他短小精干，相貌英俊，有着一头又黑亮又稠密的头发，褐色的眼睛闪闪发光，时常露出调皮的眼神。因为有点暴饮暴食，他的身材稍稍有些发胖，但却也显得颇为结实。在那次宴会上，他也被分配到了简和莫娜那一桌。

* * *

赫伯特曾经从事过化学方面的研究工作，并希望自己能成为一名伟大的科学家。但事与愿违，他所就职的联合碳化公司实验室发生过一次爆炸事故。在爆炸中，他耳朵受到了损害，从此就有点儿失聪了。为了让他恢复心情，公司给他放了6个月的带薪假。

在假期里，赫伯特参加各种球类比赛，和婀娜多姿的姑娘们约会，另外也有时间去处理一些事务性的问题——比如更新驾驶执照。

这件事却成了他职业生涯的转折点。

赫伯特发现，和驾驶考试有关的培训手册在市面上供应短缺。而他恰好有大把的空闲，正好可以利用这段时间印制一些，卖给那些准司机。

在笔试中不及格的大有人在，这些人都得重新申请驾照。赫伯特雇佣了一个秘书，把培训手册打印出来，油印了100份。出于“为客户着想”的态度，他还在这些小册子里添加了多项选择题的答案。

然后，赫伯特就来到曼哈顿证件申领局的门口，迅速把他的手册卖了个精光，价格是1美元一份。于是，他又印了1000份，雇佣了几个朋友和学生，在整个纽约范围内出售这些手册。每卖出一份，那些售货员都可以拿到25美分的提成。

这个买卖持续了几个月，赫伯特每个礼拜都能积累几千美元的利润。在1930年代中期，这算得上赚得盆满钵满了，比他当个化学家要富裕得多。

那段时间，美国正在竭力从大萧条中摆脱出来，失业率仍然居高不下。对于很多人来说，参军也不失为一个解决就业问题的出路。而入伍军人在军队中的薪水以及继续接受教育的机会，都取决于他在入伍考试中取得的成绩，在这一轮的“考试经济”中，赫伯特又发现了一个造福他人、致富自己的机会。

他把那些最基础的数学和英语问题综合在一起，印制了一套练习册，命名为“入伍考试练习题”。由此，赫伯特向他人生中的第一个百万美元迈进了。

在1938年，100万美元可真是一个天文数字，一个单身汉如果不是肆意挥霍的话，一辈子也花不完这笔巨款。但赫伯特恰恰是个大手大脚的人，他喜欢高水准的生活——奢华的美食，好酒，美女相伴——而这最后一条，正是他参加此次旅行的原因。

他曾经和一个名叫丽莎的金发尤物约会过6个月，而丽莎也期待着他能够给她一枚订婚戒指，从而保证她的一生衣食无忧。但即使赫伯特很喜欢丽莎，却仍然不想娶她。

首要原因，就是他仍然没做好成家的准备。另外，丽莎虽然是个出色的派对明星，却不是那种能让赫伯特安定下来生儿育女的女人。

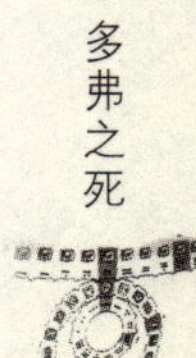

12

尽管主意已定，赫伯特却无法鼓起勇气把自己的真实想法告诉丽莎，于是他就决定逃之夭夭了。这无疑是个懦弱的选择，但他相信自己的消失能够削弱丽莎对婚姻的渴望。至少这样一来，她就不会接着纠缠他了吧——而等时机一到，他便可以回去，继续花天酒地。

于是，他告诉丽莎，自己要去哈瓦那谈生意。动身之前，他还提前写好了相当数量的明信片，留着在古巴寄给她。在那些信上，他会告诉她：自己庶务缠身，生意场上复杂多变，这些都不得不推迟他的归期——起码要多呆6个月呢！

当然，赫伯特还是要回到纽约去的。他希望到那时候，丽莎已经放弃了自己，投入别人的怀抱了。

而当他来到船长那一桌，挨着莫娜和简坐下的那一刻，赫伯特发现自己疯了，绝望了。他彻彻底底地陷入了情网——他爱上了简。

简的魅力如此夺目，让他无法抗拒。而且她虽然知道自己的美，却毫无炫耀的意思。这种气质让她既自信，又随和，令身边的人感到很舒服。赫伯特被深深地吸引了，但在席间，他知道了她的年龄，意识到她的确太年轻了，于是便把更多的精力用来和年龄相仿的莫娜聊天。赫伯特的殷勤自然让莫娜很高兴。

然后，船抵达了哈瓦那。新认识的旅伴们在闷热的街头漫步，参观了海滨浴场和赌场。赫伯特邀请姐妹俩和他共乘一辆马车，在城里游览。他还带她们去看表演，招待她们吃饭，给她们买礼物。在哈瓦那，他们成了不可分割的三人行，而在坐船回去的旅途中，他们也保持着来时的格局，同坐在一张桌子上。赫伯特夹在两个女孩儿中间，看起来好像还更关注莫娜呢！

一回到美国，莱夫蔻维茨一家盛宴迎接了两个女儿，当然，主要欢迎的还是莫娜的潜在男友赫伯特。然而接下来，就是一个令人震惊的消息了——赫伯特希望二老允许他追求小女儿简。

无论是格拉迪斯·莱夫蔻维茨还是莫娜，都无法原谅赫伯特。多年以后，莫娜都已经结婚成了两个孩子的妈了，却还难忘前嫌，坚定地认为赫伯特是个坏家伙——他利用她的感情来接近漂亮的妹妹。

随着年龄渐长，简变得越发美丽，几乎可以用惊人来形容了。1953年，已经成为两个孩子妈妈的她和丈夫一起在摩洛哥马拉喀什的拉莫毛尼亚酒店用餐，恰好温斯顿·丘吉尔就坐在旁边的桌上。刚一看到她，丘吉尔就无法把眼睛移开了。最终，首相做出了他那著名的果断手势，邀请赫伯特和简与自己共进晚餐。

尽管从小在简单的环境里长大，但在被一群形色各异的人物众星捧月地围在中间时，简也并没有表现出怯场。

她的举止还是那么平静端庄，而且具有某种不可思议的心灵感应，能让身边人感到心灵放松。能邀请到这样一位大家闺秀共进晚餐，丘吉尔这老政客自然是心花怒放，他和她交谈着，仿佛已经熟识多年似的——而赫伯特则坐在他们后面，也自豪得容光焕发。

* * *

但在1963年6月16日的下午4点22分，所有的美好时光对于简来说都结束了。当时她在纽约城以北20英里处，正昏昏欲睡地开着车。

她带着路易斯去采购食品，用来庆祝麦克斯八年级毕业。第二天，麦克斯将会作为成绩第一名的学生代表，向所有同学和家长发表演说。哈克利私立学校的高年级和低年级学生都会参加，这可是几百人的大场面呢！简觉得她应该对麦克斯的辉煌成就有所表示。

此时，麦克斯正在家中准备着他的演讲。而简在一个丁字路口看到了红灯，便停下了她的白色皮卡车。而这时，一辆棕色的雪佛兰轿车恰好也开到了这里，驾驶员是爱丽森·布洛德斯特里德太太。

虽然简此时有先行权，但她还是犹豫了一下。

而爱丽森·布洛德斯特里德太太却没有停住车，她把油门当成刹车踩了。雪佛兰以每小时40英里的速度撞上了皮卡。谢天谢地，车速并不是太快，没有要了简和路易斯的命，但这种程度的冲撞也足以将路易斯抛出车外，使简的头和脸同时受了伤。

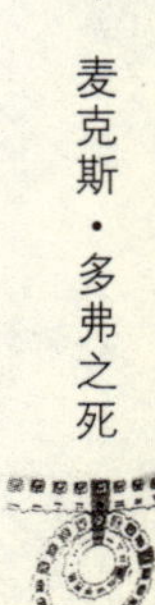

他们被火速送往医院，简的左脸被缝了 43 针，医生说她还有些脑震荡。

第二天，麦克斯按照原计划在哈克利学校的毕业典礼上进行了演讲。哥哥路易斯在车祸中没有受伤，因此他是唯一一个出席典礼的家人——这也是必须的，因为他也是哈克利学校的学生之一。

在儿子的毕业典礼和照顾妻子之间，赫伯特选择了后者，他留在了简的身边。很快，简出院回家了。此时的她对于丈夫来说美丽依然，但不幸的是别人可不这么看——她自己也不。

简在镜子前饱受折磨——每当她在镜中看到自己的左脸，就会产生一种无法自控的神经质的情绪。她仍然能够展露笑容，但那笑容却变了。她无法置自己的新形象于不顾。

她从来没有因为美丽而自负过，她只是把美丽当作上天赠予的礼物；生活对于她来说，也曾经如此完美；她也经常为赫伯特、为孩子们、为她那美好的家庭而祈祷。她总是感到自己活在爱的世界里，并且总是能在人前保持着优雅的姿态。但因为一次车祸，这一切的美好生活都完结了。

简感到万分沮丧，甚至失去了对生活的热情。

撞车事故发生的时候，她 41 岁。她在这个年纪开始怀疑生活的价值：她那住在英格兰的梦想仍未实现，她成了赫伯特的附属品。虽然她爱着丈夫，但生活在一个成功男人的阴影之下，让她难免感到自卑。于是她又开始怨恨他了。

她丧失了一切信仰。在此之前，她就从来没信过教并怀疑上帝是否存在；而出了那场车祸之后，这种怀疑的情绪更是支配了她的心。在巨大的失望感的压迫下，她开始不停地抽烟、狂饮伏特加，想借此消愁。

*** *** ***

简的主治医生是霍华德·格雷。他的孩子也在哈克利学校上学，他和他的太太扎尔达经常宴请宾客，也在社交场合遇到过赫伯特和简。两家人的友谊已经维持了多年,因此当出了院的简又被诊断为临床抑郁症时,就自然而然地要求助于格雷医生了。

当她还是个少女的时候,简就习惯于每个夏天到泽西海岸去度一两个星期的假,她喜欢外出消磨时光。结婚生子之后,她也经常安排一家人到长岛以南的鳕鱼角去。一家人甚至还去过马莎葡萄园岛呢——只要是能长久地、静静地凝视海浪的地方,简都喜欢。无论白天黑夜,大海的潮涨潮落仿佛都具有某种催眠功能,能将她完全包容其中,让她感到幸福。

于是,当格雷医生知道简得了抑郁症之后,便明智地建议她租上一间海边小木屋,去做她喜欢的事——在海边静养1个月。

容貌被毁、饱受抑郁症之苦的简接受了建议,并且,她还不希望任何人去拜访她——别说是赫伯特和孩子们,就连清洁工她也不想要。她希望彻彻底底地独处,不受任何打搅。

但格雷医生却一次又一次地造访简。他提醒她,尽管她需要休息,但过分孤独也不利于健康,而且她的安眠药也要靠他供给呢!于是,医生每个周末都要去一趟海边的小屋。

刚开始他去那里时,都住在海滩上的汽车旅馆。但很快,他就开始在简的小屋里过夜了。他还带她出去吃饭、在沙滩漫步。他慢慢地影响着简,让她能够与人交流,让她意识到自己仍然美丽,仍然值得别人去爱。

格雷医生和简不可避免地坠入了情网。这感情自然而然地开花结果,他和她都没法阻止——他们也不想去阻挡。

格雷医生的婚姻并不幸福,但他已经有了两个孩子,也不是那种没有家庭责任感的男人,他不想成为那种利用医生身份去勾引女病人的无耻之徒。因此,他试图为自己的行为作出辩护:他们的婚外情也属于为简治疗的一部分。通过这种“亲密”的方式,能让她重拾信心,让她相信自己仍然是个充满生气的美丽女人。简会意识到仍然有人爱着自己,而且是个赫伯特以外的男人(直到那个夏天,丈夫还是

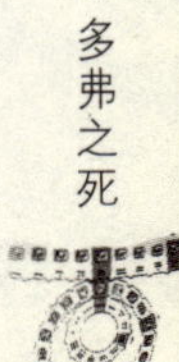

唯一和简有过肌肤之亲的男人呢！）。

格雷医生也怀疑，如果简想和自己在一起，他会不会鬼迷心窍，真的抛妻弃子呢？幸好简从来没有说过这种话。简对赫伯特的爱并没有磨灭，她对孩子的爱更没有磨灭。

但简对自己的爱却丧失殆尽了，她和格雷医生的婚外情也随着那个夏天一起结束了——后来回忆，那可真是个闷热的夏天，从9月到10月中旬，都没有感受到一丝秋意。

她看似痊愈了，回到了正常的生活。但事实上，生活已经不可能再复原了。她仿佛不再是家庭的一份子，和麦克斯之间也产生了前所未有的距离。

吸烟、酗酒以及生活的折磨改变了简，使她失去了优雅的风度。任何人都能看出她的变化，尤其是麦克斯。他和妈妈那种牢不可破的联系似乎消失了，留下的只有一片虚空。

* * *

当妈妈回来，麦克斯和路易斯只是隐约感到“事情发生了变化”。

他们的妈妈开始无休无止地编织。她做出了各种样式和大小的帽子、无指手套以及毛线衫。而且那些东西很多都是不完整的，常常只编了一半就扔到一边了。

格雷医生仍然不时来探访多弗一家。对于孩子们来说，他是个聪明而又诙谐的人，对每个家庭成员的身体状况都很了解，更难能可贵的是，他还乐于上门出诊——那时候已经很少有医生愿意这么做了。

到了1965年2月19日，麦克斯得了流感，支气管的炎症使他每喘一口气都很痛苦。他已经3天没去上学了，但病情却没有得到好转，而且越来越严重。糖浆、热汤和药片都无济于事。

在那个命中注定的午后，确切的时间是下午2点44分，简带着麦克斯来到诊所，坐在候医室里。

因为虚弱，麦克斯感到自己漂浮了起来。但坐在那里的时候，他却把周围的每个细节都记得一清二楚。墙上挂着一幅乔治·华盛顿横渡波多马克河的油画复制品;褐色的桌子上摆着一本《国家地理》杂志,杂志的封面是黄色的;椅子则是绿色的,他和妈妈仿佛已经在那上面坐了几个小时,但实际上只有几分钟;护士伊瑟尔一身洁白,她走过来叫麦克斯去医生办公室的时候,还温和地问候了他。

“你最好让他进屋。”格雷医生说。

格雷医生只花了几分钟来进行检查。他把听诊器搁在麦克斯胸前,让他深呼吸。麦克斯喘着气,痛苦地咳嗽。

伊瑟尔护士量了他的体温,告诉他发烧并不严重。

格雷医生决定给麦克斯打一针青霉素。他在治疗支气管感染的病人时,经常用这种药。他解释说,最多两天,青霉素的药效就能起作用。

然后,他让麦克斯挽起衬衫的袖子。

麦克斯讨厌打针,但喉咙的疼痛已经让他无法忍受了。他顺从地接受了手臂注射。

随着针刺,略有些疼,但很快就打完了。

“坐在这儿等我。”格雷医生告诉麦克斯,“我马上就回来。”

麦克斯不知道格雷医生离开了多长时间, 他甚至不知道医生到底有没有离开。他只记得自己突然被带进了某种快乐的情绪里。

那种经历是这样的:他漂浮在纯然一片的光亮之中,还有许多闪闪发亮的物体围绕在他身旁。他的身体颤抖着,充满了被爱的感觉,每一次脉搏的跳动都为周围带来了更多的光亮。

他陷入了彻底的幸福感之中。

突然,那些光亮变成了大片炫目的颜色,在他身边漂浮晃动。他从来没见过这样的景象。而当那颜色晃动得越来越强烈时,麦克斯看见一些人名嵌在每一种颜色之中。他数了数,颜色一共有 12 种,而人名也有 12 个。

但他从来没有见过这些名字。

而后, 那些颜色和人名便突然消失了——就像它们刚才突然出

12

现一样，只剩下一片纯粹的白色光亮。

随着这个变化，麦克斯产生了一种幻觉：自己在久别之后终于回到了家乡。

四处一片安静，但充满了欢快的气氛。他的行动不再受到限制，只感到自我的存在。他甚至感觉不到自己的肉体了。

于是，麦克斯死去了。

第3章
麦克斯重生

*1965*年

麦克斯·多弗正欢欣鼓舞地向一条明亮的隧道移动着。

然而当他即将飘进那条隧道的深处时，却听到了一串响亮的声音，飘忽的意识被吸引了过去。他随即注意到，有一个充满恐惧的男人出现在视野里。正是那个男人大声说话的声音唤醒了他。

那男人跪在地上，用手挤压着一具躺在地板上的身体。麦克斯很疑惑：这人为什么看起来那么伤心？但很快，他就认出来跪在地上的正是格雷医生。

医生之所以伤心，是因为地上的那具身体看起来已经死了。

然后，麦克斯发现躺在那儿的"尸体"正是自己。他被医生焦虑的呼唤打动了，随即意志明确地作出了一个决定——回去。

于是，他勇敢无畏地"行动"了起来。尽管那光亮的隧道看起来是那么熟悉、那么令人心动，但他仍然掉转过头，回到了人类世界的舞台。在那舞台上，他将继续扮演"麦克斯"这个角色。

回到自己的肉身之后，麦克斯睁开了眼睛。他看到医生脸上那恐惧不安的表情消失了。

"我还以为我们要失去你了。"医生没有意识到，麦克斯刚才经历了一次多么强烈的心理斗争。

但医生的呼唤并不是麦克斯“回来”的唯一原因。他还感到自己被什么更大、更强有力的东西拖拽着，他感到自己还有更重要的事情要去做……

这种想法才是使他重回人间的真正动力。

麦克斯仍然感到虚弱，并且疑惑于“死”时所看到的那些景象。他又在诊所呆了两个小时，妈妈陪伴着他。

“妈妈，你可不知道，我在灵魂出窍的时候，看到了多么美丽的东西。”他把自己“看到”的景象告诉了她，“那些东西都闪着光，而且都充满了爱。”

“我能想象你的经历。”简回答，同时抱紧了他，“那听起来，就像我看着海浪时的感觉。在海边，我也觉得每一片浪花都饱含着爱和生命的力量。”

“但是再多说说你看到的那 12 个名字吧！”简随后又说。

“那些都是我从来没有见过的名字，而且有几个好像是外国人的名字。我只记住了他们中的最后一个，它看起来很特殊——叫做奔跑的熊。”

“每一个名字都伴随着一种特定的颜色，沿着特定的轨迹晃动，”他继续说，“而当它们汇合到一起的时候，就形成了一道五彩斑斓的彩虹。这真是太神奇了。”

“你不觉得我应该记住那些名字吗？”这么问的时候，麦克斯突然意识到，他可能错过了一个获取“真知”的大好机会。

简安慰着他。

“这些名字也许并没什么重要的。就算重要，也没必要因为没记住他们而痛苦。继续过你的生活吧！看看生活会赠予你什么新的礼物。”她停了一下，深深地看着麦克斯的眼睛，“这个世界广大而又陌生，你永远不会知道将要发生什么。”

说着，她亲了亲麦克斯的额头，又抱了抱他。然后，他们还要继续呆在医院，直到格雷医生认为安全了才能回家。

" " "

医生确定麦克斯不会再次"突然身故"之后，母子二人才被允许离开诊所。

麦克斯接受了妈妈的劝说，继续积极生活，继续在学校表现优异。他展示出了更多的领导才能，学习成绩优异，数学学得尤其出色。

然而所有这些成绩都来得全然不费功夫，他渴望更多的挑战。于是，他申请了学校的海外交流，想到西班牙去度过一个学年。长期以来，那个国家都很让他向往，这多半是受了西班牙语教师费尔南多·伊格莱西亚斯的影响。

伊格莱西亚斯先生——他要求学生们这么称呼自己——并不像一个适合做老师的人，因为他从来不对学生们强加干涉。

他出身于古巴第五富有的家族，排行老幺。他的家族和另外4个克兰家族一道控制着古巴的政界，还拥有榨糖厂、铁路、赌场以及许许多多其他产业。作为一个阔少，伊格莱西亚斯先生年轻的时候，身边总是簇拥着大批尽心尽力的佣人。他非常热衷于所谓"古巴人才能理解的派对"——一种南美风格的、充满狂欢气氛的嘉年华，并对所有美和艺术都抱以常人难以理解的激情。

坐等继承大笔家业的同时，伊格莱西亚斯先生还跑去法律学校上学，做着"对自己的职业生涯作出规划"的样子，其实他根本无需这么做。然而此后发生的一系列事情，又证明了他还是一个理想主义者：上学期间，他开始厌烦巴蒂斯塔独裁政府的统治，渴望社会变革，并开始在资金上鼎力支援另一个理想主义者的事业——那就是菲德尔·卡斯特罗。

然而当古巴革命成功之后，伊格莱西亚斯先生才发现自己也成了革命的对象之一。

当伊格莱西亚斯先生被迫离开古巴的时候，他只被允许随身携带5美元，背上扛着自己的衣物。

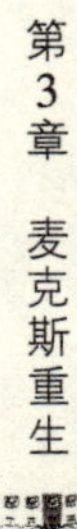

12

他在迈阿密上了岸，到豪生酒店(Howard Johnson)[①]找了份送饮料的工作。随后，凭借着一口流利的英语以及良好的文化背景，他又开始在东海岸的那些学校申请教师职位。他那上流社会的言谈举止很符合哈克利学校的要求，因此在1964年，他便开始在这所私立寄宿制学校教西班牙语了。

* * *

费尔南多·伊格莱西亚斯先生并没有授课经验，但却拥有丰富的拉丁文化知识。麦克斯感到他的教学方法总是能够打破常规，而且充满戏剧性的激情。

而伊格莱西亚斯先生的人生哲学正是：生命中没有不可能。他带着学生们去纽约城，参加其他古巴流亡者的聚会。在那儿，目瞪口呆的年轻人们见识了异国情调的美食、令人兴奋的音乐以及各色美女。

1964年纽约举办世博会的时候，伊格莱西亚斯先生还带着整个班的学生去参观了西班牙展团。他甚至弄到了后台通行证，让学生们和吉普赛的弗拉明戈舞蹈演员会面。麦克斯很惊讶：这么一个普普通通的清贫教师，却能为每一天的生活都找到欢乐和刺激。

受到伊格莱西亚斯先生那强烈感染力的影响，麦克斯彻头彻尾地迷上了西班牙文化，并且还对印加和玛雅文明产生了浓烈的兴趣。他非常好奇：那些如此昌盛的古代文明，怎么会如此轻易就被西班牙殖民者毁灭了呢？于是在1966年9月9日，麦克斯和其他学生一起乘坐美国海军的奥尔利亚号，抵达了英国的南汉普顿，他们从那儿转车前往巴塞罗那。在那儿，麦克斯将会更加深刻地了解孕育了科尔蒂斯(Cortes)[②]和皮萨罗(Pizarro)[③]的西班牙文化。

---

① 豪生酒店(Howard Johnson)：在旅馆行业中名气首屈一指的品牌酒店，于1925年诞生于美国马萨诸塞州的渥拉斯顿，目前在全球拥有超过460家的酒店。

② 科尔蒂斯(Cortes，1485-1547)：殖民时代活跃在中南美洲的西班牙殖民者，以摧毁阿兹持克古文明，并在墨西哥建立西班牙殖民地而闻名。

③ 皮萨罗(Pizarro，1475-1541)：西班牙早期殖民者，开启了西班牙征服南美洲(特别是秘鲁)的时代，也是现代秘鲁首都利玛的建立者。在西班牙历史上，皮萨罗以其卑劣无耻和残忍的征服活动与墨西哥的征服者科尔蒂斯齐名。

在巴塞罗那,他被安排和一个塞哥维亚家族生活在一起。那个家族包括一位守寡的老母亲、3个儿女和儿媳妇，以及厨娘朱莉叶塔。自大儿子阿拉加德罗出生的时候,厨娘就和这个家族共同生活了。

阿拉加德罗今年28岁,是个特别英俊的帅哥,而且很善于社交。他总是能和模特以及艺术家们相谈甚欢,在他的交往名单上,甚至还包括萨尔瓦多·达利(Salvador Dali)①呢！但在事业上,他就不是那么一帆风顺了。他是个不成功的建筑师,总是为了钱、为了那点儿微不足道的"成就"和妈妈吵架。

二儿子罗伯托今年24岁,也在学建筑。他不像阿拉加德罗那样仪表堂堂,而是长得胖乎乎的,但也挺招人喜欢。当麦克斯住在他们家的时候,他刚和高中的女友订了婚。那女孩儿叫克里斯蒂安娜,个头比罗伯托高很多,也瘦很多。他们看起来像是很搞笑的一对,但两个人其实都挺不错,又聪明又和善。

麦克斯和罗伯托共处了好长一段时间,他们玩牌,讨论美食、音乐和建筑。罗伯托是个爱好口腹之欲的人,他介绍麦克斯尝试了多种多样的西班牙、加泰罗尼亚和巴斯克美食。

然而和麦克斯相处最多的,还是那家最小的孩子艾米丽亚。她今年20岁,和他年龄更为接近。艾米丽亚在巴塞罗那大学念文学,她和麦克斯在一起的时候,总是在谈论那些伟大的作家和诗人,甚至还会探讨许多深刻的哲学问题。对于麦克斯来说，艾米丽亚就像一个姐姐,他们朝夕共处,却也没擦出浪漫的火花。实际上,艾米丽亚已经有男朋友了,他叫奎塔诺,住在马德里,每个周末都会过来邀请艾米丽亚和麦克斯一起去戏院、舞会、饭馆和音乐会。

但在这家人里,真正值得一提的,恐怕还要数那位老太太。

老太太的丈夫生前从事医疗保险业,并取得了很大的成功。但他

① 萨尔瓦多·达利(Salvador Dali,1904-1989):西班牙超现实主义画家和版画家,享有"当代艺术魔法大师"的盛誉。他与毕加索、马蒂斯一起,被认为是二十世纪最有代表性的三位画家。

英年早逝，丢下了守寡的妻子和3个年幼的孩子。在二十世纪中叶，西班牙妇女还没有获得和男人平等的权利，很少有女人能拥有自己的生意。因为政府禁止单身女人出去工作，所以老太太保留了夫姓。

她是个天生的企业家，除了把保险公司打理得井井有条，还买下了一家自动洗衣店、几家小杂货铺。此外，她还在巴塞罗那北面的布拉瓦海滩开了一所周末家庭旅馆。她坚信努力工作能够体现人生的意义，并且极力向罗伯托和艾米丽亚灌输这种思想。

但对于阿拉加德罗，老太太的生活理论可不管用，他一心扎到“艺术世界”里去了。

如果把麦克斯的妈妈和这位老太太相比的话，无论从各方面来说，简都显得过分柔弱，而这位塞哥维亚寡妇则体现出了女性坚强的一面。她并不美丽，却拥有无穷的精力和出色的判断力。

而这一家的厨娘朱利叶塔，在某种意义上几乎可以说是孩子们的第二母亲。她是从阿拉贡地区的乡下小村庄出来的，从16岁起就在为这个家庭工作。当麦克斯到访的时候，她已经年近半百了。她经常带着麦克斯去露天市场买东西，教他如何选择新鲜蔬菜，还告诉他什么样的活鸡做出来更好吃。

“这小伙子是我们家太太的客人，他聪明着呢！”她会对碰到的每个人说，“比鬼都精！”这么说话的时候，她充满了自豪，一副新闻发言人的口气。她的样子常常把麦克斯逗笑。

* * *

在巴塞罗那住了9个月，麦克斯已经能把西班牙语说得像本地人一样抑扬顿挫了。在说这种语言的时候，他感到能与别人进行心与心之间的沟通，而说英语却从来没给他带来过这样的感觉。在他的印象中，英语代表着逻辑性和思辨性，而西班牙语则充满热情。

他在西班牙境内旅行，去了每个大城市。他钻研了建筑大师安东尼·高迪(Antoni Gaudi)[1]的作品,参观了埃尔·格雷考(El Greco)[2]的出生地,在萨拉曼卡古香古色的街上漫步。随着了解的深入,他越发爱上了西班牙:爱上这里文化的激情、热烈。此时,他已经觉得这里就像自己的家乡一样亲切了。

他甚至相信自己是属于这里的。在西班牙,麦克斯体会到了毫无恐惧感的生活。无论在白天还是黑夜,无论漫步于城里的任何一个角落,他都感到安全。佛朗哥将军(Franco)[3]用铁腕统治着这个国家,就连红灯区都没有太多的犯罪行为。在那儿,有的只是色情交易(政府对这种买卖睁一只眼闭一只眼)、随处可见的性用品商店和每个酒吧楼上的便宜出租房间。

尽管在那个冬天,麦克斯已经迈入 17 岁了,但他看起来仍然像 14 岁的模样——就连妓女都觉得他太小了。一天晚上,他和 3 个朋友决定集体去告别处男生涯。为了避免传染性病,朋友们带上了避孕套,尽管如此,但他们毕竟都大功告成了。而妓女们却都对麦克斯转过身去,看都不想看一样,因为他的外表还完全是个孩子。麦克斯倒是很高兴自己被拒绝了。

在塞哥维亚的寡妇家里,他每晚都睡得很好,除了有一天——那天棒球比赛结束后,他喝了太多的科涅克白兰地。他所参加的球队已经创下了两年连败的记录,而这次因为麦克斯的出色表现,兄弟们一雪前耻,痛宰对手。队中一共有 10 个人,人人都坚持要给大家买一轮酒来庆祝。于是乎,麦克斯在两个小时内干掉了 10 杯科涅克。

那天晚上,麦克斯梦见自己在和一群口吐火焰的绿色恶龙搏斗。

---

① 安东尼·高迪(Antoni Gaudi,1852—1926):西班牙"加泰隆现代主义"(属于新艺术运动,与二十世纪初的现代主义并不相同)建筑家,为新艺术运动的代表性人物之一,他的多项作品被列入世界文化遗产中。

② 埃尔·格雷考(El Greco,1541—1614):西班牙文艺复兴时期的画家、雕塑家与建筑家,被公认是表现主义及立体主义先驱,不属于任何传统流派。他的画作以弯曲瘦长的身形为特色,用色怪诞而变幻无常,融合了拜占庭传统与西方绘画风格。

③ 佛朗哥将军(Franco,1892—1975):西班牙政治家、军事家、法西斯主义独裁者,西班牙长枪党党魁。1936 年,他发动反共和政府的武装叛乱,得到希特勒和墨索里尼的支持。

他有一把剑，能够杀死靠近自己的每一条恶龙，但那些怪物的数量却似乎是无穷无尽的。

杀死成百上千的恶龙之后，麦克斯突然看到天空中出现了某个像“神”一样的存在。“神”在对他说话。

“你不想继续和恶龙战斗了吗？”它说。

“是的。太累了，我已经精疲力尽了。”麦克斯说。

“好吧，如果你不想继续的话，那就停止战斗好了。”

“可是如果那样，恶龙会毁了这个世界的。”

“你想得很对。”天上的“神”用西班牙语说，“但你永远也无法把这些怪物赶尽杀绝。他们是无穷无尽的。”

“那么你愿意继续战斗么？”它又问。

麦克斯耸了耸肩，又投入了与恶龙的搏斗之中。

后来他就醒了。

麦克斯意识到，自己已经非常精通西班牙语了，他甚至能用这种语言做梦。而且他过去从来没有记住过自己的梦，因此对于他来说，这个梦还是一次与众不同、令人高兴的经历。

这个梦也标志着，虽然没法“回去杀死每一条恶龙”，但他已经完成了在学习西班牙语方面的既定目标。现在，他已经做好准备去上大学、去过一个大人的生活了。

第 *4* 章
"了解的知识"

1968 年

在高中毕业那年，麦克斯进入了安多弗的菲利浦学校。在那里，他也表现得很成功，但却并不是太引人注目——特别是在课外活动方面。他把精力都用在功课、申请大学和与异性交往方面了。

在大学入学的过程中，麦克斯也没遇到什么困难。他接到了许多学校的录取通知，并最终选择了耶鲁。

在这期间，麦克斯和15岁的丽兹保持着一种甜蜜而又尽在不言中的关系。他们是在睡谷的一家农庄会所的舞会上认识的。那天晚上，麦克斯和许多活泼靓丽的年轻女孩儿共舞，但丽兹却让他感到与众不同。当他问起她最喜欢读什么书的时候，她的回答竟然是《糖》(Candy)——这可是一本充满露骨描写、近乎于色情的畅销小说。

这女孩如此大胆，也如此令麦克斯着迷。她那谜一般的眼睛、温柔而充满女人味的身材以及魅力十足的微笑，都深深地吸引了他。也就是那天晚上，他下定决心去追求她。

丽兹的住处离他不远，走路就可以到。但因为麦克斯总是要去学校，因此他们的约会就只能在假期进行了。好在这并不妨碍爱情之花的绽开。

12

约会的时候,他们会走很长一段路,去麦克斯的房间。他的房间在车库楼上,有一个单独的入口。在那里,他们能不被打搅地享受二人世界。

麦克斯感到,他们的关系的确是“尽在不言中”的:因为他与丽兹相处的时候,两个人都很少说话。他们会接吻,会长时间地盯着对方的眼睛——甚至几个小时都看不够呢!而在那时候,他们还都是处男处女,谁也没有做好准备把关系“更进一步”。

走很长一段路然后才开始约会的情形,贯穿了麦克斯的整个毕业学年。在他即将前往耶鲁的那个夏天,两个年轻人一起去纽约城里玩了一趟,晚上就住在麦克斯爸爸的一套空闲公寓里。那房子位于第18大道,在欧文广场旁边,对面则是皮特酒店。也是在这时,他们的感情瓜熟蒂落,终于决定用身体来证明爱情。

他们一开始做爱,就难以停下来了。在当时,甲壳虫乐队推出了一首《为什么我们不在路上做呢?》(Why Don't We Do It in the Road?),这首歌的标题对于他们来说恰好切题——麦克斯和丽兹就是这么实践的。不仅在路上,他们还在别的许多地方享受过对方的身体。

然而到了9月,麦克斯正式进入了耶鲁,他就很少有时间去看丽兹了。为了缓解相思,他开始给她写信,但丽兹却并不经常回信。或许对于麦克斯而言,这也算是一种幸运吧!——她对他已经不那么感兴趣了,而他也不必直面这令人伤心的现实。

丽兹那时候还在上高中,只有16岁,和一个大学生谈恋爱,让她感到无聊了。最终,她还是给麦克斯写了一封告别信。信是在1968年12月12日收到的,而这一天,刚好是麦克斯的19岁生日。

看了信后,麦克斯感到心都碎了。他陷入了一种彻底的沮丧情绪之中。

其实这沮丧是早就存在,而且日益加深的,因为他在耶鲁也过得并不快乐。他住在一个校园林荫道边上的宿舍里,每到夜间,就会持续不断地传来汽车呼啸而过的声音,这经常让他彻夜难眠。他也不太适应和一个可望而不可及的远方女友恋爱。他对大学里的人际关系也不习惯:同年级的学生和老师加起来足有600人,这些人之间几乎谁也不认识谁。

作为一个主修数学的学生,麦克斯此时也不是很喜欢数学课了。那位澳大利亚来的教授总是使用和美国高中完全不同的符号来书写公式。另外在那时候,越南战争仿佛把人们的价值观全都颠倒了,学生(甚至老师)中吸食毒品的大有人在。这一切都让麦克斯对大学生活的意义产生了怀疑。

数学之外的其他课程,也没能让他得到什么安慰。他选修了儿童心理学,这门课却告诉他,孩子是无法理解抽象概念的。这个结论让他倍受挫折——如果是这样的话,他在童年时代所理解、所思考的东西都是毫无意义的吗?

麦克斯上大学的时候,还是一个政治动荡的年代——肯尼迪被暗杀、肯特州立大学血案(4名反越战学生在示威中被打死)、阿比·霍夫曼(Abbie Hoffman)[①]之死,以及后来的马丁·路德·金遇刺——在这些风云突变的世事之中,他感到自己的情感毫无寄托,人生一片迷惘。

他根本找不到摆脱这种情绪的办法。

* * *

在那个秋天,赫伯特和简搬家了。他们从纽约的斯卡斯代尔迁往康涅狄格州的格林威治。在那儿,他们能和麦克斯住得近一些——距离耶鲁只有45分钟的车程。

在那个年代,公司的合并与重组也成了一股乱哄哄的风潮。赫伯特的出版社被利顿工业盯上了,那家大公司计划整合出版业,收购小出版社,建立广阔的传媒商业模式。与利顿前后脚地,又有许多家公司都对赫伯特表示了收购意向,真让他应接不暇。

① 阿比·霍夫曼(Abbie Hoffman,1936—1989):美国社会和政治活动家,建立了青年国际党(Yippies),在二十世纪六七十年代采用了一系列反主流的行为来反对战争。他也是"芝加哥七君子"之一,是青年反叛和那个时代的激进运动的象征性人物。

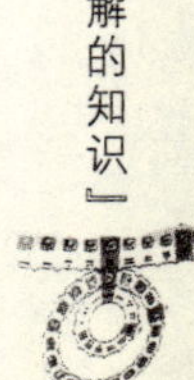

12 那些公司开始竞价，赫伯特得到的报价也水涨船高。最终，一个买家让他放弃了自力更生的信念。那家公司名叫“完美胶片”，是一家主营快照业务的企业。他们承诺，如果赫伯特和他们合作，就可以荣任出版部门的主管。如果那样的话，他就能用“完美胶片”的资金去收购其他出版社了。

其实赫伯特并不甘心卖掉自己的产业，但他也非常渴望主持一家更大的公司。于是，他开始进行一系列合并之前的准备工作，其中就包括从纽约迁往康涅狄格——那儿的增值税率更低，而且州政府免征收入税。

* * *

随后的圣诞节假期，麦克斯回到新家，却不再拥有车库上的温馨小窝了。不仅如此，他在各个方面都失去了情感的依靠。简每天不是在酗酒就是在睡觉，而赫伯特则忙于出售公司，更没时间和麦克斯相处。

麦克斯感到自己被遗弃了。

那真是一个动荡不安的年代，年轻人们提心吊胆，唯恐被应征入伍。一旦当兵，就意味着有可能被派到越南——那儿的战事越来越惨烈了。因为麦克斯正在上大学，因此他并未被招进部队。

但他却感到自己没有留在耶鲁的必要了。

“妈妈，我真看不出上这个大学有什么意义。教授一点儿也不好，根本比不上安多弗，也比不上海外交流那一年，甚至连哈克利的老师都不如。”麦克斯抱怨道，“在那儿，我每天晚上都到电影协会看三四部片子，除此之外不知干什么才好。”

“再努把力，和老师、同学搞好关系，你就会觉得日子并不那么枯燥了。”简建议他说，“最重要的是别放弃——你得接受教育。”

“如果我留在大学能让你高兴，那么我会留下的。”他勉强答应道，“但我觉得这就是浪费时间和金钱。”

“相信我，”简恳求道，“一旦渡过这个难关顺利毕业以后，你就会因此而变得坚强的。你需要再坚强点儿。”

说完之后，她又强调了一遍："向我保证，你会留在大学念到毕业。求求你，麦克斯。"

为了不让妈妈失望，麦克斯做了保证。

" " "

尽管对学校怀有一种疏离感，但麦克斯还是交上了几个朋友。他的朋友包括阿奇博德·本森(他们曾经一起去过巴塞罗那)，此外还有克里斯·加维和卡尔·贝克。

为期10天的春假来到时，克里斯和卡尔主动接近麦克斯，建议他试试他们自制的大麻蛋糕。麦克斯几乎把那东西都吃光了。

在1968年，不少耶鲁的学生都曾经涉猎过毒品。吸毒和摇滚乐、嬉皮士风格的服装等激进的事物一样，都属于当时校园文化的组成部分。

麦克斯狼吞虎咽地吃着蛋糕，这副样子让克里斯和卡尔喜出望外。但随后的事情却是朋友们意想不到的——他并没有high起来，而是倒头就睡，一直睡了两天两夜。

" " "

醒来的时候，麦克斯感到自己充满了精力，而且头脑中全都是新鲜的想法。整个春假的时间，他都在如饥似渴地阅读着他那五门课程的教科书。他发现自己几乎不用睡觉，累的时候，只要打上20分钟的盹就够了——顶多1个小时。

而后，麦克斯回到校园。在哲学考试的前一天夜里，他终于把罗伯特·福克斯教授布置的小论文打好了草稿——说来有趣，那个教授的长相和他还有许多相似之处呢！教授布置论文的时候，曾经这样要求学生们："根据怀特海德(Whitehead)①的思维方法，对耶鲁的教育

① 怀特海德(Whitehead，1861—1947)：英国数学家、哲学家和教育理论家。1885—1911年任教于剑桥大学，1924—1937年任教于哈佛大学。他与伯特兰·罗素合著的《数学原理》标志着人类逻辑思维的巨大进步，是永久性的伟大学术著作之一，同时也创立了二十世纪最庞大的形而上学体系。他也是"过程哲学"的创始人。

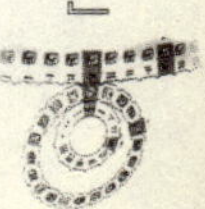

系统作出批评。”

阿弗列·怀特海德被认为是当时最新锐的思想家之一，他曾经解释“知识的可能性”是如何在人类相互作用的“系统”中变得有限的。一瞬间，麦克斯发现所谓“最终的限制”正是“身为一个人类”。

他也意识到，也只有成为一个“完整的人”，让感觉和情感进入理性思辨的科学王国，才能获得“真正的知识”。他进而作出结论：耶鲁大学在这方面做得很不好。学校把知识分成各个专业、各个学科，所有教授和讲师各行其道，封闭在单独的系统中，缺乏必要的交流。在这种学术体制下，学生学得越多，“知道”得反而越少，而且离怀特海德所谓的“了解的知识”也就越来越远了。

在准备写这篇文章的同时，麦克斯恰好读完了埃尔德里奇·克里弗(eldrige cleaver)[1]的《冰上灵魂》(Soul on Ice)。这部书描述了黑豹党运动以及美国所存在的种族歧视和司法不公，书中充满了尖酸刻薄的讽刺，在有的地方，口吻甚至称得上粗暴。

在这种文风的影响下，麦克斯也用同样强硬的语气写完了他的18页论文。文中还以一种“不合作”的姿态讲述了自己的精神状态——包括失眠，包括对生活的失望，包括所有的这一切是如何阻止他获得“了解的知识”的。

论文的结构倒是很严谨，他回顾了耶鲁大学的教育理念。学校的校训是“真理和光明”，他评价道：校训本身毫无过错，而且也暗合了怀特海德对于知识的理解。怀特海德指出，如果一个人理解了何为“理解”，也就能够理解一切知识了。

而且麦克斯坚信，要想获得真知，唯一的途径只有逃离“人类的系统”。在文章中，他也指明了这一点。

随后，他以“一个事物既是它自身，却又不完全等同于自身”这个

---

① 埃尔德里奇·克里弗(eldrige cleaver，1935—1998)：美国著名黑人领袖、社会活动家和畅销书作者。作为黑豹党的主要成员，在被捕服刑期间，他写下了著名的作品《冰上灵魂》，对黑人解放运动形成很大的影响力。

论断结束了文章，并希望这样的思维方法能够穿透那些看似无法逾越的障碍,直抵“了解的知识”。对于他来说,这个论断的意味就如同炼金术士的魔法石一样,可以点石成金,也可以化愚昧为真知。

怀特海德认为,在教育的过程中,老师和学生都应该尽可能地分享“学习的经验”。于是,麦克斯迫切地感到他应该和同学们一起分享、讨论自己这篇“具有创见性”的文章。

而在此之前,他觉得自己应该先与福克斯教授讨论一下。福克斯教授还兼任哲学系主任,如果能获得他的赏识,麦克斯或许还可以推迟考试,直接去选修高年级的课程呢！有了这个念头,麦克斯早早地去了考场。他并没有找座位坐下,而是走上了木制台阶,站在讲台前,面对着宽阔的讲堂。

因为麦克斯和福克斯教授的外表颇为相像（都是不甚整洁的棕色卷发,戴着眼镜,而且还都穿着质地良好却又不修边幅的夹克和裤子,不打领带),许多学生还真的把他认成老师了。还有一两个学生靠过来,打听关于考试的事呢！麦克斯则平静地告诉他们,坐到位子上就好啦,别担心。

“毕竟不是最终的期末考试嘛！”他还装模作样地说。

距离考试还有一两分钟时,真正的福克斯教授出现在了门口。教室里立刻升起了一片窃窃私语。正在那些迷惑的学生们面面相觑的时候,麦克斯则得意洋洋地递上了那篇声称“一个事物并不只是它本身”的论文。

起码刚才,福克斯教授的确“不是他本身”了。

“昨夜我一直没睡,都在写这篇文章。”麦克斯以一种就事论事的口吻说,“而且我觉得自己已经达到了怀特海德所说的‘了解的知识’的境界。”

当福克斯教授翻阅那篇文章的时候，麦克斯继续宣称：“对于在座的同学们来说，一起阅读讨论这篇文章，也许比参加考试更有意义。”

12

福克斯教授沉默地听他说完，然后回答：“也许你已经取得了——事实上应该说是经历了——一个令人惊喜的突破。但我认为，现在并不是我读这篇文章的好时候。而且正如怀特海德所说，每一个个体都应该遵从他们认为最有价值的教育理念，所以我现在还必须继续考试。”

尽管没有获得期望之中的答复，麦克斯还是平静地接受了教授的话。他回答道：“我理解，也许您在别的时候读这篇文章会更好。我刚才只是想给您提供一个机会。”

“好的。如果你不愿意的话，现在也不必再参加考试了。就像你说的，你一整晚都在熬夜写这篇文章，它的长度远远超出了我的要求。你可能太累了，这会让你在考试中吃亏的。”

“没关系，我还好。”麦克斯回答，“我还能参加考试，也并不感到太累。”

麦克斯坐到座位上，向前挪了挪椅子，这时却又变了卦。他意识到，依照怀特海德的思想，他应该把时间用在探寻“了解的知识”之上，而非干坐在这里答题。那些关于斯宾诺莎和康德的哲学考题，除了能让他的到一个A，给别人留下深刻印象之外，并没有特别的意义。

于是麦克斯又转向福克斯教授说：“我觉得您说得对，也许我应该把考试推迟到别的时候。谢谢您，老师。”

说着，他走出了考场。

" " "

离开教学楼后，麦克斯依旧反复思考着他的论文，一股热情在他体内膨胀。这时，他碰到了社会学系的恩赫尼奥·罗德里格斯教授。伴随着一股压抑不住的、渴望与人分享智慧的冲动，麦克斯拦住了教授，热情洋溢地对他说话。

“我已经真正理解了怀特海德的思想，而且揭示了‘了解的知识’这个秘密。”麦克斯飞快地说。

眼前这位年轻人的激情让罗德里格斯教授感到很好奇。随即，他决定故意唱唱反调。

“这种‘知识’能把我们带到月球上，或者能解决什么现实中的社会问题吗？”教授问。

麦克斯犹豫了片刻。教授的问题把他从“拒绝被人类系统限制，则可以获得一切”的抽象思维中被唤醒了，但他仍然兴致高涨地说：“我需要再多考虑考虑。但我认为只要是真理，就可以解决实际中的一切难题！”

“那么接着想吧！”罗德里格斯教授说，“到时候告诉我你的研究结果。”

说完，他就走进了教学楼。

罗德里格斯教授提出的问题更激发了麦克斯的思考欲，在1月的新鲜空气中，他一边步行，一边继续整理自己的思路。脚步踩在雪地上嘎吱作响，他开始深思“事物并不是它本身”以及“了解的知识”能够被应用到哪些实际的地方，此外还有这样的思想能为地球上的人们真正做点儿什么。

那思想确实是具有实用性的。比如说，“两个物体不能同时存在于同一个地方”本来是一条颠簸不破的自然法则，而现在它有可能被证伪了——这将会引发物理学的飞跃，带动新技术的革命，帮助人们突破光速的限制……如果能够实现的话，空间旅行和移民其他星球就不是一纸空谈了。

“事物不是它本身”这一理论的实现，甚至会改变逻辑学的思维限制，打破数学中的那些“自明之理”，还能对所有基础学科的研究产生冲击。

麦克斯的思绪飞快地转动着。

这将是“存在”本身的答案……还是我们生命的目的……他默想着。我们人类也将从本质上联系在一起，而不只是表面上的共同体……

当他继续深思的时候，福克斯教授走了过来。看样子，教授也正

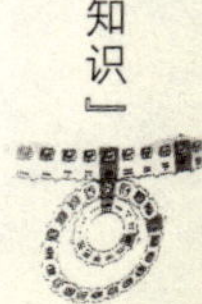

在到处寻找麦克斯呢！看到这个年轻人的时候，教授的眼睛里满是赞许，脑袋微微颤抖着。

“你的论文棒极了，麦克斯，但我不确信自己能看懂它。”他说，“我让哥顿·豪威尔也看了一下，他是你所探讨的哲学方向的教师。豪威尔希望你能立刻到教务处去见他。”

" " "

“你的文章对我而言没有意义。”哥顿·豪威尔尖锐地对麦克斯说，“我根本就不明白你想说明什么主题。你宣称情感是由主导逻辑思维的左脑产生的，这既不符合逻辑又不符合事实。”

他这么说着，直直地盯向麦克斯的眼睛。

“而且，你似乎非常愤怒——不仅对于耶鲁和老师同学们——而且对整个人类都感到愤怒。”

“您误会我了。”麦克斯说，“我只是愤怒于教育体制的虚伪，而并不针对教育体制的全部。耶鲁有很多好的方面，但我只是想以‘终极真理’为标准来批评它。您需要重新读一遍我的文章，那样您就会知道，根据怀特海德的学说，我的‘事物不只是它本身’的说法是对的。”

正在这时，另一个男人走进了房间，麦克斯认出他是教务主任布里奇。布里奇抓住了麦克斯的手臂。

“麦克斯，我已经和福克斯教授以及豪威尔先生谈过了，他们都认为你需要休息一段时间——也许你现在不太适合正常上课。”布里奇低声说着，瞥了瞥麦克斯手里的文章，“现在请你在这张休学通知单上签字——等你感到自己休息好了，再回学校吧！”

麦克斯犹豫了片刻，随后意识到，自己宁可独自研究“事物不只是它本身”这个理论对人类知识体系的影响。于是他直视着教务主任。

“您需要我在哪儿签名？”他问。

片刻之后，他就算正式从耶鲁休学了。

这时又进来了一个黑色卷发的大个子男人，这男人自我介绍是“耶鲁大学心理健康服务中心”的韦斯特恩医生。医生告诉麦克斯，他现在需要去医院服用一些安眠药了。

麦克斯非常诧异。韦斯特恩医生则解释道，他见过有许多学生为了应付考试而滥用兴奋药物，而这么做的结果往往是失眠和行为失控。

医生接着说，麦克斯就是这种情况的经典案例。

不容麦克斯反驳，医生就把他带进了汽车。随后，麦克斯被送往医院，服用了安眠药。

过了半个小时，麦克斯叫来一位护士，问她自己是否能从图书馆借本书来看。护士告知他，这是绝不允许的——他现在需要的只有睡觉。

“至少给我一张纸和一支笔吧！”麦克斯恳求道，“我脑子里还有一些想法需要写下来。只有这么做了，我才能安心睡觉。”

这个要求似乎让护士感到不舒服，但她还是答应了他。

于是，在接下来的4个小时里，麦克斯一边奋笔疾书，一边分析“了解的知识”能通过什么方式改变人类的行为与思维。他开始分析人与人之间的关系。

如果“事物不只是它自身”，那么现有的人际关系也就不再是它所显现的那样了。男人可以“既是而又不是”一个儿子，女人可以“既是而又不是”一个妻子，学生可以“既是而又不是”一个学生。

这看起来是显而易见的“废话”，但麦克斯发现，大部分人并没有了解其中蕴含的意义。对于他来说，这意味着所有的“人力规划”都是基于错误的前提、错误的尝试而进行的，这经常会导致迷惑，而且会错失建立“人与人的和谐关系”的机会。

他开始设想“了解的知识”将会如何解决世界上的政治、经济纠纷。一旦错误的前提被揭示出来，全新的结构就会建立——那将是一个人人平等、没有阶级隔阂的社会。

麦克斯进而将目光转向数学和哲学方面。“事物不是它自身”解决了许多根源性的哲学悖论，它为许多似是而非的论点提供了解释，

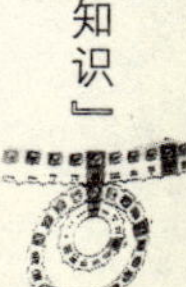

并将更高级的抽象概念引入了复杂的数学系统。

12 他全然沉浸在自己的世界之中,为头脑中的思路而兴奋、欣喜若狂。这种状态更让他睡不着了——尽管他已经服用了大剂量的安眠药。

韦斯特恩医生来了一趟,又给了他一些更强力的安眠药。这次服药终于起了作用,20 分钟后,麦克斯陷入了时断时续的睡眠。

当他醒来时,已经是第二天的早晨了。

麦克斯准备离开医院。他开始穿衣服,这时护士却拦住了他。

“请等一下,我要叫韦斯特恩医生来。”她飞快地说,“没有他的批准,你不能离开这里。”

“但我感觉好多了。”麦克斯说,“我已经休息过了,现在想要回图书馆继续我的研究。”

护士坚持让他留下。看到她苦恼的样子,麦克斯还是回到了床上。他不想真把她惹急了。

一会儿,韦斯特恩医生进来了。但他却宣布,麦克斯必须留在这个房间里,直到他此时远在欧洲的父母回来接他。医生还说,如果麦克斯不听话的话,医院方面有权利限制他的自由——他们已经获得了他父母的许可。如果需要的话,他们甚至能把他送进疯人院——当然,这据称是“为了他好”。

“如果你想要逃走,我说的那些情况就真有可能发生。”韦斯特恩医生以一种不容争辩的口吻说。

麦克斯被惊呆了。

“我父母不可能给你们这种许可的。”他争辩道。

“但他们确实给了。如果有必要的话,我有权利监禁你。”医生说。但随后,他的音调变得柔和了一些:“不过我们可并不真想把你送到疯人院去。麦克斯,你现在患有精神崩溃——讽刺的是,这种情况总是发生在我们最好的学生身上。在耶鲁大学,好学生的压力都非常大,因此你也没必要感到尴尬——但你必须配合我们的治疗。”

“我给你开了些氯丙嗪，还有其他一些安定剂。”医生继续说，“这些药不仅能帮助你睡眠，还能让你摆脱精神上的烦扰。你现在需要的只是配合我们。如果这么做的话，你肯定能重新找回自己。明年秋天，你就能毫发无伤地回到学校去了。”

麦克斯仍然无法接受发生在自己身上的一切。

“但我的精神没毛病，我只是理解了‘理解’而已。这是不公平的！”他争辩道。

但很明显，他和医生之间的对话已经结束了。医生只是含糊不清地看了他一眼，就离开了房间。而麦克斯也渐渐明白，韦斯特恩医生是千真万确地认为自己的精神出问题了。

稍微平静一点儿之后，麦克斯开始回顾自己的家族是否有精神病史。他妈妈的妹妹米丽亚姆年轻的时候，还真被送进过疯人院。也是命中注定，米丽亚姆在那儿认识了她的丈夫迈克尔——后者也是个病人，被认为精神“不稳定”。但迈克尔后来买下了新泽西的一大块沼泽地，又把它卖给了一个想在那儿建橄榄球球场的公司，从中大发了一笔横财。

在他父亲那一边，麦克斯的曾祖母是自杀死掉的。她发现自己的女婿(也就是麦克斯的爷爷)不守犹太教的清规戒律，一气之下就从布鲁克林的公寓顶上跳了下去。而麦克斯的爷爷也的确破了戒——他把一块火腿拎进了厨房。

还有许多家族成员也被认为是“精神不稳定”的。但除了小姨米丽亚姆之外，没有一个被确认为精神病患者。

鉴于上述回忆，麦克斯决定停止考虑自己是否精神错乱这个问题了。他意识到，即使自己没疯，“事物不只是它本身”的想法也会让他表现得像个典型的精神分裂患者。别人会把他看成那种可以控制的、没有危险的疯子，但疯了终归是疯了。

“ “ “

呆在医院的3天时间里，药物的影响让麦克斯萎靡不振。他开始

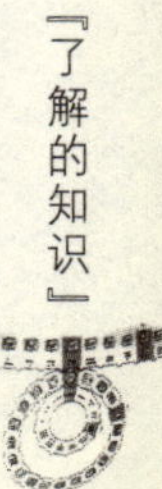

睡得越来越长，但对于哲学思考的热情却仍然埋藏在潜意识中，从未消退。

他父亲赶到学校，接他出院。一见到父亲，麦克斯立刻想讨论一下自己正在思考的那些问题，但赫伯特没有表示出任何兴趣。他例行公事地谈了几句，便指指麦克斯的行李。

“跟着我上车，让我们离开这儿。”赫伯特迅速地说。

回家以后，简用温暖和爱迎接了麦克斯。她随后告诉儿子，韦斯特恩医生还为他安排了一位社区心理医生。

进而，她又解释说，不管是她还是赫伯特，都不会和麦克斯讨论“事物不只是它本身”以及其他任何哲学命题，因为他们担心这会使他的“精神病情”恶化。只有他们挑选的那位心理医生——奥斯丁医生——才被允许探讨麦克斯的哲学发现。

这让麦克斯感到挫败。但为了不让父母伤心，他同意了他们的安排，然后就进了自己的房间，在家里住下了。

第二天，简开车带着麦克斯去见奥斯丁医生。那是个肥胖的男人，有着一头灰发，戴着眼镜。奥斯丁医生的儿子是个作曲家，曾经和杰里·杰夫·沃克(Jerry Jeff Walker)①合作过一张专辑，专辑里有麦克斯最喜欢的一首歌《波简勒斯先生》(Mr. Bojangles)。因为这个原因，这对医生和病人之间建立了相对和谐的关系——否则的话，还真是很难相处。

奥斯丁医生还写过一本广为流传的书，内容是分析阿道夫·希特勒的心理问题，这也激发了麦克斯的好奇心。医生还为自己在泰利镇的房子而骄傲——这里以前可是马克·吐温的故居。他深信，文豪曾经在他现在身处的这间书房里写出过不少杰作。

奥斯丁医生告诉麦克斯，他此前曾经研究过很多伟大的思想家，而毫无疑问，麦克斯正被一种叫做“伟大思想综合症”的问题所困扰。

---

① 杰里·杰夫·沃克(Jerry Jeff Walker)：二十世纪六七十年代，美国著名的乡村音乐歌手。

而麦克斯却用了5次心理治疗的时间，尽力向医生解释“事物不只是它本身”这个思想的精妙之处。

但奥斯丁医生同样不相信他。

医生不停地增加氯丙嗪的剂量，这使得麦克斯整天摇摇晃晃地走不稳路。而且，麦克斯还必须每周去治疗5次，直到医生认为“病情相对好转”。

* * *

到了5月下旬，奥斯丁医生终于感到治疗“取得进展”了。于是，他把疗程改为一周3次。

麦克斯也取得了进展——他学会了如何回答医生的问题，才能使自己不再被当成一个疯子。

麦克斯也从来没对医生提到过自己濒临死亡、看到12种颜色和12个人名的那次经历，他认为没有这个必要。他知道，自己正沉浸在一种完全自我的思维空间里，而这个空间又是只适合于他一个人的——其他人根本无法理解他。

因此，曲意奉承身边的人正是麦克斯逃避现实的有效方法。

尽管他表面上显得“好”多了，也更能被人接受了。但实际上，他从来没有停止过思考“事物不只是它本身”这个问题，也从来没有停止过思考“如何用自己的发现来改变世界”。

麦克斯也意识到，再与人分享自己的思想时，他可要格外谨慎。然而这并不说明自己的思考是没有价值的。

到了9月，麦克斯重新回到了耶鲁大学。他和学校达成的唯一协定是：该生不得进修任何与哲学有关的课程。

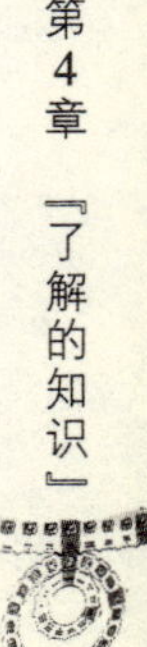

第5章

在玻利维亚被拘留

1970年

重回学校之后，麦克斯学会了低调做人，谨慎地保持着一种“主流”的姿态。他按时完成作业，参加校内体育运动，这种乖孩子的表现让那些担心他精神状况的人相当满意，父母和老师都可以舒出一口长气了。

当然，他必须回避所有哲学课程。但尽管如此，他却仍然有机会去“理解知识”。作为哲学的替代，他选修了文化人类学的课程，接触了克劳德·列维-斯特劳斯(Claude Lévi-Strauss)[①]的结构主义。通过这些课程，他另辟蹊径地研究着“时间”和“文化”在人类大脑中奇异的延续过程。

* * *

1970年春天的时候，麦克斯认识了保罗·哈瑟尔顿。哈瑟尔顿是个政治系的学生，对拉丁美洲充满了兴趣。他参加了一个名为“建立友谊”的国际交流计划，在这个计划中，美国的大学生可以获得比加

---

① 克劳德·列维-斯特劳斯(Claude Lévi-Strauss，1908—2009)：法国著名人类学家，他所建构的结构主义与神话学不但深深影响人类学，而且对社会学、哲学、语言学等学科也有深远的作用。

人和平组织更多的直接接触拉美的机会。

按照计划,40个在校生将被送到秘鲁的阿雷基帕。他们将在那里帮助当地建立学校,提供社区服务,此外还要完成秘鲁-北美文化交流中心布置的种种任务。

作为文化交流的一部分,大学生们也有机会住在秘鲁当地的居民家中。

因为麦克斯曾经在西班牙生活过,他认为参加这个计划,将会有助于充实自己的暑假生活,而且他需要新的旅行来练习自己的西班牙语。

旅行的开始,真是顺利得不能再顺利了。接待麦克斯的阿雷基帕家庭,与他过去拜访过的巴塞罗那家庭出奇地相似。女主人罗德里格斯太太也是一个寡妇,她有两个儿子:15岁的阿尔贝托和17岁的贾维尔。另外,罗德里格斯太太的姐姐也和他们住在一起。这一家人都很愿意学习英语,因为这有助于他们的生意,有助于保持在社会上的中产阶级地位。

和所有秘鲁的富有人家一样,他们的房子虽然并不太大,但也养着好几个仆人——包括两个园丁、一个厨师和两个女仆。

麦克斯的卧室位置非常好。在那儿,他能望到白晃晃一片的阿雷基帕市中心,殖民风格的建筑尽收眼底。根据当地法令,所有的建筑物都必须被漆成白色,每当太阳升起,整个城市闪闪发光,展现出令人目眩神迷的壮观景象。而当夕阳西下之时,橙色或粉色的傍晚天空,同样会给人留下无法抹灭的印象。

看到壮观的米斯提火山屹立在万里无云的湛蓝天空之下,麦克斯感到,阿雷基帕实在是他见过的最有视觉冲击力的城市。而对于西班牙,他印象最深的则是那里的人们,以及他们给游客带来的舒适感。

此时,麦克斯依然没有摆脱失恋的沮丧,但当他见到美艳绝伦的卡罗丽娜时,情感世界中的废墟终于开出了鲜花。卡罗丽娜23岁,住

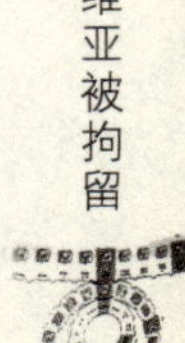

处离罗德里格斯一家很近，步行只要 5 分钟。她是贾维尔和阿尔贝托的表妹，她的父亲则是罗德里格斯太太的弟弟。她还是家中的独女，在她之前，家里已经有 12 个儿子了。

尽管年纪不小了，卡罗丽娜却从来没和男孩单独相处过。她爸爸是个大学教授，正在编写一本数学课本。教授在欢迎客人的社区舞会上认识了麦克斯，立刻对这个年轻人的数学才能感到惊奇。随即，他便安排麦克斯到地方上的高中给学生们上代数课。

因为欣赏麦克斯的教学能力，教授进而认为他是把自己的著作翻译成英语的最佳人选。因为这个原因，麦克斯就有机会接触到了教授的家人，最终认识了卡罗丽娜。

他对这姑娘的兴趣立刻引起了那家男孩们的怀疑——卡罗丽娜的哥哥们都觉得这不是什么好事。但因为爱才之心，教授却对儿子们的担心不予理睬。甚至当卡罗丽娜提出带麦克斯到处游览的时候，他也同意了——当然，哥哥中的一个必须也在场，充当监护人。

经过两次导游，卡罗丽娜又请麦克斯带她去看电影。那天上映的是一部新片，罗伯特·奥尔特曼(Robert Altman)[①]的《陆军野战医院》(M*A*S*H)。恰好，哥哥们都没时间来履行监护人的职责，而卡罗丽娜的父亲仍然允许两个年轻人单独出门。毕竟，青年男女看场电影，并不是什么大事。遵照卡罗丽娜的建议，麦克斯到殖民时期的宫廷音乐剧院买了两张“扶手椅子”的票。

出乎麦克斯的意料，原来所谓“扶手椅子”竟是一个挂着窗帘、完全封闭的私人空间。剧院的其他观众根本看不到里面的人在做什么，里面的人却能看到外面的银屏——但卡罗丽娜和麦克斯谁也顾不得往外看了。

那天的电影，麦克斯甚至连一个画面也没记住。

---

① 罗伯特·奥尔特曼(Robert Altman，1925—2006)：美国著名电影导演，2006 年获得奥斯卡终身成就奖。

整整2个小时，卡罗丽娜都在探索麦克斯的身体，每一寸都不放过。她尽情地体会和异性耳鬓厮磨的快乐——而这种事情，在她过去23年的生活中都是被绝对禁止的。

卡罗丽娜如火如荼的情欲让麦克斯不知所措了。在此后呆在阿雷基帕的8个礼拜里，他无法再对任何事情感兴趣——除了这位秘鲁美人。这种如火的激情让他感到幸福，但在另一方面，却又使他在放纵之余陷入了困惑。

" " "

正当麦克斯为这种状态深感矛盾时，另一个“确立友谊”计划的成员罗尔夫·伊内斯找到了他，邀请他一起去玻利维亚的丛林寻找美洲虎。罗尔夫今年26岁，是同来的学生中岁数最大的。他的家乡在荷兰，并且已经在那儿服完了兵役。这个年轻人有6尺高，稍有些削瘦，带着眼镜，总是穿得衣冠楚楚的。他还留着一头棕色的短发——在那个年头，这类发型显得相当个性，因为大多数人都习惯留长发。

罗尔夫是土木工程系的学生，就读于田纳西州的范德比尔特大学。凭借着专业知识，他在1970年夏天帮助阿雷基帕设计了一大批学校和民宅。就在那一年，秘鲁北部遭受了一场地震，罗尔夫还曾花费了两个星期的时间，投身到援助灾区的工作中。

麦克斯没看出来，原来罗尔夫还是个风趣、富有冒险精神的人。交流活动结束后，他在秘鲁还有一大目标，就是捕猎美洲虎。但是即使已经在当地住了个把月，他的西班牙语知识却仍然接近于零。为了顺利捕猎，他还必须寻找一个精通当地语言的同道人。

罗尔夫认为麦克斯是一起捕猎的最佳人选，至于狩猎地点，他已经在地图上标出了两个备选区域：一是亚马逊河流域的伊基多斯，二则是靠近玻利维亚的央葛斯。

“麦克斯，你想不想去秘鲁或者玻利维亚的丛林里打猎？打美洲虎。”在秘鲁-北美文化交流中心的酒吧里喝着皮斯科白兰地时，罗尔夫问麦克斯。

12

“这事我可没考虑过。”麦克斯回答，“我从来没拿过枪。不过我很想见识一下真正的丛林，你有什么计划？”

“我已经调查好了。”罗尔夫热情地说，“我曾经去过玻利维亚领事馆，他们向我推荐了一块叫卡兰纳维的地方。在那儿，我们能找到向导和打猎的装备，花费也并不高。如果你想去的话，我愿意支付打猎的全部花销。你知道，我的西班牙语说得不好，你要是能给我当翻译就太好了——而且我们肯定会相处得不错。”

“算我一个好了。”麦克斯冲动地说，“这主意听起来太刺激了。”

于是两个人碰了一下杯，以此庆祝狩猎同盟正式建立。

“不过在来回的两个星期里，我只能负担100美元的花销了。咱们的旅行最好节俭一点儿。”麦克斯又加上一句。

“除了为狩猎留出的那笔钱以外，我的手头也不宽裕。”罗尔夫表示同意，“但是不必担心，我已经计算好了。我们还能顺便去一下库斯科、马丘比丘或者别的什么地方呢！”

“太好了。”麦克斯喜形于色，“我正想去看看马丘比丘呢！如果有可能，咱们还能去一下的的喀喀湖和蒂亚瓦纳科。”

“没问题，这些地方都在咱们的行程表上。”罗尔夫信誓旦旦地干掉了杯中酒。

" " "

两天以后，这对年轻人启程出发，登上了前往普诺的火车。到达普诺之后的第二天，他们马不停蹄地继续前往科帕卡巴纳。

在普诺和科帕卡巴纳之间，最便宜的交通工具要算是所谓“采购车”了。这是一种私人运营的大众小型巴士，如果强塞硬挤，车厢里也能装下12个人。而当罗尔夫和麦克斯到达汽车站的时候，停在那儿的9辆小巴士都已经坐满了。

正在一筹莫展之际，一个司机抓住了他们，声称肯定能给他们弄到座位。司机开始对那些已经坐下的乘客用盖丘拉语飞快地喊话。随即，便有两个印第安人站了起来，走出车厢，爬到了车顶上——他们这么做,大概是为了能省点儿钱。

道路崎岖不平,尘土飞扬,而且到处都是大坑。车顶上的那两位"半票"乘客必须得拼命抓紧才行了。

车上的乘客大都来自于的的喀喀湖畔的那些小村庄,那里也是古印加人的家乡。在历史上,印加人曾经统治安第斯山脉沿线以及南美的大部分地区长达几个世纪之久。

这些当地人一句西班牙语也不会说,他们只说艾马拉语和盖丘拉语。许多乘客都是出门去参加一个音乐节的。每年秋天,类似的音乐会都会如期举行,人们会演奏同样的音乐,唱着同样的歌曲,重复同样的舞蹈,这一切都是从他们的爷爷的爷爷——乃至更远的祖先——那儿传下来的。

印第安人相信所有生命都是神圣的。他们会崇拜石头,崇拜树木,甚至认为有生命与无生命的东西根本没有区别。在他们眼里,所有的一切存在都是生命的不同形式。他们经常举办某些"仪式化"的娱乐活动,这是因为他们相信,通过这种方式可以忘却时间的流逝。他们希望用歌舞、用吉开酒(一种谷物啤酒)、用古柯叶来麻醉自己,从而获得无拘无束的快乐。

车上的每一个人都是还没落座,就已经醉了或者 high 了。麦克斯和罗尔夫只希望司机还保持着清醒。

" " "

当巴士经过秘鲁和玻利维亚的边境时,麦克斯请司机停车,他们想给护照盖章。但司机则告诉他们,边防人员才不会检查他们的护照呢!"明天音乐节就结束了,到时候会有成百上千的人过境回去。"司机解释说,"边防员知道这些人都没问题。"

对于麦克斯和罗尔夫来说,这个解释听起来挺有道理,因此他们也就不多问了。

2 个小时后,汽车到达了的的喀喀湖岸边的科帕卡巴纳。天色已近傍晚,但湖岸上和集市上仍然人头攒动,音乐和舞蹈表演也正进行

得如火如荼。笛声和弦乐混合在一起，制造出了一种非同凡响的共鸣效果，令每个人都忍不住想要跟着载歌载舞。但与里约热内卢那嘉年华式的狂热不同，在这里，人们表现出了一种内涵丰富的深情气质。那是一种苦难深重而又充满尊严的神秘悲伤，以及欢乐。

男人和女人们都披着色彩亮丽、用羊毛织成的毯子和斗篷，女人还戴着不同形式的帽子。在这里，每个小镇都有它代表性的帽子款式——这也是当地人自我认同与继承传统的方式。

像被音乐和这里的人们催眠了似的，麦克斯和罗尔夫精神亢奋，仿佛正在梦游。他们从摊贩那儿买来烤玉米、豚鼠以及其他稀奇古怪的美食。但大吃一通之后，还是感到了疲倦。

因为所有的旅馆都客满了，他们只好寄宿在居民家里。一个好心的农夫让他们睡在自家的牲口棚里，和一群山羊共度一夜。他给他们用稻草做了床，还附送了两条五颜六色的毯子。

罗尔夫认为这些毯子也能当斗篷使。如果他们要爬山涉水、进入丛林的话，保暖的衣物是不可或缺的。于是他们象征性地给了农夫一点儿钱，买下了那两条毯子。

第二天，两个年轻人穿着他们的新斗篷，漫步回到了镇中央。他们又买了宽边的墨西哥草帽戴上，从而彻底把自己搞成了一幅滑稽模样——非但没和本地人打成一片，反而更像邯郸学步的外国佬了。

走到湖畔之后，他们认识了两个漂亮的 17 岁女孩。她们是和家人、朋友一起来参加音乐节的。而现在，姑娘们正准备乘坐校车回拉巴斯去。

交谈了一会儿，女孩儿们便开始对这两个外国小伙子眉来眼去了。对于她们，麦克斯和罗尔夫很有吸引力，他们代表着一个完全不同的世界。她们进而邀请他们一起去拉巴斯。对于这个建议，小伙子们也欣然接受。毋庸置疑，佳人作伴的旅行将会充满乐趣。

第二天早上，太阳刚刚升起，在牲口棚里饱受失眠之苦的罗尔夫和麦克斯登上了校车。这一路倒是平安无事。尽管沿途必须经过至少

20个检查点，但边防人员也都认识校车和开车的司机，一律挥手放行了。

他们在下午时分到达了拉巴斯。和女孩及其家人告别后，他们决定找个靠近车站的露天咖啡馆住下。

出生在荷兰的罗尔夫特别喜欢啤酒。因为德国人曾经在玻利维亚建造啤酒厂，为这里带来了先进的工艺，并且酿酒的水源又取自于安第斯山的清水，因此本地的啤酒味道格外爽口。另外，这里每瓶啤酒的容量都比美国啤酒足足大上一倍。

“这是我喝过最好的啤酒。”麦克斯说，“甚至比秘鲁的阿里丘皮诺啤酒还要好。”他和罗尔夫喝过一轮，又要了一轮，就着咖啡馆的小吃开怀畅饮。

“你说得对。”罗尔夫表示赞同，同样一饮而尽。

突然，麦克斯从桌边跳了起来。

“哦，天啊！”他说，“这不是阿奇·本森吗？”

“阿奇，阿奇，我在这儿呐！”麦克斯一边叫着，一边大力挥手，尽力吸引阿奇的注意，“你到这儿干什么来了？”

这么说的时候，阿奇已经来到了近前。他还带着一个迷人的年轻女人。

寒暄之后，阿奇解释起到这儿来的原因。

“你一定没见过我太太伊丽莎白吧，麦克斯？我们是在6月份课程结束的时候结婚的。而我们来南美，则是在为美国执行一项特殊的考察任务。为了完成考察，下学期我们就只好先中断学业了——你们呢，来这儿干嘛？”阿奇又问。

“只是来旅游。另外，罗尔夫想要去央葛斯捕猎美洲虎。”麦克斯笑着说。

“真巧，我们正好刚从央葛斯回来。”阿奇点点头，“去那儿最好的方式，就是搭一种当地人所说的‘香蕉船’。那其实是一种卡车，专门从丛林往外运输香蕉。交完货以后，它们就会空着车斗开回去，正好

12

载着搭车的当地人，价格是每英里1便士。坐这种车，你们能一直到达卡兰纳维，到了那儿，我相信你们一定能找到合适的向导的。”

更令麦克斯吃惊的是，阿奇随后递给他一把旅馆房间的钥匙。

“我们多付了两晚的房租，如果你们正在找地方住，干脆就住我们的房间吧！”

这让麦克斯和罗尔夫喜出望外。他们再次找到了“价格合理”的住处——实际上是免费。

因为玻利维亚是个革命频发的国家，而且法律明确规定，所有入境的外国人都必须登记，所以每家旅馆都要检查外国游客的护照，并且记录在案。于是，罗尔夫和麦克斯偷偷溜进了旅馆，在免费的房间里安顿了下来。

第二天，当地的通信服务业爆发了一场罢工——所有媒体工作者都走上了街头。报纸、广播和电视台都停业了。

因为急于踏上“美洲虎探险之旅”，麦克斯和罗尔夫并没有太关心政治局势，他们来到大街尽头的最后一个加油站，搭上了“香蕉船”。在那辆平板卡车上，他们和14个印第安土著挤在一起。车上还有3个小孩，年龄从几个月到1岁大小不等。这些孩子还将要在母亲怀里呆到5岁呢！——玻利维亚妇女相信，照顾孩子最好的方式，就是尽可能长时间地给他们把屎把尿。在这里，看到6岁的孩子还叼着奶嘴并不是什么稀奇事。

印第安人们随身带着食物和饮料，并热情地邀请麦克斯和罗尔夫一起分享。但对于两个年轻人的装扮，他们却一致感到很滑稽。车每走20公里左右，就会碰到一个检查点，但“香蕉船”却根本不带减速的。所有哨兵都认识司机何塞，他们觉得这辆卡车根本没有检查的必要。

对于罗尔夫和麦克斯来说，这一趟坐车旅行可真是太刺激了，几乎可以说得上是“前无古人，后无来者”。尽管何塞对路况了如指掌，但剧烈的颠簸还是把两个年轻人吓得够呛。

6个小时后，所有乘客都跳下了车，回家去了。他们的身影隐入山间，很快就不见了踪迹。

何塞邀请麦克斯和罗尔夫坐进了驾驶舱，好奇地问他们美国是什么样的。同时，他也向两个外国乘客介绍了一些关于卡兰纳维丛林的知识。而当他们到达通往卡兰纳维的最后一个军事检查点时，年轻的哨兵注意到了麦克斯和罗尔夫并非寻常乘客。哨兵满是怀疑地盯住他们，要求查看他们的身份证。麦克斯把护照递了过去，但对方却从来没见过外国人，也没见过护照这东西——此地实在是太偏远了。

"这是国际通行的身份证，和你们在玻利维亚用的是一样的，而且用处还更大些呢！"麦克斯解释道。

哨兵转向何塞。何塞笑着开口了："这些孩子没问题，一路上我们都在一起。他们不会惹麻烦的，让他们过去就行啦！"

原来这个哨兵娶了何塞的第二个堂妹，因为这层关系，麦克斯和罗尔夫顺利地通过了进入玻利维亚以来的第 39 个检查点——也是最后一个。尽管这个国家的军政府一再要求工作人员提高安全警惕，但两个年轻人却一路畅通无阻。

"香蕉船"进入了卡兰纳维镇，何塞把麦克斯和罗尔夫放在最近的一个酒吧，就回去和老婆、孩子团聚了。

在酒吧里，两个年轻的探险家一边享用啤酒和食物，一边和老板聊起天来。老板答应帮他们找到捕猎美洲虎的步枪，还主动请缨为他们做向导。

一切谈妥后，麦克斯和罗尔夫坐回位子上，开始观察周围的环境。

尽管身在南美丛林的中心地带，但他们此刻的感觉，却像正在出演一部约翰·韦恩(John Wayne)①的西部电影。几栋小木屋分布在灰尘飞扬的街道两侧，一条比街面高出 8 尺的通行道贯穿在房子之间。所有房子都被木头支柱架高了，这样一来，即使雨季来临，主干道被

① 约翰·韦恩(John Wayne，1907—1979)：美国好莱坞著名演员，以《关山飞渡》蜚声世界影坛，一生共拍片 250 部，影响甚大。

河水淹没了,居民们还可以照常生活。

当麦克斯和罗尔夫喝完第三瓶啤酒时，一个穿着军装的官员向他们走过来,用西班牙语说话了。

“埃尔·戴斯想要见见你们,能跟我来么?”他说。

麦克斯不知道所谓埃尔·戴斯是什么人,他请穿军装的人解释清楚。而对方告诉他,埃尔·戴斯相当于这里的主管、镇长以及地区官员——所有职务集于一身。于是麦克斯明白,在这儿,可不能不给那个埃尔·戴斯面子。于是他和罗尔夫喝完了啤酒,跟穿军装的人一起来到街对面,走进一间小木屋里。这里既被用作政府办公室,也能充当拘留所。

埃尔·戴斯是个身材魁伟的汉子,令人印象深刻。他见到麦克斯他们之后的第一件事,就是要他们交出护照,仔细地检查了一番。他不带任何感情地询问麦克斯到这儿来的目的。得知两个年轻人是来捕猎美洲虎的时候,他露出了笑容,同时表示,可以让卫兵带他们去镇上唯一的旅馆。

但在此地旅游期间,麦克斯和罗尔夫的护照必须被扣下,直到他们离开埃尔·戴斯的管辖范围。

考虑到手头的钱所剩不多了，罗尔夫便让麦克斯告诉埃尔·戴斯，他们现在还并不打算回房休息，而是想在镇上了解一下风土人情。实际上,他们是想在河边露营一夜,这样就可以省下住店的钱了。

很不幸,河边露营并不舒服。麦克斯和罗尔夫把毯子铺在了一个蚁丘上,第二天早上,蚂蚁成群结队地爬出来,给了他们一顿狠咬。

这个早晨酷热难当,他们准备回镇子吃饭,并和答应当向导的饭馆老板会面。但这时,罗尔夫的心思却改变了,他向麦克斯坦白了自己此刻的想法:天气和虫咬让他丧失了捕猎美洲虎的激情。

“我们已经看过了异国情调的丛林、数不胜数的奇禽异兽,”罗尔夫说,“这不正是我此行最主要的目的吗?现在对于我来说,亲手开枪射杀一只美洲虎已经没什么意义了，而且我们的盘缠也不多了。也许我们应该回到拉巴斯去，这样还能顺便参观一下库斯科和马丘比丘。”

“正合我意。”麦克斯表示赞同。

于是，他们带着墨西哥宽边帽，把毯子叠起来搭在手上，回到镇上的饭馆用餐。

他们要了两份由瘦牛肉、米饭以及烤香蕉组成的“美洲套餐”，此外还有鸡蛋和玻利维亚特产的一种豆子。当然，啤酒也是必不可少的。轻松愉快地吃完之后，他们又点了两份味道浓郁的玻利维亚咖啡。

而正当他们开始品尝咖啡的时候，一辆吉普车绝尘而来，在饭馆门口戛然停下，搅起了大片的尘土。

一个身穿制服的士兵走出吉普，进入饭馆，朝麦克斯他们的桌子走来。

“你们的证件有些不对劲。”这人粗鲁地说，“我们营地的中尉想和你们聊聊。”

麦克斯转向罗尔夫，想看看他会做何表示。而罗尔夫只是笑着，又让服务员给自己加了一杯咖啡。

在不知所措的情况下，麦克斯只好也给自己添了一杯，同时转向身边的士兵。

“请让我们吃完饭——我们就在这儿，跑不了。”

于是那士兵离开了饭馆。10分钟后，罗尔夫又要了一杯咖啡，麦克斯也只得如此。

“罗尔夫，我们该怎么办？”麦克斯紧张地问，“我可喝不下第四杯咖啡了，而且我觉得吉普车里的那些军人已经等得不耐烦了。”

“别担心。”罗尔夫自信地说，“他们也只能在那儿等着。我在荷兰的时候，曾经在军队里混过，我知道这只不过是那些家伙想找找乐子罢了。也许只是因为我们的旅馆房间昨天晚上没亮灯，那位中尉想要问问我们去干嘛了。”

于是，两个年轻人轻松地付了账，走出饭馆。4个穿着军装的士

兵仍然耐心地等在车里，身边放着沉重的步枪。

烈日仍然高悬，天气越来越热。罗尔夫盯着崎岖不平、灰尘满天的主干道看了一眼，然后转向麦克斯。

“麦克斯，告诉他们，我们饭后需要散步。他们可以开着吉普车跟着我们——对于我们来说，溜溜达达地走到兵营可比挤在车里舒服多了。”

麦克斯向领头的士兵转述了罗尔夫的话。但就在这时，麦克斯意识到对方可不是在找乐子。

士兵的头儿突然喊出一声口令，4 个军人跳出了吉普车，用枪瞄准了麦克斯和罗尔夫。

“你们必须坐车，而且现在就得上车。”士兵的头儿用不可抗拒的口吻发号施令。麦克斯真的害怕了，但罗尔夫似乎仍然认为这只是个玩笑。

“放松点儿，这只是他们的训练内容而已。没人会真的向我们开枪。”他笑着说。

但他们还是爬进了吉普车。

车子只开了 5 分钟就到达了兵营。这里是央葛斯地区最大的一个军事据点，大概有 400 个士兵在此驻扎。但此时此刻，营地内外却空空荡荡，看起来没什么人的样子。

一个年轻的中尉接待了他们。麦克斯问他营地里为什么没人，中尉解释道，大部分士兵都去搜查切·格瓦拉(Che Guevara)[①]的游击队了。而在麦克斯和罗尔夫跳上“香蕉船”的时候，这整个地区都对外国人关闭了。

拜媒体业罢工所赐，他们根本不知道这个消息。

---

① 切·格瓦拉(Che Guevara，1928—1967)：阿根廷的马克思主义革命者、医师、作家、游击队队长、军事理论家、国际政治家，是古巴革命的核心人物。自他死后，他的肖像已成为反主流文化的普遍象征、全球流行文化的标志，同时也是第三世界共产革命运动中的英雄和西方左翼运动的象征。

听了中尉的话，麦克斯和罗尔夫面面相觑，说不出话来了。

中尉是个衣冠楚楚的年轻人，说话的口气倒也和善。他首先对把麦克斯他们押到这里的行为表示歉意，随后又告诉他们，高级军官都随同将军去围捕游击队了——在有权“处理”他们的人物回来之前，麦克斯和罗尔夫也只得呆在军营里。

军营里没有正式的监狱，中尉便安排了两间军官宿舍让他们过夜。随后中尉又通知道，他们晚上将和将军夫人共进晚餐——这样的“看押”方式倒也人道。

看着麦克斯他们的墨西哥草帽和花里胡哨的毯子，年轻的中尉几乎要相信两个年轻人的供词了——他们的确就像两个迷了路的旅行者——至于逃避了39个检查点的盘查，则是纯属巧合，而并非蓄意。

但反过来想，这个故事又太让人难以置信了。

因为所有高级军官都外出了，中尉便给情报五处——位于拉巴斯玻利维亚中央军总部的最高保卫机关——发了封电报，请示应该怎么“处理”麦克斯他们。

他告诉两个年轻人，吃晚饭的时候，就会把请示结果通知他们的。

" " "

坐车进入军营的时候，罗尔夫发现这儿有几个漂亮的红土网球场。毫无疑问，这是给军官们准备的。他怂恿麦克斯去请示中尉，他们这些“犯人”能不能在下午玩会儿网球。找不到拒绝的理由，中尉只好同意了。

中尉还派了两个士兵跑来跑去地帮他们捡球——就像网球俱乐部里的球童一样。而另外两个士兵则手握机关枪，瞄准着麦克斯和罗尔夫，以防他们逃跑。

到了晚上，麦克斯吃到了有生以来最丰盛的一顿饭，并和将军的夫人进行了一次愉快的交谈。而在席间，中尉也把两个人的处境告诉了他。

“情报五处怀疑你们所讲的故事的真实性。”中尉说，“他们让我

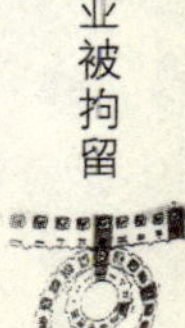

12 明天早上把你们送到拉巴斯。在那儿，他们会详细审问你们。当然，一旦你们的话被证实了，也就没什么可担心的了。”

“好吧！我们真的不是间谍。”麦克斯焦虑地强调说。

“我也知道。”中尉表示同意。随后说：“我会让劳尔做你们的卫兵，护送你们过去，明天早上6点有前往拉巴斯的公共汽车。你们的车费可以免掉，但路上只能自己买食物吃了。”

说到这儿，中尉的脸有些发红了：“很高兴能跟你们共进晚餐，希望你们在拉巴斯平安无事。”

离开的时候，罗尔夫给了麦克斯一个苦笑。

“哇，我们来这儿的时候还花了2美元呢！回去倒是便宜得多。”罗尔夫自嘲道，“谁能拒绝顺风车呢？”

麦克斯不知道他们此番回去，是否真的能像罗尔夫所言的那样“毫无代价”。但他还是笑了笑，同时保持乐观。

然而这天晚上，他却难以入睡。

* * *

坐公共汽车回去，可比来时的“香蕉船”舒服多了，在一个小镇上，他们还能停下来用餐。借此机会，麦克斯和罗尔夫品尝了山里的烤鳟鱼——味道实在是好极了。而他们的卫兵劳尔也对此行非常满意，因为他趁机获得了3天的短假，可以到拉巴斯去看望自己的未婚妻。

到达拉巴斯之前，一切都很顺利。到了地方后，劳尔把他们交给了胡安。胡安是他们的新卫兵，将会负责把他们带到情报五处。他这个人看起来挺正派，但对于押送两个带着墨西哥宽边帽、身披花里胡哨的毯子的外国佬这个任务，却似乎不甚积极。

不管怎么说，卫兵还是例行公事地把麦克斯和罗尔夫带上了吉普车。车上还有一个司机和一个荷枪实弹的士兵。

下午4点，两个外国佬来到了情报五处——玻利维亚的最高保卫部门。罗尔夫居然拿出一台美能达迷你相机准备拍照，但还没来得及抗议，相机立刻就被一个士兵夺走了。接着，他们被带进了一间很大的房间。在那里，他们被告知阿纳霍拉将军会“尽快赶过来”。

但一直等到晚上9点，将军还是没有出现。这时候，他们已经饥肠辘辘了。于是他们问胡安是否可以吃饭。

出乎所料，胡安立刻叫来一个士兵，把他们带往军官俱乐部。他们被告知，在那儿可以随意点菜，但得自己付账。

他们从被关押的地方出来，没走一会儿，就来到了一栋毫无特征的军事建筑物前。而一旦进入其中，麦克斯和罗尔夫立刻被里面的环境惊住了。这里完全照搬了一个英国乡村俱乐部的风格，摆着黑色的木桌子和品位不俗的装饰品。整个餐厅只有8张桌子，却有4个服务员在一旁侍立，服务质量自然无可挑剔。在另外3张桌子上，还有别人在吃饭，但两个年轻人都知道，在这种情况下主动和人聊天可不是明智的行为。

在吃饭的过程中，代替胡安看管他们的新卫兵叫乔尼。用餐结束后，罗尔夫似乎仍然认为这一切只是闹着玩儿的，他对麦克斯说，如果服务员管他们要钱，那就告诉对方，他们是阿纳霍拉将军的“客人”——他们的这顿饭，将军会来付账的。但服务员只是微笑着，并没有提账单的事。随后，他们就被乔尼带回了看押地点。

此时已经接近晚上11点了，将军还是连影儿都没露。

" " "

随着时间一拖再拖，疲劳感涌了上来。原本大大咧咧的罗尔夫也焦虑了起来，他的荷兰口音变得越来越重，说的话都有些听不明白了。

“麦克斯，问问乔尼，我们能不能给荷兰或者美国领事馆打个电话，也许那些地方能帮助我们。”他用明显紧绷的声音说，“我们可不能在监狱里呆上整整一夜，必须想个办法。”

“先生，我们能打个电话吗？”麦克斯问乔尼。在他们被拘禁的几个小时里，卫兵都一直坐在对面的桌旁。他面前摆着一架电话。

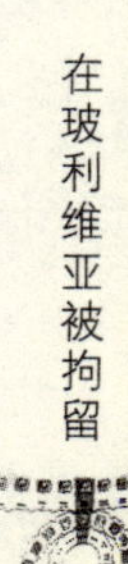

12

“我得问问莫拉利斯上尉，看看他允不允许。”乔尼回答。

5 分钟后，打电话的要求被批准了。麦克斯先给美国领事馆拨通了电话，接电话的是一个职员。

“领事几个小时前就下班了。”职员说，“明天早上一上班，我会第一时间把你们的情况告诉他。但今天晚上，我们恐怕无能为力。”

说完，电话就被挂了。

而罗尔夫联系上荷兰领事馆后，电话立刻就被转接到了领事的家里。领事和莫拉利斯上尉——也就是这个收容所的值班领导——交涉了一番，终于达成协议，把罗尔夫和麦克斯移交到荷兰领事馆的管理之下。但上尉也要领事做出保证：案子了结之前，这两个年轻人无法逃离玻利维亚。

不到 45 分钟之后，荷兰领事亲自赶到了情报五处，而此时，已经时近午夜了。他签署了必要的文件后，罗尔夫和麦克斯便被护送到了一家中等价格的旅馆里。

两个年轻人进了房间之后，玻利维亚方面的士兵仍然坐在他们的门口，以确保疑犯不会妄图逃脱。

第二天早上 6 点钟，他们就被叫醒，然后送到了情报五处。这次等的时间不算太长，只过了一个半小时，阿纳霍拉将军就接见了麦克斯。

麦克斯走进了一个小房间，房间的天花板上挂着一只灯泡——这种场面他以前只在电影中见过。而对于接下发生的事，他也做好了最坏的准备，甚至连严刑拷打都想到过了。但从屋里的情况来看，唯一算得上刑具的，恐怕只有那台老式手动打印机了，那东西只要一工作，就会发出震耳欲聋的响声。

将军正坐在打字机前面，突然开始向麦克斯发问。

“你在 NLF 里呆多久了？”他说。

“NLF 是什么？”麦克斯真诚地反问。

“国家解放战线(Los banditos aquellos)。”将军补充说，“那些支持切·格瓦拉和他的走狗的家伙。”

“不,我不是这个组织的成员。直到刚才为止,我还是头一次听说这个名字呢!”

“那么你一定是CIA(美国中央情报局)的成员了。”对面的军人粗鲁地说。

“也不是。”麦克斯尽力保持语调平稳,“我不认为我已经岁数大到足以加入CIA了,而且就算我再长大些,也不会加入他们的。”

“你是哪个党派的?”审问者又说。

“在美国,我这个岁数还太小,还没有选举权呢!但如果过几年的话,我愿意成为民主党。”

审讯一直持续了7个小时。麦克斯和罗尔夫一路上所做的每一件事都被问到了,每一种情况都被盘问了,他们提到的每一个人——从阿雷基帕的玻利维亚领事到卡兰纳维的酒保——也都被记录了。

这7个小时的工作成果，就是阿纳霍拉将军整理出了一份长达2页、没有空行、分为45个方面的打印文件。麦克斯读了一遍文件,然后在上面签了字。并且声明自己的“供认”全部属实。

这份文件详细记述了麦克斯和罗尔夫如何逃过安全检查，如何参加“确立友谊”计划、如何决定从普诺乘坐巴士、如何在拉巴斯街头“撞上”阿奇·本森等所有细节。

看着白纸黑字，就连麦克斯自己也感到这些供认难以被人相信了。但他还是签了字,然后精疲力尽地回到了等候室。而在那儿,罗尔夫早已等得心焦似火了。他的手里还拿着美能达相机,因为一路上拍摄的那些风土人情和丛林动物的照片都被曝光了，他脸上的表情几乎是神经错乱的。

对于这一点,麦克斯没有表示惋惜。7个小时的审讯已经榨干了他的所有精力。而现在,轮到罗尔夫进去受审了。但令人吃惊的是,他只过了5分钟就带着一脸坦荡的笑容出来了。

“发生什么了?”麦克斯怀疑地问他。

12

“没什么,你知道我的西班牙语不是很好,所以他们就问我,你说的每一件事是不是都属实,我回答说‘麦克斯从来不撒谎’,然后就签了和你一样的笔录。”

* * *

尽管签了一份“供认”,但在此后的7天里,麦克斯和罗尔夫仍然处于军队的看守之下。他们被允许在旅馆度过夜晚,但每天早上6点都会被卫兵准时叫醒,然后被送到情报五处进行进一步审问。

其实在整个过程中,唯一被审问的只是麦克斯一人,但罗尔夫也必须在审讯室里,和他呆在一起。

他们所讲的每一个细节都要被核查再核查。拉巴斯的那家旅馆也被问讯了,但那儿却没有他们的入住记录。调查员们还前往阿雷基帕、科帕卡巴纳和卡兰纳维去核实每一个情况、每一个名字和每一个“巧合”的真假。

到了晚上, 他们还可以选择前往荷兰或者美国领事馆——两个国家都已经为他们提供了担保——但仍要在卫兵的看守之下。一天晚上,为了让卫兵们高兴,他们干脆去看了场足球赛,于是乎,本来轮流看管他们的9个卫兵便在同一时间冒了出来, 也不管轮班不轮班了——当然,这么做还是为了防止麦克斯和罗尔夫“逃跑”。

而巧的是, 他们所看的那场比赛正是玻利维亚队对阵邻国秘鲁队。

而一个礼拜的看管结束后, 军方仍然没有找到这两个外国被拘留者的供词有什么漏洞——尽管供词本身太不可信了。麦克斯和罗尔夫终于被告知,他们第二天早上就自由了。他们将被送到公共汽车站,从那儿前往神秘古迹的所在地蒂亚瓦纳科,然后再上船被送到秘鲁的普诺。在普诺下船后,他们的护照会被归还。有两个卫兵会陪同他们走完这玻利维亚冒险之旅的最后一段。

同行的两个卫兵很乐于接受这个轻松的任务。而当麦克斯和罗尔夫参观蒂亚瓦纳科的古印加遗迹时,他们还可以休息很长时间。现在,对于两个年轻人来说,最坏的情况已经过去了。麦克斯面对遗迹,除了感到惊奇之外,心情也非常舒畅。他曾经读到过关于古太阳神维拉科嘉的资料,从那些记录中他知道,当地人相信太阳神是从的的喀喀湖的水中生出来的,并创造了最早的本地文明。

蒂亚瓦纳科的遗迹正是为了纪念这位伟大的神祇而修建的。遗迹的建筑充满了迷人的力量,似乎每一块石头都会呼吸,都能与远古的神沟通。

卫兵们也向麦克斯证实,本地人确实相信关于太阳神的远古传说。而且他们相信,那“能令人返老还童”的的的喀喀湖是人类的故乡。这里还有很多人相信,只要时间一到,的的喀喀湖就会重新成为全世界最重要的精神支柱,并会引导人类走向新生。

* * *

到了秘鲁的入境管理局,两位笑容洋溢的笔录官员接待了麦克斯和罗尔夫。他们已经拿到了两个年轻人的护照。

“我们等你们很久了,欢迎回到秘鲁。”他们递上护照。在护照封面上,印着一些大大的红字母,那是玻利维亚方面盖上去的:不被欢迎者。在那下面还有一些其他西班牙文,声明这两个可疑的人在任何情况下都不能再次进入玻利维亚了。

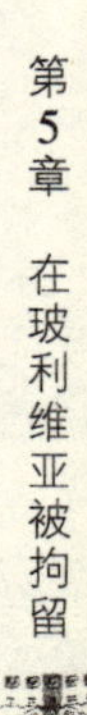

第 6 章

不被欢迎者

1973 年 *4* 月

22 岁的时候，麦克斯从耶鲁大学毕业，开始在他父亲的图书出版公司工作。对于此时的他而言，玻利维亚的冒险早已成为了一次刺激的回忆。

在工作过程中，他有机会去学习许多出版界的规则。而他父亲最近得了轻微的心脏病，这也要求麦克斯更多地挑起担子，为父亲分忧。

为父亲工作了 9 个月后，麦克斯开始着手重编一本名为《如何在医学院入学考试中取得高分》的练习手册。这种学生辅导书，实际上是延续了过去的成功经验。尽管麦克斯对医学一无所知，上高中以来也没学过什么应用科学的课程，但他懂得如何去研究，也懂得如何去设置练习题。

现在，他住在康涅狄格州的韦斯波特，每天早上都要去公立图书馆，在那儿开始一天的工作。到了中午，他才停下来休息一下。

因为图书馆隔壁就是基督教青年会，那儿的乒乓球协会又在招收新会员，麦克斯便报名参加了。在乒乓球协会里，他认识了乔治·哈迪。乔治是一个独立电影制片人兼作家，尽管他比麦克斯年长 20 岁，但仍然身材矫健，在球场上是个难对付的对手。他和麦克斯经常在单打中进行对抗练习,而双打的时候,他们又是搭档了。

麦克斯很喜欢乔治,去青年会的时候总是期待见到他。每当比赛结束,他们就会一起闲谈。他对乔治讲起自己对拉丁美洲的热爱:那儿的文化、那儿的人、那儿的语言。回忆起在那块土地上的经历时,麦克斯更是充满兴奋。

尽管乔治不是个特别容易感动的人,但还是被麦克斯那年轻的热情深深地吸引了。

那时候,乔治与拉尔夫·科恩制片公司达成了协议,准备为他们拍摄一部名为《探寻远古之谜》的电影,并且正为南美洲的选景工作物色人选。他认为麦克斯很合适:这个年轻人有着良好的职业道德,还能说一口流利的西班牙语,又了解拉美文化。

"说到底,这事不像脑外科那么难。"一天比赛结束、在更衣室里喝咖啡的时候,乔治向麦克斯提起了这个工作,"你听说过埃里奇·冯·丹尼肯(Erich Von Daniken)①和他的那本《寻找古代的太空人》(In Search of Ancient Astronauts)吗?"

"没有。"麦克斯如实回答。

"这个人相信,几千年以前,外太空的宇航员曾经降临过地球,而古文明中那些难以解释的奇迹,都是外星来客创造的。罗德·塞林在NBC电视台做了个特别节目,节目的内容主要就是根据这本书改编的,而且获得了巨大的成功。现在他们打算拍个续集,而书中提到了很多南美的遗址。我想请你帮我为这部电影进行选址,有兴趣吗?"乔治问。

麦克斯毫不犹豫地接受了这个机会:"当然,这听起来非常有意思。"

第二天,乔治交给麦克斯一份14页的电影大纲,此外还有选址

① 埃里奇·冯·丹尼肯(Erich Von Daniken):瑞士争议性人物,曾出书认为外星人对早期人类文化有影响。

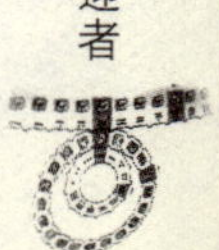

的初步计划。计划中包括玻利维亚的蒂亚瓦纳科、秘鲁的库斯科，还有其他号称存在“无法解释的古迹”的“史前太空人降临之地”。

而这时，乔治却对大纲的思路表示了强烈的不满。

“这些都是骗人的玩意儿，”他评论道，“不仅没说清楚丹尼肯的理论是否正确，就连作者本人是不是真的相信‘太空人降临’都没说清楚。”

“的确。你把他的理论告诉我以后，我到图书馆看了他的书。现在必须得说，书中的内容就算不是刻意捏造的，也显得太过牵强了。”麦克斯也实话实说。

“是啊，我猜这个工作不会让你感兴趣了。”乔治失望地说。

“不，恰恰相反——我倒觉得这是个很有意思的项目，而且很高兴能给你帮忙。我喜欢研究神话和古文明，和你一起工作也会让我感到高兴。”

“太好了！”乔治回答，“你最开始的薪水是每周125美元，我相信你能做得非常好。除了让这份选址计划变得充实一点儿之外，我还需要你协助我们把摄制团队和摄影器材运送到拍摄地点。你觉得自己能胜任吗？”

“没问题。”麦克斯自信地说。

于是他从父亲的出版公司请了假，充满热情地投入到电影项目中。头4个礼拜，他做足了准备工作：阅读了每一期国家地理杂志，列出了拥有古代神秘遗址的国家名单，从玻利维亚到英国、叙利亚、伊朗、希腊、印度乃至日本。

当两人再次见面的时候，麦克斯的工作效率给乔治留下了深刻的印象。于是乔治给了他一个新职位：制片协调员——这意味着麦克斯也必须随队前往电影拍摄地所在的国家。而麦克斯的周薪也涨到了150美元。

这时却突然传来了一个消息，《探寻远古之谜》的拍摄日期提前了。他们必须加班加点地工作，才能在整个摄制组到位之前做好前期准备。

“接下来的两周，你能不能亲自去一趟秘鲁？”乔治问麦克斯。

实际上，麦克斯自己已经准备好动身了。但此时，他担心的是另一个问题：他们还没从那些国家的大使馆获得拍摄许可证呢！

令麦克斯吃惊的是，乔治看起来并不十分关心这个问题。他自信地表示，什么事都是车到山前必有路。而麦克斯可不像他这么乐观。

但过了两天，麦克斯还是前往了秘鲁的利玛。在那儿，他住进了当地最高也最奢华的喜来登酒店。

看起来，乔治总是以这种方式旅行——出入五星级酒店，在最好的餐馆用餐。在自己享受的同时，他也希望自己的团队能获得同样的待遇。在娱乐业工作了这么多年，乔治懂得了一个道理：只有心满意足的团队才能欢欣鼓舞地工作。

因为麦克斯现在也是团队成员了（确切地说是先遣队），所以他也获得了“娱乐业”的高规格享受。然而麦克斯可没心思为此感恩戴德，因为一下飞机，摆在他面前的就是这样一个棘手的问题：5 天之后，整个摄制组就要抵达秘鲁了，但电影拍摄所需要的一切手续还没搞定呢！

工作的第一步，是先和秘鲁的文化部副部长奥塔蒙塔纳先生会面，但会面的结果并不理想。奥塔蒙塔纳先生五短身材，带着眼睛，一看就是个充满活力的人。他刚一见到麦克斯，就开门见山地告之，自己根本不知道有拍摄电影这回事。

麦克斯愕然了，但他随即稳住了阵脚。

“您没有收到我的信吗？”他问，“半个多月前，我就给您寄过信了。”

副部长回答，他的确没有收到过信。而且即使他收到了，所有人员和器材的入境许可证至少也要两个星期才能办下来呢！

麦克斯越来越忧虑了，而奥塔蒙塔纳则以平静的口吻继续解释，秘鲁今年颁布了一项保护本土电影工业的新法令，在这法令的指导

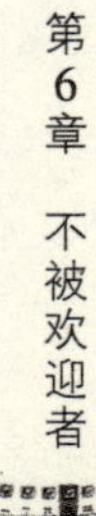

之下，境外公司在秘鲁本土的拍摄都将受到限制。

“无一例外。”副部长用公事公办的口吻告诉麦克斯。

麦克斯再次愕然了。

那现在怎么办呢？他绞尽脑汁地考虑着。

而就在此时，副部长的秘书捧着一个堆满信封的盘子进了办公室——这是今天的信件。

很巧，麦克斯看到信堆的顶部有一个熟悉的信封。那正是他寄来的特急邮件。

“我的信就在这儿呢！”麦克斯欢欣鼓舞地叫道，“请您现在就看一下，那里有您所需要了解的所有情况。”

尽管面带怀疑，但副部长还是打开了信封，看了那封以“未来电影协会”名义撰写的公文。

尽管这封恰逢其时的信件证明了拍摄计划的合理性，但副部长仍然冷冰着脸，表示不可能因为这么一个“近期通知”就给出许可。他向麦克斯解释说，文化事务特别委员会需要审阅电影脚本以及详细汇报。最后，副部长重申，麦克斯他们最快也要到9月份才能开拍。

而现在才刚6月呢！

“但我们的人5天内就要到了。”麦克斯抗议道。

“那是你们的安排。但如果没有获得许可，无论是人还是设备，都不可能被允许入境。”奥塔蒙塔纳严肃地说，“所以你最好告诉他们别来了。”

会谈就这么结束了，麦克斯沮丧极了。从现在的情况看，他的电影生涯还没开始就走到了尽头。

这时乔治已经安排好日期，也准备前往利玛了，但麦克斯可不想等他来了再商量对策。麦克斯立刻给洛杉矶的制片负责人丹·布兰顿打了个电话，告诉对方“这儿出了问题”。

“别担心。”听到电话里传来丹欢快的嗓音，麦克斯疑惑地皱起了眉头。

而丹却说："决定提前开拍的时候，我们就已经估计到会在秘鲁官方碰到麻烦了。但很幸运，拉尔夫·科恩在国家安全委员会有个好朋友，名叫朱利安·贾斯伯。"

麦克斯没听说过这个人。丹继续说："朱利安可是个不错的人，还作为游泳运动员参加过奥运会呢！更关键的是，他在秘鲁投资了电影业，此外还拥有利玛最大的公交公司以及其他好几个生意。现在这人已经同意和你见面了——他住在米拉弗罗斯，你过去和他一起吃午饭吧！"

尽管丹的态度非常乐观，但麦克斯挂电话的时候，仍然忧心忡忡。朱利安或许是个"不错的人"，而且还是个有钱有势的电影制片商，但副部长已经说得很明确了：申请需要批准，脚本需要审阅——这个周期最少要 12 个星期。

当然，米拉弗罗斯相当于利玛的贝弗利山庄，最起码，麦克斯能在那儿吃上一顿好饭。

麦克斯到达贾斯伯家的庭院后，一个穿得一尘不染的管家迎接了他，陪同他来到花园。朱利安和他的太太、女儿都在那里，丰盛的午餐也早已准备好了。餐桌上布置着鲜花和精美的瓷器，而花园里则种满了果树，异国风情的花花草草围绕四周。

朱利安是个神色爽朗的大块头，他兴奋地涨红着脸，给了麦克斯一个拥抱，然后把他介绍给自己的家人。

食物的味道棒极了，谈话的内容也很轻松，主题是建议麦克斯在利玛"多玩几天"。尽管还在担心着电影摄制组即将抵达的事，麦克斯的心情还是放松了下来。

吃完午饭，他们来到花园另一侧的阳台上。这时，朱利安才最终谈起了今天真正的主题。

"你没必要担心。"朱利安同样乐观地说，"我已经了解了所有情况。你的摄制组和器材将会毫无阻碍地拿到许可证。"

"怎么可能呢？几个小时前，我还在副部长的办公室。他告诉我，

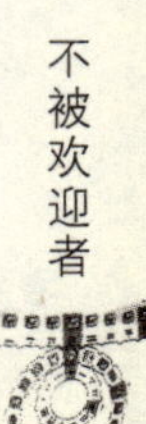

新法令不会对任何人网开一面的。”

朱利安告诉麦克斯，他自己正是撰写法令的人。而这些法令之所以设立，为的就是保护他以及他的朋友。既然拉尔夫·科恩是他的朋友，他们就必须允许这部与贾斯伯电影公司合作制片的《探寻远古之谜》在秘鲁开拍。

“这就是秘鲁电影工业——你根本不必在乎法令。”朱利安补充说，“也许拍摄器材通过海关的时候会有一点儿小问题，因为国家的法律规定，为了打击走私，类似物品必须被扣留至少一个星期。”

不过这也没什么大不了。因为“为公众提供交通服务”，最近朱利安还被授予了利玛荣誉市长的称号，这个头衔让他在这个城市获得了某些豁免权。而因为海关办公室也是利玛的城市机关，因此他也很有把握利用职务之便把器材运进来。

朱利安能把一切都处理好，麦克斯和他的摄制组成功地节省了时间。

把秘鲁的问题解决之后，麦克斯的下一站将是玻利维亚。他建议在蒂亚瓦纳科和的的喀喀湖进行实地拍摄。但现在的问题是，他在那个国家是个“不被欢迎者”。

乔治已经到了利玛，他和麦克斯在喜来登酒店的大厅见了面。在此之前，乔治已经畅饮了一通秘鲁本地的烈酒皮斯科白兰地，因此他们的谈话就变得妙趣横生了。

“没问题，既然你觉得我们应该拍一拍那儿的人，而且日程表也已经排定了，那我想，问题就一定会解决的。”乔治吮着酒说，“而现在的情况，只不过是你得在秘鲁多呆两天而已。为什么不去特鲁希略看看金字塔呢？也许我们在那儿也能找到什么好景点呢！”

第7章

爱情降临

1973年6月

麦克斯在特鲁希略下了飞机,打了辆出租车前往旅店。尽管这儿是秘鲁北部最大的城市,但因为处于从地震灾害中恢复的阶段,全城只有一家豪华宾馆营业。

入住登记的时候,麦克斯把他此行的目的告诉了一个叫乔斯的酒店员工,并且问他金字塔和古代遗址离城里有多远。乔斯非常乐于帮忙。很快,一辆出租车就把麦克斯带到了月亮金字塔。

尽管前往那巨大而神秘的建筑物只需要出城走上2.5公里,麦克斯一路上还是遇到了许多大力推销古董和雕像的"业余建筑学家"。而金字塔本身呢,虽然有着令人印象深刻的壁画,但对于阐述丹尼肯的电影主题却没有任何意义。

在回到宾馆后,麦克斯发现一个精神抖擞的黑发青年正在等着他。这人说自己叫爱德华多,为当地的电视台工作。

"美国的电影摄制组从来没来过这里,因此我们很希望能采访您。最近除了地震灾情的报道,我们几乎没有其他新闻了。"

麦克斯向爱德华多实话实说,他并不确定电影能在特鲁希略拍摄。但这位充满新闻敏感的年轻记者却并不在意。他迅速离开,去招呼自己的摄像人员进来。

麦克斯不得不猜测，本周他们实在没什么新闻可做了。

几分钟以后，爱德华多带着摄像师雷吉纳多进来了，同行的还有一位麦克斯所见过的最迷人的美女。

那姑娘名叫玛丽亚，今年20岁，体态苗条，有着一头黑发和深绿色的眼睛。她的笑容如此夺目，笑容中洋溢的热情几乎会令人窒息。

玛丽亚穿着朴素而宽松的银色短上衣。爱德华多解释说，她的工作是新闻节目的制片助理。她对麦克斯笑着，看起来似乎对他很“好奇”——而这也正是他对她所抱有的心情。

采访结束之后，玛丽亚就和雷吉纳多、爱德华多他们一起离开了。但没过一会儿，她又一个人跑回来，请麦克斯写下他的名字、制片公司的名字以及他在采访中提到过的细节。拿到这些需要的信息后，她本打算再次离开，但却突然站住，笑着回望麦克斯：“你一个人到这里来么？”

麦克斯感到心脏几乎冲出了胸口。

玛丽亚接着说：“你晚饭的时候想找个伴儿么？我知道特鲁希略最好的饭馆在哪儿。”

麦克斯竭力恢复了平静，回答说自己很乐于跟她共进晚餐。他们出门叫了一辆车，来到一家小饭馆，点了辣牛心串、烤豚鼠和一些麦克斯从没见过的奇异蔬菜。虽然菜品显得多少有些古怪，但他还是很爱吃。

用餐的过程中，麦克斯无法阻止自己盯住玛丽亚的眼睛，它们是那么深不见底。而不管谈论什么事，他都表现得心猿意马。

就像麦克斯对于玛丽亚一样，她也对他表示了好奇。她告诉他，他是自己所见过的第一个美国游客。

“是不是所有外国佬都像你一样有趣啊？”她开了个玩笑，“而且，你们说西班牙语的时候，都是这么纯正的‘卡斯蒂利亚诺’口音吗？我真觉得自己在和西班牙国王聊天呢！你的西班牙语比我好多了，几乎让我不好意思了。”说完之后，她又笑了。

因为紧张，也因为被玛丽亚的美丽慑服了，麦克斯的口齿结巴起来：“我……我只是年轻的时候有幸去过欧洲，所以才会说一点儿西班牙语，但我其实并不是个有趣的人。如同我的世界让你感到新鲜一样，你的世界也同样吸引着我——也许还要加上一个‘更’字呢！我也喜欢你说话的口音，你的声音那么柔和，那么自然，对于我来说就像音乐一样。”

和玛丽亚说得越多，麦克斯就越发感到自己难以自控，几乎要意乱情迷了。

他们在饭馆一直呆到打烊。此时已经过了午夜，但没有一个人想结束这次约会，于是他们让出租司机把他们带到了麦克斯旅馆旁边的公园。当两个年轻人手拉手地漫步在树丛中、星空下时，一种奇妙的感情把他们联系在了一起。

对于麦克斯来说，他和玛丽亚仿佛在前生便已经相识了。玛丽亚对他讲述了她的家庭和她的印加血统。她还说到她也和古老的印加人一样，相信世界上存在着超越人类常识的精神力量，相信所有存在都有着生命，她说：“就连石头和树木都有意识。”

她还告诉他，她相信终有一日，印加女神会重新降临这个世界。到那个时候，“真正的印加人”将会夺回自己的领地。她也说到了印加人的宗教仪式，以及只有新婚之夜才能有性接触的贞节观。

麦克斯坐在木长椅上，挨在玛丽亚身旁。他心里的情话终于不受控制地脱口而出了。

“我知道这听起来像疯了，但我已经彻彻底底地爱上你了。”他说，“我渴望着你，而且在我生命中从来没有如此渴望过一个女人……不仅如此，我还感到对你怀着一种圣洁而纯真的爱，这也是我从来都没有经历过的……我知道这肯定是疯了……”

话没说完，玛丽亚已经热情地吻了上来，这是一个长长的、持久的吻。接着，他们盯着对方的眼睛，长久凝视。突然之间，在不超过半

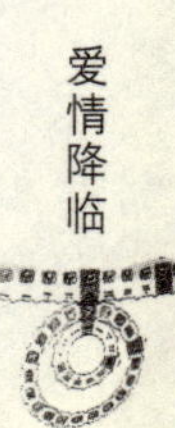

分钟的时间内，麦克斯仿佛亲眼看到了他和眼前这个姑娘共度一生的全过程。而从玛丽亚的表情可以看出，她也有着同样奇妙的感受。

他们听到了婴儿出生时的啼哭。

他们共同变老，成为祖父祖母。

他们看到了共同的未来，却一言不发。

这种奇妙的感受无法用语言形容，他们共同分享着这神奇的体验，几乎忘记了呼吸。

最终，玛丽亚开口说话了。

“我也爱你，我也疯了。虽然这是一种无法实现的爱，但我们的吻已经证明它永远都是完美无缺的。这份爱将永远留存在我的记忆中。”

麦克斯仍在沉默，他被玛丽亚的爱情告白所震撼，但同时也感到了困惑。他已经看到了和这个女人共度的一生。他认识她，而且他想要永远拥有她。

当然，他也明白玛丽亚说的是对的。他们现在的处境、玛丽亚从小接受的教育，这些因素都让他们无法做出终身承诺。

再过几小时，他就要给拉巴斯的乔治打电话，汇报他在特鲁希略的考察情况，随后，他将按照预定行程，从利玛飞到厄瓜多尔的基多，然后是伦敦。在回到利玛的班机起飞之前，他甚至都没时间洗个澡了。

想着这些，麦克斯百感交集地看着玛丽亚，捧着她的手放到自己胸前。

“这是个神奇的夜晚，我永远不会忘记你的。”

他拿出纸笔，请玛丽亚给他写下一个可以联系得上的地址。

随后，玛丽亚把纸递还给他，上面写着自己的全名以及邮政地址：

玛丽亚·马格德里娜·雷麦斯

弗罗尔斯大街 224 号

秘鲁，特鲁希略

麦克斯此刻却突然震惊了。

这正是多年以前他竭力想记住，但最终却又忘掉的那些名字之一。而现在，盯着手中的纸条，麦克斯的记忆突然清晰了起来。

那是麦克斯在垂死的经历中看到过的12个名字，而玛丽亚就是其中的第1个。

接着，他又看看她银色的短外套，然后盯住了纸条。

在麦克斯8年前的记忆中，伴随着玛丽亚名字出现的颜色正是银色。这不可能只是个巧合而已，其中肯定还有着更深的预示——这也许是足以改变他们命运的缘分。

也许玛丽亚真的是他命中注定的伴侣。

他努力向玛丽亚解释自己的新发现。

“也许我来秘鲁只是为了遇到你。”他说，“也许我们真的应该在一起，也许一种强有力的命运已经把我们联系在一起了。”

令他欣慰的是，玛丽亚并没有认为他的精神出问题了，她保持着平静。她和他之间有着一种神奇的默契。

“世界广阔而又陌生，你永远不会知道将要发生什么。”她说，“如果我们应该在一起，那么就肯定会在一起的。但现在，如果你还不走，就要误飞机了，而我也会被父母没完没了地唠叨。”

“我爱你，我一直爱着你，我也将永远爱着你。”她接着说，“和你在一起，我感到了一种无比深厚的亲密，这是我在别人身上从未体验到的。其他的男朋友、我的兄弟甚至父母，都不像你和我这样心灵相通。我绝不怀疑你说的话，但日子还得照常过下去，我们没法改变现在的处境。”

说着，玛丽亚给了麦克斯最后一吻，站起来走出了公园，把他留在旅馆门口。麦克斯疑惑着：为什么她刚才的话和当年妈妈所说的一样？那时，从垂死边缘中醒来后，妈妈也这样劝过自己。

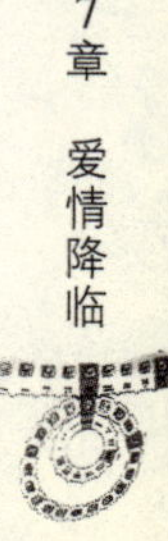

第 *8* 章

继续考察

1973 年 *6* 月

复活节岛。

史前巨石柱。

格拉斯顿伯里。

伦敦人类博物馆，法国拉斯科岩洞，希腊的圣托里尼、雅典。

每到一个地方，麦克斯就去和当地的科学家、建筑师以及形形色色的“狂人”见面。根据这些人提供的信息，他得以一步步地深入自己的研究，完善《探寻远古之谜》的拍摄计划。

除此之外，他还得为摄制组安排车、船、飞机以及其他所需的交通工具。

而在不用工作的日子里，他总是情不自禁地想起玛丽亚·马格德里娜·雷麦斯。

随着越干越熟，麦克斯摸索出了一套典型的工作流程：首先他到达一个城市，联系政府官员，再次是博物馆官员，然后是其他需要见面的人物。在此之后，他还要实地考察拍摄地址，然后到国际机场迎接随后赶到的摄制组。

尤里·乌里克被认为是那个时代最好的野外摄影师，善于在恶劣地形中完成拍摄。他是挪威人,三十多岁,身材削瘦,体形几乎像运动员一样矫健。尤里喜欢蒸气浴、桑拿以及一切有助于放松精神的健康活动。

尤里对摄影事业很执著,也充满自信。无论在什么状况下工作,他都面无惧色。因为身材矫健、动作敏捷,他能够在建筑物的顶上或者栅栏上完成拍摄。此外,他还是在直升飞机或固定翼飞机上进行航拍的一把好手。即使是绑着固定带,把身体探出飞机,他也不在话下。在秘鲁的沙漠里拍摄纳斯卡线条的时候,尤里就向大伙儿展示过这一手。

此外,尤里还是个很容易相处的人。摄制组的每个人都很尊敬他,他的技术也令所有人称道。他太太和两个孩子住在洛杉矶的家里,而他本人则每年有8个月奔波于外景地之间。

尤里之外的第二摄影师名叫拉斯·阿诺德,他是个二十多岁、身高体壮的小伙子。能参加《探寻远古之谜》的拍摄,对于拉斯来说是个重大突破——迄今为止,这是他所承担的最有分量的任务了。爱好啤酒的他有些发胖,因此行动也不像尤里那样敏捷,但他依然是个充满专业精神和工作热情的合作伙伴。

作为摄影师和灯光师,拉斯在工作中表现得小心谨慎。但在工作之外,他却是个爱开玩笑、爱好美食的活宝。他不像尤里那样注意身材,每天工作结束都要到外面大吃大喝一通。

奥兰多·萨莫斯今年29岁,在这个剧组担任摄影预算控制方面的工作,对大家的花销负责。他给麦克斯他们发放津贴,对设备的价格了如指掌。在金钱方面,乔治完全信任奥兰多,奥兰多也总是尽心尽责地向他汇报。而要说到奥兰多的理想,则是能够自己担任导演或者制片人。

出于分工的原因,麦克斯和奥兰多的接触比和剧组其他人要多。他们在一起紧密合作,规划摄制组的整个行程。在选择优先拍摄的外景地时,奥兰多主要依赖麦克斯的建议——当然,花费是否合算也是

他必须考虑的因素。

摄影剧组的最后一个成员是安迪·门尼兹。他27岁，瘦得皮包骨头，职务是录音师兼任剧务。他直接受奥兰多和尤里指挥，帮这两个人架设摄影机，此外还要承担其他一系列杂事。

对于麦克斯这个从来没参过军的年轻人来说，参加《探寻远古之谜》给他提供了一次和男性过集体生活的好机会。兄弟们在一起共同承担工作压力，也一起享受着前往不毛之地探险的乐趣。

在工作中，经常会有让麦克斯意想不到的事情发生，这无疑也是最让他兴奋的。

他们的摄影器材价值昂贵，无论到哪儿，这些东西都会引发当地人的好奇心。在印度的时候他们就发现，几乎无法扛着这些东西在街上走。在耶路撒冷、利玛、雅典、圣托里尼、伦敦和东京的时候也一样。甚至在到处都是岩洞的拉斯科和库斯科遗迹，同样也有人上来围观。

除了睡觉之外，他们整天都在一起，一块儿吃饭、一块儿干活。相处久了，他们还发明了许多只有自己人才听得懂的“内部用语”。比如说“明天早上6点开吃”，意思就是第二天早上6点准时吃早饭，“单拍卫城日落” 是指用单独一台摄像机拍摄雅典卫城的日落景象，而“干净利索”则是指所有工作顺利地完成了。

每一天的每一分钟几乎都是冒险。除了拍好既定内容外，他们还要去参观陌生的城市，探察那些补充的拍摄景点。而在工作之余，他们则会去做水疗，或者给家人和朋友买礼物。当为期12个星期的拍摄历程结束后，他们发现相互之间已经不只是工作伙伴的关系，而且还成为了真正的好朋友。

麦克斯知道哪儿的威士忌和巧克力味道最好，在免税商店，他只花很少的钱就能让同伴们享受到上佳的零食和饮料。而他的另外一项特殊技能，则是能迅速找到出租车。

在机场解决这个问题并不难，难的是在异国他乡的城市里还能叫到足够的车辆。但麦克斯总是能够轻而易举地搞定这件事，就算在雨天或者在出租车紧缺的地方也是如此,这在其他人看起来真是神了。

然而到了以色列,所有人都知道情况不一样了。

出于安全方面的原因,摄制组格外谨慎,他们决定雇佣一位当地的制片主任来解决雇车、租飞机以及其他类似的后勤问题。能从这种事务性的工作中解放出来,麦克斯自然感到很高兴。这样一来,他就可以在耶路撒冷专心致志地进行调查,以及与相关人士会面了。而用一整天完成这些工作之后,他的以色列之行就像一次度假那样轻松了。

当他们还在雅典的宾馆,准备前往机场的时候,纽约的办公室就给麦克斯打了电话。他们告诉他,一个名叫亚特斯基·哈斯法尔的以色列本地制片人已经在那边等着他们了。

在听到这个名字的一瞬间,麦克斯再次感到了震惊。

亚特斯基·哈斯法尔是"12人名单"中的第2个名字。

* * *

在飞往耶路撒冷的3个小时的飞机上,麦克斯一直在反复想着那"12人名单"可能包含的意义。

距离小时候那次垂死经历已经过去了8年,而这8年中,麦克斯几乎没有想起过那神秘的名单。但突然之间,名单上的两个人却在4个星期之内接连出现,他不知道这奇怪的事件预示着什么。

对于他而言,名单上的12个人名和自己现在所从事的这部电影或许有着什么联系。这种联系是否又和他们正在搜寻的"地外文明"有关呢?也许外星来客真的存在,而名单的巧合显现,则是某种证据?

但在现实生活中,即使是耶鲁大学那些受过良好教育的人士,也根本无意去接受类似外星人这样的新知识。基于自己在大学期间的经历,麦克斯决定:和亚特斯基·哈斯法尔见面的时候,先不揭示"自己和他之间存有神秘联系"这个事实。他将要做的只是旁观、探查,并通过这种方式寻找有助于揭开谜团的蛛丝马迹。

* * *

亚特斯基洋溢着笑容,来到机场迎接他们。这是个身材短小而又

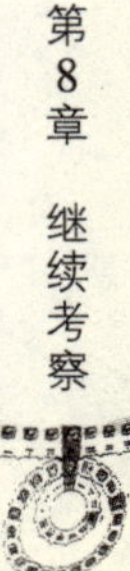

12

充满力量感的男人，留着小胡子，有些秃顶。他穿着一件参军时留下来的绿色军装，腰带上挂着一串数也数不清的钥匙。和当地其他人一样，他也在脖子上围着一条长长的白围巾。

亚特斯基脸上总挂着轻松的笑，喜欢讲故事、开玩笑。当别人被他逗笑的时候，他更会一起哈哈大笑。听说他在以色列部队里还曾经做过少校，对于这个成就，他深感自豪。

在麦克斯看来，亚特斯基在当地几乎是无所不能的。他是麦克斯见过的最有组织能力的人，而且是以色列最顶级的制片人员之一，为很多电影剧组工作过，几乎认识这行业里的每一个人。

亚特斯基早已搞定了麦克斯他们所需的车辆，还安排好了去马察达、杰瑞科乃至更远的地方进行拍摄的行程。喜欢开玩笑和热衷美食的性格也让他深受拉斯与安迪的爱戴。他看出这些人在工余时间格外热衷于豪华的旅馆、餐厅以及风景优美的休闲胜地，自然也在行程安排上投其所好。

在耶路撒冷，他介绍麦克斯去了有着千年历史的土耳其浴室，还带他参观了以色列那些饱含神秘色彩的景点——比如哭墙和伯利恒圆顶清真寺。麦克斯只和亚特斯基相处了5天，但他们却迅速建立起了一种心心相通的情谊。这种男人之间的友谊，只有在战争中和全身心地制作电影时才能体会到吧！

短暂的相处很快结束了。最后一天，亚特斯基开车把他们送往机场，去赶飞往印度德里的班机。在路上，他回过头来看着麦克斯，问他对以色列之行有什么感受。

“麦克斯，在我带你游览以色列的5天中，你对什么印象最深刻？”

开口回答之前，麦克斯先考虑了一会儿。

“对于我来说，所有的景点和古迹都很神奇——我几乎不能判断自己最喜欢哪个。但从某种意义上来说，或许最不可思议的还是这块土地本身，以及这里的人们所具有的活力。在这里的大街小巷、餐馆和酒吧里，到处都充满了热情的气氛。”

“我很高兴你能感受到这种活力。”亚特斯基笑着回答，“的确是这样，真正神奇的还是这里的人们。有些人像我一样，祖祖辈辈在这里生活了无数个世纪，但还有的人则是前些年从欧洲、俄罗斯甚至你们美国搬过来的。他们来这里，就是为了捕获这种魔力，拥抱这块神秘的土地。现在，你已经对以色列有了初步的体验，而我也确信，将来你还会回到这里来——那时候我还会在这儿接你。”

亚特斯基绽放着笑容，把车停到机场停车场。

在麦克斯即将进入安检的时候，他忽然回过了身。

“你就像我在以色列的第二个父亲，”他说，“对于你的好客，我觉得无论怎么感谢也无以为报。”

亚特斯基只是对他笑着。

“别这么见外。和你、和你们摄制组在一起的每一分钟，都让我感到快乐。”他说，“你现在还年轻，而在将来的某一天，也会有一个年轻人需要你的帮助。你在那时候想起我，就是对我最大的感谢了——现在上飞机，继续拍你的电影吧！一路平安。”

登上飞机的时候，麦克斯确信，自己交上了一个一辈子的朋友。但除了友谊之外，他却仍然无法理解亚特斯基出现在“12人名单”上到底意味着什么。因此在分别时，他决定不向亚特斯基提起那个“秘密”。

作为一个军人，亚特斯基看起来并不是那种能和他分享“不可理解”的经历的人。但知道对方已经进入了自己的生活，这对麦克斯来说就已经足够了。

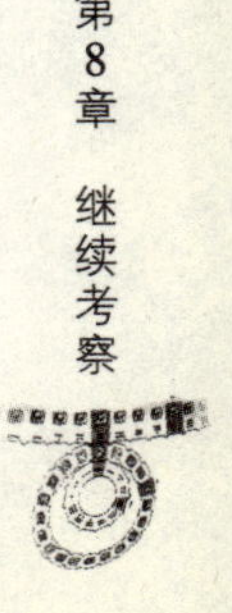

第9章

印度

1973年7月

刚一离开德里机场,麦克斯就被搬运工、乞丐、出租车司机、黑车司机、扒手以及把自己裹在亮闪闪的衣服中的游客包围了。他必须随时提高警惕,才能保住自己的背包,而且想要登上出租车,也得在人群中猛挤一通。一番辛苦之后,他才到达德里最豪华的阿育王宫廷酒店。

好好休息了一个晚上之后,他做好准备去会见当地文化事务的主管普罗贾巴·阿克巴,他负责所有外国电影在印度拍摄的事宜。即将进入政府办公中心的时候,麦克斯先被40只穿着红衣服的猴子惊住了。猴子们盘踞在大门外的空地上,活生生地把大楼变成了《奥兹国历险记》(The Wizard of OZ)[①]里邪恶女巫的城堡——而它们本身也不比童话里那些会飞的猴子逊色:一旦有机会,就会对游客发动突然袭击,哄抢食物和零碎的东西。

好不容易突破了猴子的包围圈,麦克斯这才进到了普罗贾巴·阿克巴的办公室。普罗贾巴是个五十多岁的胖子,他耐心地听完了麦克

① 《奥兹国历险记》(The Wizard of OZ):又名《绿野仙踪》。

斯的介绍，然后表示，如果没看过介绍每一个镜头的详细脚本，是绝不能允许摄制组入境的——而且脚本还要一式3份。

麦克斯竭力解释，因为他们要拍的是一部纪录片，所以不需要脚本。

但普罗贾巴笑了。

“好啊，那干脆电影也别拍了。”他说，“你至少得给我一个大纲吧！——要包括外景地的列表，还要讲清楚电影的每一段将要描述什么内容。如果今天下午5点之前我还拿不到这份大纲，对于你所需要的许可证，我也就爱莫能助了。”

麦克斯硬着头皮站了起来，说：“谢谢您。下午5点之前，我会带着大纲回来的。”

麦克斯回到阿育王宫廷饭店的时候，已经接近中午了。他知道所有外景地的选址，准备一份大纲性的文件应该不在话下。但问题是：他手头没有打印机，也没有制作文件副本的复印器材。

他必须得加快速度了。

麦克斯向负责接待他的酒店工作人员席瓦解释了目前的情况。席瓦笑着说，他本人就是个熟练的打字员，恰好也有权使用宾馆后勤办公室的打字机。

下午3点，麦克斯完成了大纲，并对通过官方的审查胸有成竹。但当他提出还需要把大纲复印时，席瓦却告诉他，别说德里了，就连整个印度也找不到复印机。然而他还是让麦克斯放心，计划已经有了。

“ “ “

出租车在德里旧城中穿行，沿途满是一片嘈杂的声音。人力车、自行车、牛群、马车、拖拉机、木斗卡车、柴油公共汽车以及数不胜数的行人在街上川流不息，构成了一片乱糟糟的景象。许多行人都用头顶着货物走街串巷。

突然之间，席瓦示意司机在一处没有任何标记的照相馆门口停下车。麦克斯心存疑惑，但仍然跟着他的向导进了门。几分钟之后，他

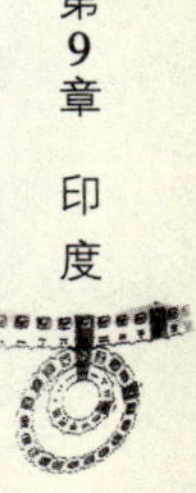

明白了：原来这家照相馆还在用 8×10 的老式照相机，他们可以把文件的每一页拍摄下来，然后到后面的暗室里把胶卷放大成影印本。

不到 40 分钟，麦克斯拿到了 3 份完美无缺的文件。这下他做好准备了。

" " "

下午 4 点 59 分，麦克斯恰到好处地走进了普罗贾巴的办公室。他的准时到达让官员既高兴又惊讶，而更让对方吃惊的，则是那 3 份摄制大纲了。

"我会在两天内看完大纲，然后和你联系，通知你是否允许摄制组及其器材进入印度。"普罗贾巴兴致勃勃地说，"而一旦批准通过，我们还将给你们派遣一位电影观察员。"

麦克斯放松地回到了宾馆，收拾行李去了巴基斯坦。在那里，他还要做好在拉赫尔进行拍摄的准备工作。

他必须加快进程，这样才能在第二天赶回德里。所以，在巴基斯坦的两天行程被压缩成了一天。

尽管一路上匆匆忙忙，但坐在飞机上休息的时候，他的情绪还是很好。他回想着遇到玛丽亚和亚特斯基的奇妙机缘，回味着自己和他们之间的心灵相通，设想着有一天，自己能够再次见到他们。

颇具讽刺意味的是，他正在做的工作，正是拍摄一部名为《探寻远古之谜》的电影——而自己在拍摄过程中的经历，不也是个难解的谜团么？对于他来说，拍摄电影的旅程也正是自我发现的过程。他不知道以后还会发生什么样的奇遇，从而对生活感到兴奋和好奇。

麦克斯活力充沛，准备迎接充满各种可能性的未来。

第 *10* 章

十五世纪的守护者

1973 年 *6* 月

麦克斯很快敲定了在拉赫尔拍摄电影的事。而这一天剩下的时间,他就可以在城市里游览了。在这里的大街上,驴车和人力车可比轿车和公共汽车多多了。

尽管时光悠闲,但他的心情还是很焦急。他想赶紧回到德里,去确认拍摄大纲是否被通过了——只有那样,摄制组和器材才能毫无障碍地进入印度。于是他坐了最近一班的飞机返回,而宾馆也早就预订好了。

第二天,麦克斯很高兴地得知,电影委员会已经通过了大纲。普罗贾巴又补充说,政府将会给他们安排一位官员随行,以确保整个拍摄过程都严格遵守本地法律。进一步,麦克斯了解到在这个国家,拍摄桥梁、乞丐或者火车站都是被禁止的,而这些条文一旦被触犯,不光电影胶片要被没收,整个摄制组也会被驱逐出境。

另外,因为选址名单上包括新德里的印度国家博物馆,麦克斯又多了一个新任务。要在那个地方拍摄,必须获得馆长本人的亲自首肯才行——而授权信则要在次日呈交给普罗贾巴。

“据我所知,馆长从未批准过任何电影摄制组在国家博物馆进行

拍摄，所以我很怀疑你是否能成功地拿到授权。”普罗贾巴告诉麦克斯。而听他的口风，也许他有权力越过馆长，允许麦克斯他们在那里拍摄……当然，那可是要在“恰当”的情况下才行得通的哟……

麦克斯意识到，普罗贾巴这是在向他公然索贿呢！这种情况他还是头一次经历。要说给钱，麦克斯也不是干不出来，然而他还是希望把一切事情都做得诚实、公正。迄今为止，他还没搞过那类歪门邪道的事情。在遇到难关时，他都能坚守原则，他也或多或少地为自己的立场感到自豪。

这一次，他同样不希望自己“开了坏头”。

出于这种想法，他立刻动身去了博物馆。到了地方后，他向门卫说明了来意，门卫帮助他穿过成群的乞丐和小贩，将他带到了仅供员工和官方人士使用的专用入口。

博物馆非常壮观，展现着印度次大陆上近20个世纪的文明历程。每一个展览区都代表着一个时代。麦克斯还得知，每一个展区的管理员都被命名为“时代的守护者”——一个人要对整个一段历史和文明负责，这种联想让麦克斯感到有点可笑。

在博物馆里的所到之处，麦克斯为各种各样的展品心醉神迷。而当他坐在馆长办公室外面的接待处时，则开始凝神思考如何才能说服馆长批准他们在这儿拍摄。

“你可以进去了。”一个和善的接待员一边整理着她的纱丽[①]，一边对麦克斯说。几秒钟之后，麦克斯坐在了一个六十多岁、身材很高的老人对面。

这个一头白发、戴着眼睛的老人便是馆长V.S.奈普尔。二十多年前，他就已经掌管这座博物馆了。在谈话期间，麦克斯感到，尽管奈普尔年事已高，但他仍然保持着对知识的强烈好奇心。他的眼中总是闪耀着智慧的光芒。这种好奇心帮助他成为了可敬的学者，更帮助他获

---

① 纱丽：印度、孟加拉国、尼泊尔、斯里兰卡等国妇女的一种传统服装。

得了这个令人瞩目的职位。

“我们的政策是不允许任何种类的电影在博物馆拍摄。”奈普尔以一种例行公事的口吻解释说，“因为我们的文物非常脆弱，不必要的拍摄很容易造成它们的损坏。而且这些文物一旦损坏，就无法修复了。”

他接着又说：“而我们的工作，则是保护这些文物，以供学术研究。既然如此，我怎么可能允许你们在这儿制作电影呢？”

开口之前，麦克斯反复权衡着自己的言辞。

“我的确没有信心说服您——”他坦诚地说，“尤其是今天。来见您时，我在博物馆参观了如此多美轮美奂但却非常脆弱的文物，我能够理解您的良苦用心。在耶鲁大学学习文学和人类学的时候，我也曾去过学校的善本图书馆，和您考虑的一样，耶鲁的图书馆也是禁止摄影的。尽管如此，我还是得说，我们要拍摄的这部《探寻远古之谜》应该属于特殊情况，它值得您给予例外的批准。”

“为什么呢？你的电影有什么特殊之处？”

“我们拍摄这部电影的目的之一，就是展示古代文明的先进科技。”麦克斯以坦率而诚实的口吻说，“根据我们的资料信息，您的博物馆里有一批梵文古籍。这些古籍记载着几个世纪以前，古代印度人就曾经制造过一种飞行器。我们想把这些古籍拍摄下来，然后采访一些能够证实这种飞行器存在的专家。”

此时，奈普尔的脸上闪现出了笑容。

“我也是个研究梵语的学者，曾经看过你提到的那些古籍。说到古印度人制造飞行器的历史，那可要上溯到1000年前了。而唯一一份详细介绍印度古代飞行器的古籍，就保存在博物馆的十五世纪展区。我看的那些，也只是转述而已。”

接着，奈普尔告诉麦克斯，他曾经在牛津上学，那时他也向其他学者提到过人类第一架飞行器不是在美国的小鹰镇(Kitty Hawk)[1]，

① 小鹰镇(Kitty Hawk)：美国的一个小镇，莱特兄弟在那儿试飞了第一架飞机。

而是在古印度诞生的。但这种说法无疑受到了嘲笑。

奈普尔接着证实，博物馆的古籍中的确记载了古印度飞行器的设计图。但他又说，麦克斯必须经过十五世纪守护者的允许，而且保证打开古籍时绝不造成毁坏，才能看到它们——假如这些条件能够遵守，他将给予麦克斯“政策之外的特殊批准”，允许他们拍摄电影。

意识到工作取得了重大突破，麦克斯异常兴奋。但现在时间已经很紧迫了，馆长的批准函必须在第二天备案完毕。

接着，十五世纪的守护者被叫进来了。奈普尔向麦克斯介绍时，把他称为B.N.。

B.N.是一个二十来岁、头发却过早地灰白的年轻人，说话细声细气的，看起来性格也很温柔。他曾经在波士顿大学学习过高等数学和人类学，还拿过建筑学的学位。

很巧，B.N.在波士顿跟过的那些教授，也曾经和耶鲁大学的一些教授合作进行过研究。麦克斯恰好也曾经在耶鲁上过那些教授的课。现在的情景，真像是一个知识分子家庭的大聚会。

当博物馆闭馆后，B.N. 就有时间带领麦克斯去参观整个十五世纪大厅了。记载古印度飞行器的手写本古籍保存完好，即使翻开查阅也不会受到损坏。

对于批准函的事，B.N.也让麦克斯尽可放心。他确信馆长一定会写那封信的，而第二天下午，麦克斯就可以拿到它了。然后，他又邀请麦克斯到家里去吃晚饭。

“我相信家里人也很愿意见到你。”他用暖洋洋的语气说。随后，又补充了一句：“不过，我们得坐火车。”

* * *

在麦克斯看来，恨不得全德里的人都跑到这个火车站来了。B.N.带着他穿过拥挤的人群，找到了要坐的那趟火车，钻进了一间留有8个预定座位的隔间。另外6位和B.N.一样身份的婆罗门已经就坐了，

B.N.和他们一一打着招呼。可以看出，在每天来来往往的乘车途中，他们已经很熟了。

而穷人则被挡在了车厢以外，他们坐在火车的地板上，甚至还有些人爬到了车顶上。火车每5到10分钟就得进站一次，在车身突然前进或者停下的时候，那些人必须拼命抓牢才能不被抛下去。

透过隔间的窗户，麦克斯看到了广阔的田野，看到了正在回家途中的小镇居民。这景象使他如同置身于一个多世纪以前的世界。

40分钟之后，他们出了火车，来到一个尘土飞扬的小镇上。有许多孩子正在骑自行车，或者玩踢易拉罐的游戏。对于麦克斯的白皮肤，孩子们极端好奇，他们蜂拥上来围观，研究着他是不是给自己刷上了一层白漆。

B.N.和孩子们开着玩笑，然后转向麦克斯解释说："尽管我们这儿距离新德里只有20英里，但你还是孩子们见过的第一个白人呢！他们有些人觉得你的肤色是伪装的，还有些则觉得你生病了。我们的教育系统还很不发达，除了我们这样的婆罗门家族，大部分孩子都没有上学的机会。他们对于镇子以外的世界根本没有什么认识，甚至就连美国都没听说过。"

在两边种满丁香树的土路上步行了15分钟，B.N.带着麦克斯进入了他的家族大宅。这栋一层的房屋拥有一个巨大但不规则的院子，院子的三面环绕着一条宽广的长廊，上面放满了桌椅和吊床。现在，这条长廊上已经挤满二十多个男人了。

还有相同数量（也许更多）的女人住在这里，B.N.介绍说。

B.N.把麦克斯介绍给他的整个家族：他的妻子、他年轻的女儿、他的父亲，还有许多别的亲戚。每一个人都穿着白色的印度传统服装，每一个人脸上都挂着满足的微笑。麦克斯被他们用纯正的英语询问了一个又一个问题，这时他才意识到，尽管居住环境简陋，但这是一群有知识、有地位的人。他们全都是受过高等教育的专业人士，从建筑师到教授、工程师，一应俱全，还有许多人曾在国外学习或者工

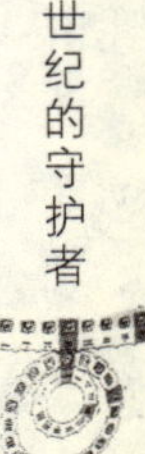

作过呢！

深夜，麦克斯坐在院子里，喝着女人们为他泡的茶，和B.N.的叔叔笈多聊天。笈多五十多岁，是个身材匀称的苗条男人。他才智超群，曾经在英国呆过，在牛津大学念过哲学，此外还获得了剑桥大学的建筑学学位、伦敦经济学院的经济学学位。

35岁的时候，笈多就成为了德里大学的校长。B.N.和他的5个哥哥都很敬重他，每当遇到事业上、政治上或者经济上的问题，他们都会请教这位叔叔。

自从被耶鲁禁止接触哲学以来，笈多还是麦克斯遇到的第一个愿意和他深入讨论斯宾诺莎和怀特海德的人呢！他们讨论了许多哲学问题，能和这位智者谈话，也让麦克斯感到自己很幸运。

麦克斯也谈起了前些日子他被《印度时报》采访的事，该报是印度最大的一家英语新闻报纸。

他并没有主动接受采访，但饭店的门卫得知他是一个电影工作者后，便觉得"很有新闻价值"，随即给记者提供了线报。

麦克斯试图向门卫解释，他并不是拍摄工作的负责人，但门卫就是不听。

"你显然就是摄制组的负责人，没有你就没有这部电影。"门卫不管麦克斯的抗议，自顾自地说，"我成天和世界上最有权有势的人打交道，因此我能确定你究竟是什么身份。另外，在你身上，我根本看不到'业'的存在，你到这儿来，肯定是在执行某项造福他人的特殊使命。"

笈多听罢哈哈大笑，但他接着说出的话，则让麦克斯感到惊奇了。

"我不知道他为什么要和你说这些，"笈多说，"但是不管怎样，他说的没错。我也能感受到你的气息，毫无疑问，你确实生来无'业'。你是命运之子。"

笈多继续说："但是你不必把这个太当回事。虽然生来无'业'，但你依然要为自己的行动负责。在生活的道路上，你已经产生了一些'业'。其实，我并不是因果轮回方面的专家，而且很少关注这方面。这是因为我更关注‘现世’,我认为‘现世’才是充满挑战、令人兴奋的。因此,你也不必为‘业’之类的问题所困扰,只要继续专注于工作,你就会拥有丰富而长远的人生。”

而后,麦克斯又向笈多讲起了自己和玛丽亚的爱情。而当他们谈论到“时间和空间的本质”时,麦克斯试图用理论来指导实践。

“我经历的那个时刻真的‘存在’吗?玛丽亚已经‘注定’将和我共度一生吗?而且我们‘真的’会共度一生吗?”

“简单来说,是的。”笈多回答,“你‘感觉’到的那些经历也是一种‘存在’,而且一旦存在,就会永远存在。但如果现实中你和她并不在一起,未来的环境也不允许你和她在一起,你也无须困扰。你所经历的其实是一种‘真实发生过的幻觉’,它并不是你未来人生的预兆,你也不必去执意追寻它。”

麦克斯震惊于笈多的实用主义,但也被他的智慧所折服。他还试图弄清笈多对其他“神秘事件”的看法。

他本来还想和这位长者分享自己的濒死体验,并问问那12个人名之间的关系。但最后,麦克斯还是避开了这个话题,转而请教笈多如何看待瑜珈和古鲁在美国的流行。

“真正的瑜珈士可以环游宇宙,”笈多说,“我认识几个这样的瑜珈士,他们非常与众不同。但他们从不宣扬自己的能力,也不以此牟利。”

从不故弄玄虚、对神秘事件充满怀疑的笈多说出这样的话,多少让麦克斯有些意外。

“你是说,真正的瑜珈士可以在意念中去宇宙的任何地方?”

“不,”笈多更正道,“他可以实实在在地做到。”

就在这时,B.N.进来找麦克斯,指了指他的手表。

“今晚没有火车了,你得乘汽车回去。我们马上把你送到车站,不然你会错过回城的最后一趟车——我的人力车已经在等着了。”

麦克斯只好起身,准备离开。

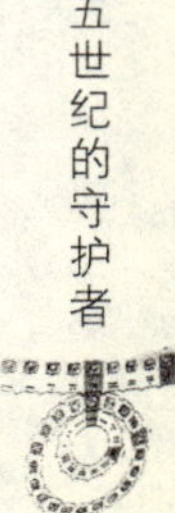

12

“等你回来拍摄的时候,我们再见。”B.N.把自己的名片递给麦克斯,“随时保持联系。”

“　“　“

很快,麦克斯登上了返回德里的汽车。汽车上的乘客不如火车上的体面,甚至看起来多少有点危险的样子。

下车以后,他发现情况更糟,他被一大堆扒手、小偷、皮条客、妓女和流浪汉团团包围了。他只能低着头尽力奔向一辆人力车,迅速逃离车站那恐怖的气氛。

几分钟后,麦克斯回到了阿育王宫廷酒店,走向自己的房间。这时,他突然看到一个擦皮鞋的人正睡在他门外的壁龛里,不由得吓了一跳。

但他随即想到,这是一个在英国统治时期就已经形成的习惯:旅店的客人们只要把鞋脱在门外,第二天一早,就能穿上已经被擦亮的皮鞋出门了。至于鞋子是什么时候、怎样被擦干净的,麦克斯以前也没印象。现在,他终于明白了。

他向那个被他吵醒的擦鞋人道歉,但对方唯一的回应,却是要麦克斯的鞋。他只好把鞋递给了那个人。

进了房间之后,麦克斯一沾枕头就睡着了。

然而在夜里,他突然醒了过来,同时发现自己正漂浮在床的上方。他以为自己在做梦,但随即发现自己的双手正朝下垂着。

麦克斯在空中盘旋,没有任何东西支撑,漂浮在床以上的空中。接着,他感到有什么东西毫无预兆地抓住了他的左手。它感觉上像是人的手,但更轻、更飘。

然后,他看到了一个发光体。这个躯体有着人类身体的所有特征,但却没有实体的存在,只是一团光。同时,一个声音和他说话了。

“不要害怕,”它说,“我是一个瑜珈士,笈多派我来的。他很高兴今晚能和你交谈,并且希望我来向你展示,他所说的话都是真的。”

“我可以带你去任何一个地方,只要你能想到。”瑜珈士继续说,

“决定目的地了吗？”

麦克斯未加思索，脱口而出。

“月亮。”他说。

一刹那，他感觉自己也变成了一个发光体，飞向了月球。这还是他的身体，但就像瑜珈士一样，身体的密度却消失了。麦克斯保留了所有特征和感受，他仍然能够思考、说话、观察，但没有了实际的重量。

月球是灰色的，上面没有生物，覆盖着一层充满灰尘却几乎透明的液态物质。麦克斯从一个地方跳到另一个地方，完全感觉不到重量。有时候，他甚至感到自己可能掉进了月球的核心。

过了一会儿，瑜珈士又说话了：“还有哪儿？”

麦克斯仍然有一些慌乱不安，但是他想了想，随即回答：“冥王星。”

麦克斯立刻到达了另一个星球，展示在面前的是一片他从未见过的耀眼橙色。这是一种地球上没有的色彩，如此鲜艳。

由此证明，麦克斯此刻的经历是真实的，而非梦境和臆想。

一连几个小时，他都沉浸在这个星球的橙色海洋之中。欣赏够了，瑜珈士才再次出现。

“还有哪儿？”

“哦，对一个晚上来说，我去的地方已经够多了，”麦克斯回答，“咱们现在可以回去了。明天我还要忙一整天呢！”

回去的速度和到达的速度一样快，转眼之间，他们就回到了阿育王宫廷酒店的房间中。

麦克斯那有密度的身体仍然盘旋在床上方6英寸处，瑜珈士仍然握着他的手。这时，麦克斯感到自己的“发光体”回到了“密度体”之中。

他看到瑜珈士向他微笑，然后悄然离开。

然后，他感到自己的身体慢慢落回床上。他看了眼时钟。

凌晨4:44。

他掐了掐自己，以确认自己不是在做梦，然后缓缓睡去。

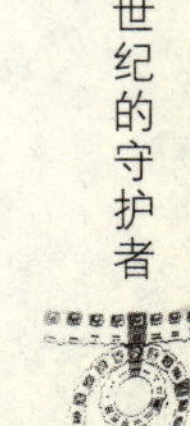

12

仅仅40分钟之后，麦克斯就再次醒来了。他看了看四周，确认自己仍然身在阿育王宫廷酒店。下床后，他看着窗外的草地，吸了口清晨的空气，看了看放在桌上的鲜花和水果，然后微笑着回味起昨夜的旅行。

他照了照镜子，想看看自己是否还是昨天那个麦克斯。此时此刻，他仍然不免怀疑昨夜的整个经历。他为这个发现而兴奋得脸都红了：在他的躯体里，竟然还有一个轻飘飘的、从来没被察觉到的身体。

下午晚些时候，麦克斯回到了国家博物馆，在门卫的陪同下走进馆长办公室。办公室的秘书微笑着递给麦克斯一封信。

"我当馆长的秘书已经超过50年了，"她兴奋地说，"这还是他第一次要求我打印一封准予拍摄的证明。祝贺你。"

当天下午，麦克斯带着馆长的信，去了普罗贾巴·阿克巴的办公室。当这个文化事务主管打开信封的时候，自然露出了一副不可置信的样子——或许还略有点儿失望。

"我得承认，我很吃惊。"他坦率地说，"但是既然馆长准许你和你的摄制组在博物馆里拍摄，那么我也只好同意。你们的电影观察员已经确定好了，周四上午9点，他将在酒店和你们会面。"

麦克斯离开办公室，穿过身着红衣的猴子，继续去研究剩下的选址——德里的古天文台和孟买城外的阿姜塔石窟。

这些是人类历史上少有的几个未解的神迹，也是印度文明的精华。

而第二天早上4点，麦克斯还要赶往机场，协助海关的工作，并带领摄制组穿过人群到达阿育王宫廷酒店。所以他早早就吃了晚饭，准备上床睡觉。

脱夹克的时候，他第一次看清了B.N.的名片：

十五世纪的守护者

德里国家博物馆

布拉马·尼泊尔·马哈斯

他的意识突然清晰,第三次被自己的发现震惊了。

B.N.就是布拉马·尼泊尔·马哈斯——12个名字中的第3个。

对于麦克斯来说,遇到十五世纪守护者的意义,在某种程度上要远远超过得到国家博物馆的拍摄许可。

第 *11* 章
去日本

1973 年 *8* 月

在德里处理完一些简单的文件后，麦克斯飞抵了日本。他已经做好准备去见识一个高技术、高效率的社会了——那就是东京。

一个翻译已经在东京等候他的到来，汽车也早就租好了。此外，他们还雇了几个秘书，与美国方面的联系也畅通得多。但有一点儿不太理想，就是现在正值 8 月，整个城市都在休假。

麦克斯的原计划是带领摄制组前往日本最北部的北海道，那里居住着一群“白种人”——阿伊努人。

这些白种人和其余日本人没有任何基因上的联系。关于他们是谁、从哪里来，学术界一直众说纷纭。有人干脆说他们就是某种外星文明的后代。

麦克斯却认为这种说法完全是牵强附会，没有必要去实地证实。所以，当他发现订不到去北海道的航班时，索性取消了这个选址，转而建议摄制组去拍摄国家博物馆。

此时，他已经完全不相信丹尼肯那套关于外星来客的理论了。他已经按照合约的要求，探寻过世界各地的古代神迹，并且调查过一千多件古董，然而他发现，只有 6 件艺术品是可能被归因为外星宇航员或外星飞船的。

能从所有这些古董中发现6件,已经是万幸了。随着研究的越来越深入,麦克斯却被越来越大的挫败感所左右。他已经无法将这个纪录片重新聚焦于那些“神迹”了——他觉得那纯粹是不可信的。

在人类的远古时代，就已经建造了史前巨石柱,600年前的秘鲁人更是进行过脑外科手术,此外还有许多事实都证明,古代的人类已经达到了不可思议的技术水平。尽管许多文明的奇迹如今已经失传,但遗留下来的那些古代建筑、技术、社会组织模式和艺术作品,都让今天的人们叹为观止。古代人本身能够达到的文明程度,似乎就已经是无限的了,麦克斯觉得,完全没必要再引入什么外星人来编造引人入胜的故事了。

还有他自己神游宇宙的那次超自然经历，麦克斯也不觉得那是什么外太空的力量所致。相反,他在整个过程中都觉得很自然、很平静,而且还体会到了某种归属感。

或者说,这意味着他自己就是外星人?如果瑜珈士都可以离开地球、再从太空回来,那么他们是不是也是外星人呢?

麦克斯却不这么想。他在生活中曾遇到很多奇怪的人,而其中最有可能来自另一个星球的,首当其冲要算是他的哥哥路易斯了。但说到底,外星人的理论只是一个假设罢了,如果要让他相信地球上居住着各种各样的外星人,所需要的证据还多着呢!

想着这些问题的时候,他正坐着出租车前往博物馆。在那之前,他已经得到了拍摄许可,所以准备工作相对简单。借助于博物馆的说明书,他已经选定了想要考察的展品。

走进博物馆的时候,说明书不小心掉在了地上。麦克斯弯腰把它拾了起来,但就在这时,他听到了一记响亮的撕裂声。

他回身去看，发现自己的裤裆崩破了，开线的口子足有8英寸长,内裤都露出来了。这种情形自然让人羞愧难当,他一时不知如何是好了。

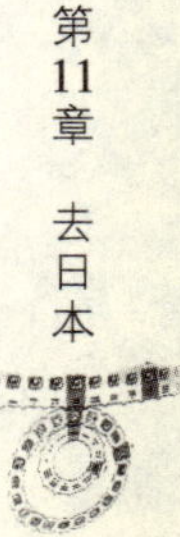

12

随后,他向博物馆门口的门卫求救,说他需要针线。门卫虽然听懂了他的话,但却表示这儿没有那些东西。

麦克斯非常尴尬,正当他打算离开博物馆时,一个年轻的日本女人却走了过来。她的胸牌上写着“洋子”的字样。她穿着一套明黄色的套装,衣服的颜色和她黑色的头发、精致的五官相得益彰。

她用不流利的英语说:“跟我来吧,我能帮助你。”

洋子把他领到男厕门口。

“你进去,然后把裤子递给我。”麦克斯虽然很尴尬,但还是照她的话做了。

她坐在门卫旁边的椅子上,只用了几分钟,就还给了麦克斯一条修补好的裤子。

“非常感谢,”麦克斯感激地说,“不知道你能不能接受我的邀请,和我一起游览博物馆。我正在为一个美国的纪录片挑选拍摄地点。”

洋子露出羞涩的微笑。

“好吧!”她答道。

在随后2个小时的时间里,他们一同参观了博物馆,麦克斯选出了许多需要拍摄的展品。

“你的工作真有意思,”洋子说,“听到那些日本神话也让我感到高兴。”

“我也很高兴有你陪伴,”麦克斯说着,又发出了一个邀请,“我们一起吃饭吧!”

洋子再次露出羞涩的微笑。

“你确定吗?”

“当然。”他答道,“今天终于完成了在日本最后一个选址的考察工作,我觉得应该庆祝一下。而我又是一个人,因此需要有人陪我一起庆祝。”

“好的,”洋子用她有限的英语回答,“我很高兴和你一起庆祝。”

麦克斯很快打上了车,与洋子一起回到他所住的帝国宫廷酒店。

酒店里有一个五星级的餐厅,在那里,麦克斯为洋子点了7道精心制作的美食。

晚餐的过程中,洋子渐渐褪去了羞涩,开始谈起她的生活。她是一个旅游代理和裁缝,出身于一个中产工人家庭,是家里最小的女儿,前面还有5个哥哥,哥哥们又给她生了7个侄子、侄女。目前,洋子独自住在一套很小的公寓中,而她父母也住在同一栋大厦,这样一来,她就承担起照顾老人的责任了。

洋子说她是计划之外的孩子,母亲生她的时候已经43岁了。虽然"二战"时期她还很小,但她仍然记得当时的恐怖情景。战后多年,她还一直生活在原子弹爆炸带来的创伤中。

不过对于现在这份旅游代理的职业,她还是很享受的。干这行最大的好处,就是每年都能够利用员工折扣到夏威夷、巴黎或者其他旅游胜地去度两个星期的假。

她还说她将来不会结婚,因为有那么多侄子和侄女已经够受的了。

洋子说完了自己的故事,麦克斯则叫来了香槟,用以庆祝12个星期马不停蹄的工作终于结束了。他也讲了很多有趣的历险经历,洋子边喝香槟,边哈哈大笑。看得出来,洋子并不常喝酒,吃完饭后她对麦克斯说,自己恐怕回不去家了。尽管感到害羞,但她还是想在麦克斯房间里打个盹儿。

麦克斯同意了。

很快,他们回到房间,背靠背躺在床上。不久,在香槟和情欲的诱惑下,两个人都压抑不住了。

自从旅行开始,麦克斯就没接触过女人,而他觉得洋子独守空闺的时间要更长。他轻轻地爱抚着洋子,继而激烈地和她做爱。和洋子在一起,他感到灵肉和一。他从来没有抚摸过如此平滑、细腻的皮肤,洋子柔弱得就像一个瓷娃娃。

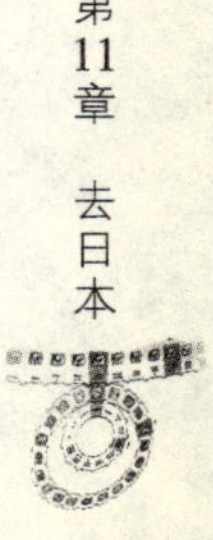

12

但他第二天早上醒来的时候，却发现洋子已经走了。

在他的床头柜上，留着一张她的名片，上面有她的全名、地址，还有一张便条：

很高兴和你在一起。

请平安回到美国，如果再来日本，写信告诉我。

拥抱和亲吻

洋子

而名片上的全名是：

三井美弥子

显然，洋子是她的昵称。而三井美弥子这个名字却让麦克斯觉得熟悉——他惊讶地发现，这正是12个名字中的第4个。

他意识到奇异的事正在接连发生。有种冥冥之中的力量在推着他前进。不管那力量究竟是什么，但事情的进展正在加速。

然而，他还是不知道这些力量将把他推向哪里。那12个名字里藏着什么秘密？那不可能是12个随意出现、组合在一起的名字。但是整件事情又是怎么发生的呢？

他会前往特鲁希略，是因为他害怕回到玻利维亚，而就是在特鲁希略，他遇到了玛丽亚。

亚特斯基的出现，则可以解释为和他们在工作上的联系。

但是麦克斯与B.N.的认识，却完全是因为与V.S.奈普尔谈论过的一个话题。

即使是东京博物馆之旅，也是由于他无法去北海道寻访阿伊努人才发生的。而且也没人能想到他会崩破裤子。

现在唯一知道的是，这4个人之间完全没有任何关系。

第 *12* 章

生活在继续

1973 年—*1976* 年

麦克斯终于回到了美国,回到了日常生活中。

他一直是个孝顺的儿子,当初到父亲的出版社工作,最主要的原因就是为了给第一次心脏病发作的赫伯特提供帮助。而现在赫伯特恢复了健康,麦克斯便决定尝试去当老师。

他回到马萨诸塞州安多弗的菲利浦学校，教授了一年的西班牙语。多年前,伊格莱西亚斯先生启发了他,让他对西班牙语文化产生了极大的热情。而现在,他希望将这种热情转赠给自己的学生。

尽管他在安多弗不遗余力地工作,职位却只是一名代课教师。一年的课程结束后，麦克斯收到了一封来自国家心理健康研究所的通知,由此获得去哈佛大学研究文化人类学的机会。

然而,在哈佛呆了6个月之后,他意识到自己犯了一个错误。

他发现，如今的人类学研究已经不再针对那些古老的土著人部族了。事实上,在当今的世界上,几乎已经不存在什么“土著部落”了。即便剩下为数不多的几个，因为不可避免地与现代西方文明发生联系,那些族群也正在走向毁灭——虽然有快有慢,但却命中注定。

麦克斯意识到,现代人正在变成一种被他称为“非人类”的存在。

以此,他还曾经写了一篇论文,但很可惜,文章没有得到教授的赏识。

这篇论文的主旨是:一些“使人之所以为人”的因素正在消失。但哈佛的教授却认为他刻意夸大了原始文明的力量,而麦克斯坚持认为,在人类发展技术、追求物质极大满足的过程中,那些人性中的基本要素确实正在丧失。

他参考早期的人类学纪录片《北极的北极熊》(Nanook of the North),并结合自己拍摄纪录片的经验,对亲眼看过的那些亚马逊、安第斯山脉和印度的土著人族群进行了研究。通过研究,他认为古代人类所具有的“与自然和谐共处的艺术”也正处于消亡的过程中。

对于某些原始族群的人们来说,栽种植物既是食物的来源,同时也是一种艺术的创造。他们发明了一种栽培方法,使得农田里的植物呈现出奇特的几何图形,而且那些图形的颜色还会随着季节而变化。在通常情况下,人们只有爬上田地附近的山坡,才会发现这些图案的奇妙之处。这种创造能力在麦克斯看来,简直是无法想象的:它说明土著人愿意为了“美学”上的追求而在劳动中付出额外的努力。

他还指出,在某些土著文化中存在着一些秘密的舞蹈或音乐仪式,这些仪式可以帮助人们建立联系或者修复关系。在麦克斯看来,原始人文化的方方面面都充满了创造性的快乐,即使在最微末的细节上也不例外——比如在铁锹上雕刻奇异的装饰花纹,或者在陶器上烧出意在感谢大地的色彩与图案。

当然,麦克斯并没有忽视现代社会的好处,他自己也正享受着丰富的物质资源。但他认为这些便利的确都是有代价的,其代价就是牺牲了那些使人“成为纯粹的人”的基本要素。他觉得,现代人正在进化成为一个个“消费体”,现代社会对于经济发展和技术进步的迫切需求,已经取代了人们内心真正的需要;同时,一个人也只有实现了他的消费欲望,才能获得地位,成为一个人上人,从而获得心理上的满足。

而要想获得上述心理满足,必然要付出高昂的代价。那代价就是被现代社会异化,成为一个麦克斯所谓的“非人类”。

麦克斯能够意识到人类异化的危险，但与此同时，他却也感到自己正在变成一个“非人类”。在无权无势的时候，他也觉得很不快乐。他怀疑，工作和占有欲已经控制了自己的生活。

他很想知道：如果当初自己留在特鲁希略，和玛丽亚在一起，那么现在的生活会是什么样的呢？离开秘鲁之后，他曾经像他所答应的那样，给她写过信；而她也像她期待的那样，嫁给了秘鲁的男朋友。现在，她已经怀上了第一个孩子，快要做妈妈了。

他仍然确信，自己和玛丽亚在“另一种生活中”是会享受终生的。但同样毋庸质疑的是，在现实生活中，他们已经有缘无分了。

在哈佛学习期间，麦克斯继续从事着为电影公司调查和选址的工作，这份工作也令他有机会到世界各地出差。对于探寻更多的异国文化，麦克斯颇感兴趣，所以不管在任何时候，只要工作找上门来，他都会欣然前往。不久，他就成为了一名为众多好莱坞公司跑腿的制片人员——很少有人能像他这样驾轻就熟地处理那些繁琐的程序和后勤事务。

对于这种工作，他父亲表示反对，认为和电影有关的事情都是“毫无意义”的。父亲的意见是，他应该转到哈佛商学院，学些“实用的知识”。但麦克斯不以为然，尽管面临来自家庭的阻力，他还是决定加入影片《寻找历史上的耶稣》的制作，再次和摄制组一起上路。

当得知《寻找历史上的耶稣》的摄影师是老朋友拉斯·阿诺德时，麦克斯大感高兴。阿诺德现在已经在国外开拍了，麦克斯也在期待另一段美好的电影历程。但事与愿违，他遇到了一个不好相处的制片人。

" " "

阿曼达·哈德林是一个令人难以忍受的老板。她很漂亮，曾经从模特起步，然后成为了演员，最后终于做到了制片人。可是，她在制片方面的能力却并不出类拔萃，让人难以理解她是怎么爬到现在的位置的——是靠一股子不屈不挠的精神？还是别的什么办法？天晓得。

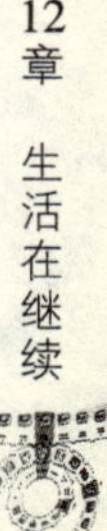

12

她是一个女暴君,一个真正的混球。没有人会从心里佩服她,然而这并不妨碍她成为电影的负责人——哪怕只是理论上的负责。

阿曼达似乎对任何事情都不满意。她一天到晚都在担心那些和电影无关的事:打扮得漂不漂亮,吃得好不好,衣服是否一尘不染……然而对于这部需要在8周内横跨五大洲、到达12个国家去拍摄的电影,她却好像并不关心。

她只吃水煮的金枪鱼。而且不论何时,只要她想吃,都必须有一盒新鲜的金枪鱼罐头送到她手边。至于保障这种食品的供应到底有多昂贵、多不方便,她才不在意呢!麦克斯在一边集中精力完善拍摄的细节时,还必须在这种不相干的事情上浪费时间,这几乎把他折腾疯了。

《寻找历史上的耶稣》的一个主要内容,是对古代的艾哈迈迪耶教派进行探访。这个教派认为耶稣没有在十字架上死去,而是幸存了下来,并在印度生活了许多年,成为了一个有家庭、有孩子的老人,最终寿终正寝。

作为一个伊斯兰新兴教派,艾哈迈迪耶教派最著名的支持者是穆罕默德·扎弗鲁拉·汗(Muhammad Zafrulla Khan),此人在1960年代时曾任联合国副秘书长。他曾经写过一本书,声称他们教派的说法并非空穴来风。书中提出的最主要证据,就是“停止呼吸”这句话的字面意思——这句话曾被用来描述被钉在十字架上的耶稣。

穆罕默德解释,耶稣当时确实“停止了呼吸”,但这并不意味着他真的死了。他论证道,瑜珈士都可以控制呼吸,甚至可以连续数十天不喘气,而耶稣当然具有这种能力。

能为穆罕默德的理论提供作证的,还有“伊萨软膏”这个词。这种软膏产于印度和巴基斯坦地区,是一种用来治疗刀伤和枪伤的药;而在印地语中,“伊萨软膏”也就是“耶稣软膏”——之所以如此命名,是因为耶稣从十字架上下来之后,曾经靠着它起死回生。

艾哈迈迪耶教派进一步宣称,他们曾找到过一座墓,墓前伫立着一尊雕像，像中人的手和脚上都存在着洞孔，而那些洞孔的位置，恰好就是耶稣被钉在十字架上时的受伤之处。可以断定，耶稣在睡梦中平静地长眠之后，就葬在了这里。

现在的艾哈迈迪耶教徒都相信，1835 年的时候，耶稣曾在一个名叫卡迪安的偏远乡村转世投胎，那个村子在印度旁遮普省的阿姆利则城外。而阿姆利则最著名的景点就是那里的金庙——那是锡克教最令人敬畏的圣地。在印度，锡克教的信徒人数要远远超过印度教和穆斯林。

除此之外，麦克斯在这部电影中的工作，还包括采访几乎世界上每个教派的主要精神和宗教领袖。采访中名单包括了瑞诗凯诗[1]的大古鲁斯、希腊马沙巴[2]的东正修道院院长、耶路撒冷的犹太教祭司、英格兰圣公会的主教、一些日本僧侣、大马士革的穆斯林圣徒等，还有许多其他稍小教派的领导人物。

此外，他还见到了一些非同一般的奇人，这些人据称拥有各种各样的超能力。

但多半采访对象都没有给麦克斯留下什么好印象。那些人大多数都是一些利欲熏心的神棍，仅仅对维护自己的权力和地盘感兴趣，而对于传递心灵的真知，他们表现得并不积极。

唯一一次令他印象深刻的采访是在印度，一位宗教领袖告诉他："所有宗教从本质说都是相同的。如果要信，也不一定必须得信藏传佛教。耶稣教导你们的东西，和佛法教导我们的东西其实是相同的。光就是光，真理就是真理，怜悯和爱则是所有真正宗教的共通法则。而在这些本质之外的不同之处，就仅仅像是我们穿什么样的衣服的问题了——在我们的传统中，最神圣的僧侣反而戴着最滑稽的帽子，这就是为了提醒我们，不要把自己看得太神圣。"

对于这次采访的过程，麦克斯非常享受。但除此之外，他几乎没

① 瑞诗凯诗(Rishikesh)：印度最主要的瑜珈静修圣地，印度最著名的朝圣中心之一。
② 马沙巴(Mar Saba)：圣经中耶路撒冷外的无人之地。——译者注

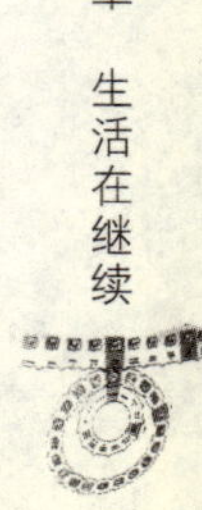

有收获——处理阿曼达神经质一般的要求、与那些自大的、权力欲极强的宗教领袖们周旋，这一切都使他的这次电影之旅充满了愤怒与挫败感。

而他也惊奇地发现，阿曼达的那种“使事情变坏”的能量，似乎与电影采访计划中的那些神棍之间存在着某种隐秘的联系。他忍不住想，这或许也算是“同步性”的一个新证据——无论是好的还是坏的能量，都发生内部之间的联系，从而达到某种“平衡”的状态。

麦克斯也经常想到那12个名字和他自己的精神探索。为什么他会被卷进这部电影的拍摄计划，去采访那些精神和宗教方面的导师？那些人中，没有一个人与那12个名字有关。

但是命运为什么安排他去见这些人呢？是他要继承耶稣的衣钵吗？

麦克斯可不这么认为。采访中的每一个发现，都让他更加深了对人类宗教仪式和信仰的怀疑。他越被当做一个精神特使，就越不敬佩那些他所采访的人。

在卡迪安这个印度小镇，影片的情节将要迎来高潮——在开满鲜花的沙漠中，创立了艾哈迈迪耶教派的“转世耶稣”实现了他那12个预言之一。

自然，麦克斯也到过拉合尔，采访艾哈迈迪耶教派的教主。艾哈迈迪耶教派认为自己属于穆斯林，或者说，至少在他们的2万多名追随者中，绝大部分都是纯正的穆斯林。然而其他的穆斯林教派却将他们归入异教，不仅隔离他们，而且尽可能地对他们发起暴力攻击。

艾哈迈迪耶的教主打扮得就像一个苏丹，脑袋上围着一块大头巾。很明显，他从一开始就把这部电影看作了宣传自己教义的契机。他告诉麦克斯，摄制组可以去拍摄拉合尔城外的巨大神庙，那座庙宇能容纳一万名艾哈迈迪耶教徒同时进行祈祷。麦克斯马上意识到，这是一个很好的视觉舞台。

对于这部电影来说，阿姆利则附近的卡迪安村更是至关重要。教主建议麦克斯去那儿会见一些长者，顺便亲眼看看这个宗教的发源地。

因此麦克斯飞往了阿姆利则。飞机降落之后，他被告知留在座位上，直到其他乘客都下去。而轮到他下飞机的时候，他看见楼梯上已经铺上了红地毯。那地毯一路延伸到路面上，两侧站着手执花环的深肤色人群。

当他走下楼梯之后，就被花环团团包围了。在地毯的尽头，摆着一张桌子，桌上早准备好了茶和点心。

麦克斯被介绍给这个镇的镇长与几位宗教领袖，然后被迫喝了两杯茶，吃了两块点心。一辆老旧的白色劳斯莱斯汽车停在一旁，他随后便被护送进了车里。

三位东道主和他一起坐在后座，那些人都穿着传统的穆斯林服装：白衣长袍，方帽子。

即使是在劳斯莱斯里，4个人坐后座还是很挤。而且他实在难以忍受东道主们身上的体味，也许因为住在沙漠，所以这些人不能每天洗澡。

劳斯莱斯驶上了一条土路，麦克斯就乘坐得更不舒服了。虽然车很高级，但一路上那深深的车辙印还是让车子上下颠簸。麦克斯得使尽全力，才能忍住不吐出来。40分钟后，车子在一个分岔路口停下来，路口等着一个骑摩托车的年轻人。

看见劳斯莱斯之后，摩托车手便调转车头，从里侧的车道先行前往镇中心。而汽车则开上了城郊墓地外的环形车道。

10分钟后，劳斯莱斯终于抵达了镇中心。之所以要额外绕10分钟的路，是为了让镇上的人们做好准备，欢迎贵客。

汽车突然停下，舞台上鼓乐齐鸣，一条巨大的横幅上写着红色的英文：

欢迎好莱坞！

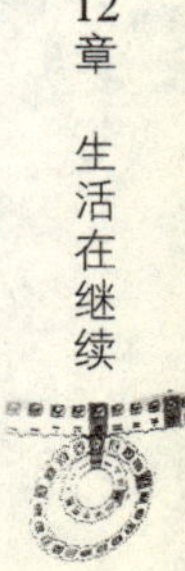

12

麦克斯下车后，镇长首先发表了一通演讲。这不免让人想起了《奥兹国历险记》里的情节：桃乐茜的房子压死西方恶女巫以后，小矮人镇长也曾对她致以热烈的欢迎。

乐队一直在演奏，麦克斯则被护送上了镇里的主干道，所有的居民都站在街道两边。按照在教会里地位的高低，他们依次接受着麦克斯的祝福。每一个人都用手触碰麦克斯，甚至还想拥抱他。麦克斯觉得这里几乎住着2万人之多，把他累得筋疲力尽。

祝福完整个镇子之后，他被带进了一座特殊的房子。在那里面，盛宴已经准备好了，食物都被装在这个教派最神圣、最美丽的器皿中。饭前甜点有椰枣、鲜椰子、饮料和特制的开胃菜，随后是主菜，包括和鱼、肉闷在一起的奇特蔬菜，此外还有禽类。

这是一顿非常丰盛的筵席，而且持续的时间非常长，好像永远也不会结束似的。

" " "

2个小时之后，麦克斯打了个小盹，然后开始他的采访。这时，他才知道自己为什么受到皇室般的欢迎。

早在十九世纪，艾哈迈迪耶教派的创立者曾经做出过12个预言。现在，这些预言全都得到了实现。

前11个预言看起来已经像是天方夜谭了：

沙漠中繁花盛开。

宗教始创之际，只有12个家庭加入，而经过发展壮大，教众的数量将超过12000人。

将会建起一座巨大的寺庙，那里面能同时容纳10万余人一起祈祷。

此外还有8个看似不可能的预言，也都曾经变成现实了。而麦克斯作为好莱坞电影摄制组代表的到来，则是帮助他们实现了最后一个预言：

世界会找到我们。

搞明白这个情况之后，麦克斯便开始了对这个镇上“神圣之地”的研究。

但他很快发现，对于电影来说，这里几乎没有什么有价值的东西，甚至就连艾哈迈迪耶教派的仪式细节也完全没有介绍的必要。和前面那些预言一样，最后一个预言的实现，也完全取决于人们在主观上是否相信。

第 *13* 章

路易斯

1976 年—*1977* 年

当麦克斯进行环球电影之旅的时候,路易斯也完成了大学课程。他就读于北卡罗莱那州达勒姆的杜克大学,上的是法学院。上学期间,他一直就是班上的最后一名,但这并不是因为他不会学习,而是因为他不想。路易斯认为父亲赫伯特亏欠了他,他恨自己的父亲甚至超过了恨麦克斯。

甚至有一次,路易斯还向麦克斯吐露,他之所以要去上法学院,仅仅是因为那是他能找到的最远、最贵的大学。他知道他母亲会要求赫伯特支付法学院的费用,因为对她而言,孩子的教育永远是第一位的。

在路易斯毕业后的那个夏天,赫伯特将他安排到纽约的一家律师事务所工作。与此同时,路易斯开始准备律师专业考试,而这个考试的考前指导手册恰恰是他父亲出版的。

讽刺的是,尽管有着家学渊源,路易斯前两次考试都没有通过,到了第三次,他才终于过关了。在考试上,他花费了 1 年的功夫,而在此期间,他只能在戈特利布·哈里斯律师事务所当一名低级职员。

戈特利布是一位刑事律师,他为纽约城里最臭名昭著的几个黑手党老大提供法律服务。赫伯特是在一个保护犹太人的慈善活动中与他认识，并成为普通朋友的。给儿子找了份工作后，赫伯特希望路易斯能明白，在这样一家著名的律师事务所弄到职位，他这个做父亲的已经算是仁至义尽了。但在路易斯看来，接受这个赖以谋生的职位，反而是他帮了父亲一个大忙。

路易斯讨厌给戈特利布工作，他认为戈特利布和他的客户一样，都是骗子。他甚至向母亲抱怨，赫伯特肯定也是一个和戈特利布有联系的罪犯。在大学期间，路易斯把自己培养成了一个自以为是的卫道士，头脑中充满了关于“道德和不道德”的僵化思想。对于他来说，任何能轻松挣到钱的工作都是“不道德”的。

但看起来，这个卫道士却终身都要依赖父亲谋生了。认清这个现状之后，路易斯大声宣布：他宁可不到外面挣那些“不道德”的钱了——而啃老对于他，却是“道德”的，因为那是长子的权利。

路易斯心里一直积压着失望、仇恨和愤怒，并终于在感恩节的晚餐上对着父亲爆发了。当时麦克斯正在外面，因此格林威治的家里只有他和父母3个人。

路易斯递给赫伯特一封来自国税局的信，信上对他不缴纳个人所得税的行为进行了警告。而他却还认为，自己从戈特利布·哈里斯那儿挣得太少了，这才是不公平的呢！

“我不应该缴税，”路易斯愤怒地说，“你有很多钱，你应该替我交。”

赫伯特只是笑了笑，然后就把信还给路易斯。

“你说得太荒谬了。每一个人都应该缴税，包括你。”

“如果是这样的话，那我就要向你和妈妈征收律师咨询费，因为我已经为你们付出了时间。我可以给你特别优惠的价格，也就是每小时50美元，而我在这里已经呆了超过24小时，所以你欠我1000美元以上。”

赫伯特笑得更大声了，但那笑声却显得很刺耳。他站起身，离开桌子，走进了园林室。在那里的植物中间，摆着他最喜爱的一张椅子，紧挨着壁炉。

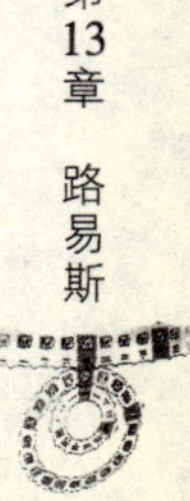

12

赫伯特坐下来，开始读报。

就在不久之前，赫伯特的心脏病第二次发作了，他知道此时的自己应该避免和大儿子发生冲突。

但路易斯却不屈不挠地跟着赫伯特，继续对他怒吼，论证着自己有权利收取“法律服务费”。赫伯特清楚地表示，自己绝不会为路易斯的账单或税单付钱，而且既然他已经通过了律师考试，就应该找一份真正的工作。而路易斯则开始大喊大叫，说他的父亲是个骗子。

最后，赫伯特终于站起来，做出要打路易斯的样子。自从路易斯12岁以来，他就再没干过这种事了。

这却正中路易斯的下怀，他一直都在等待这个机会呢！他揪住了赫伯特的脖子，把他摔到坚硬的大理石地板上，然后开始把他的头撞向大理石。

他用更下流的话辱骂父亲，发泄着他长期以来的愤怒：“你这个婊子养的，你当初根本就不想要我！你从来都不爱我！”

听到骚乱声，简赶紧跑向园林室，试图把他们分开，但她的力气根本无法拉开路易斯。

她跑去打电话报警。几分钟后，警察来了。

他们看到赫伯特半昏迷地躺在大理石地板上，浑身是血。简正用毛巾发狂似的擦着他的头。

两个警察拿出枪，仔细地搜查了屋子。没过多久，他们在车库堵到了路易斯——后者正拿着一把斧头，疯狂地猛砍赫伯特的劳斯莱斯汽车。

制伏路易斯之后，警察把他带到了监狱。同时，救护车把赫伯特送进了医院。

* * *

赫伯特被诊断为脑震荡，他在医院呆了好多天才离开，幸亏看起来没造成永久的伤害。

这是他第一次直接体验到路易斯的暴力，其实这种暴力行为已经在麦克斯身上发生过多次了。赫伯特现在意识到，路易斯不仅是懒惰、平庸的，而且还是危险的。

尽管如此，当路易斯接受审判的时候，他还是不能够亲口指证自己的儿子。公诉人最后做出判决：要求路易斯去心理治疗机构呆上1个月，而不用去监狱。等到30天后，如果精神机构的医生认为他能够自己照顾自己，他就可以被释放了。

另外还有一个补充事项，就是从精神治疗机构出来之后，路易斯被禁止进入赫伯特和简居住的康涅狄格州格林威治镇。

而在这个案子之前，路易斯除了麦克斯外从未袭击过其他人，因此他仍然被视为“对别人不构成伤害”的。

在和路易斯没有联系的日子里，赫伯特和简仍然希望他能够找到他自己的生活方式。或许，路易斯是能够做到这一点的。

" " "

令所有人吃惊的是，在精神治疗机构里，路易斯表现得像一个模范病人。30天后，他就被释放了。

简知道，路易斯已经没法学有所用、利用法律知识养活自己了，他甚至不会找到一份正经的工作。她觉得，尽管儿子做出了如此兽性的行为，但作为母亲，自己也要对他的精神状况负很大的责任。于是，她坚持让赫伯特为路易斯建立了一个小小的基金，以保证他将来衣食无忧。简希望儿子不会为了金钱所困扰，这样一来，他也许还有心思找一份普通的工作。而只要路易斯远离这个家，也就没有麻烦了。

" " "

麦克斯旅行回来后听说了整件事，他感到了释然：父母终于认清了路易斯暴力的本性，并且采取了必要的措施，来保卫家庭。

他为路易斯感到遗憾，他是真的爱着自己的哥哥，并且想要帮助他。但与此同时，他也不想和路易斯有任何联系。

时至今日，麦克斯仍然惧怕路易斯，怕他会继续袭击自己。

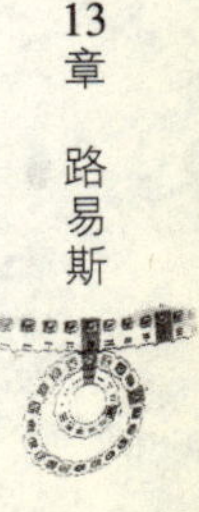

第 *14* 章

幻想破灭

1978 年

回到哈佛之后，麦克斯为结束了那样一次并不愉快的电影之旅而如释重负。另外，他本以为自己把人类学知识用于纪录片方面的努力能够获得教授和同事的赞扬，然而教授和同事们的态度却让他失望：他们对麦克斯的这个副业完全不予关注。在学院的知识分子看来，那种"流行文化"根本算不上严肃的学术研究。他们认为，作为一个研究生，麦克斯在学术以外取得的成就不值一提。

就当教授对麦克斯不再抱有希望的时候，他也对哈佛不再抱有任何希望了。

他觉得万分无聊，渴望着新的挑战。

" " "

没过多久，新挑战找上门来了。

父亲打来电话，说出版公司需要他。赫伯特放弃了把出版公司卖给完美影业的计划，并且拒绝了所有意欲进行收购的公司。他向儿子承诺，如果麦克斯同意搬到纽约，帮他主管编辑部门，他会把合伙人的股份全买下来，并把公司过户到麦克斯名下。

但是赫伯特也指出，在任职之前，麦克斯还必须在纽约的编辑办公室积累更多的工作经验。

麦克斯接受了这个提议，搬去了纽约城。但是很快，他又感到失望了。尽管在纽约，他很快就卷进了一场罗曼史，但都市生活却让他无法忍受。更重要的是，他在那里也没有获得什么具有挑战性的工作机会。

在进入编辑部门工作了不到1年的时候，麦克斯又接到了一个电话，邀请他代表另一部纪录片的摄制组前往世界各地——拍摄周期为12个星期，而且他可以提出一系列的条件。

鉴于这项任务的时间并不长，麦克斯决定从编辑部请个假。

他想：没什么大不了的，当我回来，一切都还在这儿。

*　*　*

麦克斯没有想到，当他离开纽约去印度的时候，赫伯特经历了他的第三次心脏病发作，而且这次发病比前两次都要厉害得多。为了保护家庭，赫伯特不得不把公司卖给了出价最高的买方。当麦克斯回来时，交易已经完成了。

而麦克斯也做出了人生中的第一次命运选择，他解放了自己。

他撕碎了父亲与他签订的为期3年的合同，搬去好莱坞，成为了一名纪录片助理制片人。但只有2个星期之后，他就意识到自己再次犯了错误。

他讨厌他的工作。

作为一名助理制片人，他必须保证创作团队永远有活力、有干劲，而且人人都得心情愉悦——这意味着如果他们想要可卡因，他就得去给他们搞毒品。

麦克斯放弃了。

他搬回了纽约，但却全然没有解脱的快乐。眼下他既没有工作，生活也没有方向。

他认真考虑，自己到底可以做什么样的工作。而考虑的结果，就是决定每周六去索霍尔的低档夜总会表演扑克牌。很小的时候，路易斯曾经教会了麦克斯如何玩牌，而在和那些摄制组一起旅行的途中，

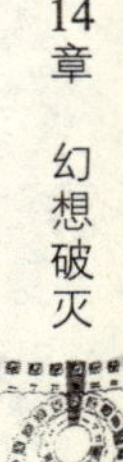

12

他更是学到了不少牌桌上的经验。同时,麦克斯还觉得拥有某种超乎常人的天赋:他经常想要什么牌,就会来什么牌。

这种能力也许是天赋,也许只是幸运,但不管怎么说,麦克斯一直对数字特别亲近。当他还是一个不会说话的孩子时,数字就已经扎根在他的头脑里了。多年以来,它们一直是他的玩伴和好友。

所以对他而言,当一个玩扑克牌的人是很容易的。

* * *

每个周六,麦克斯都会在“周末午夜游戏”中登场。牌桌上的赌注通常不会很高,赢钱的目标则是晚上到夜总会来的郊区人。这种顾客很容易辨认:他们总是喝得酩酊大醉,有一搭无一搭地鼓掌。这些人是来寻欢作乐的,而麦克斯赚的就是他们的钱。

而那些城里的熟客,几乎就没有规矩守法的玩家了,他们总是团队作战,甚至还会出老千。因此,麦克斯尽量不与他们交手。

加上有足够多的游客, 麦克斯每个周六都能挣到200至300美元,这些钱足够他支付每周的房租、健身和饮食费用了。

尽管衣食无忧,但这种生活并不能让麦克斯满意。说到底,这称不上什么“事业”。

他正在人生的十字路口徘徊。

他已经放弃了哈佛,放弃了他父亲的出版公司,甚至放弃了好莱坞。更糟糕的是,在此期间,他的另一段恋情也结束了。

* * *

在为期12周的电影拍摄工作之前,他已经和蒂娜订婚了。出门在外的时候,他还在大马士革给她买了一只非常漂亮的订婚戒指,此外还有许多丝绸。用那些布料,她可以做一套美丽的结婚礼服。

尽管订婚仪式的日期还没有确定, 消息也没有正式对外宣布,但是蒂娜和麦克斯达成了一致:麦克斯一回来,就把决定告诉双方的家人。

不幸的是,当麦克斯回来时,蒂娜已经改变了主意。她开始去看心理医生，治疗过去的精神创伤——而这个创伤和童年时期受到过的性骚扰有关。

麦克斯完全惊呆了。

在治疗的过程中，心理医生建议蒂娜在清理自己的潜意识之前，先放弃性爱。她认为这是一个合理的建议。接着，她告诉麦克斯：订婚也好，维持这段感情也好，在她看来，这些事情现在都已经没有意义了。

麦克斯无法理解到底发生了什么。他们在一起时是如此快乐，而突然之间，他的未婚妻就变得遥不可及了，他几乎不认识现在的她了。

他生活中的“魔法”消失了，而他并不知道怎样把它召唤回来。

再一次，麦克斯陷入深深的绝望。他不吃东西，不刮胡子，甚至不洗澡。

他没日没夜地睡觉，却仍然疲惫不堪。他认不清自己是谁，自己想要做什么。

现在看来，他几乎不可能实现童年时的志向了。父亲对他深感失望，他对自己也深感失望。

在这种懦弱的心理状态下，他决定写一本小说，反映现在的境况。他给这部小说起名叫《自杀之旅》。他精心写就了第一行：

> 温斯顿先生醒来时，听到了一声低沉的尖叫。

这是他自己的尖叫。

这本小说记录了麦克斯与自杀冲动的斗争。他用父亲给他的那台老式打字机，描述着自己不时爆发出来的感想。

> 我已经到达了绝望的边缘……我不知道我是谁，我要什么，也不知道我能做什么，或者我要去何方……我憎恨我自己……没有希望……要想生活下去，你就必须有现金……我想要放弃了……

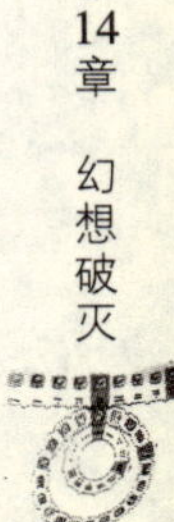

12

他知道，死亡本身并不可怕，他甚至渴望回到那一片白色光亮的幸福之中去——就像1965年时，他在格雷医生的办公室经历过的那样。

但与此同时，麦克斯仍然相信自己的生命有着特殊的意义，这份意义要求他继续活着。他决定改写他的命运，并为自己写道：

你的愿望会实现。

他继续写作，并用这种方法和自杀的倾向进行斗争。

当麦克斯完成他的小说时，一位楼上高两层的邻居跳楼死了——这正是麦克斯考虑过很多次、想象了好几个星期的死法。而当想象变成了事实、发生在别人身上时，他又被震惊了。他不知道是不是自己的小说夺去了那个人的生命。

* * *

路易斯再次出现在了麦克斯的生活中。

当他在一楼出现的时候，麦克斯几乎没有认出他来。他现在浑身脏兮兮的，胡子拉碴，还挺着一个大肚子。

这副样子看起来很怪诞。

路易斯口齿不清地控诉着每个人都在怎样犯法——特别是他的父亲和戈特利布·哈里斯事务所的律师们。

"你不知道他们有多腐朽……不仅仅是他们……每个人都在破坏法则……所有的法则……他们甚至开始违反万有引力的法则。当这一切发生的时候，我们都要滚到地狱去了……"路易斯喋喋不休，并期待麦克斯支持他的观点。

哥哥显现出来的这种"疯狂的智慧"只能让麦克斯微微一笑，但他随即意识到，自己并没有比路易斯过得更好。这个念头让他感到浑身战栗。

所以他请路易斯吃了一顿饭——这也许是后者在相当长的时间

里，吃到的第一顿饱饭。在整顿饭的时间中，他都在暗暗希望路易斯的疯癫不会突然转为暴力。确定这种状况不会发生，麦克斯才放松了下来。

然后他给了哥哥一个拥抱，建议他在纽约城外找一个安静的地方生活。在那里，没有那么多人违反万有引力，他会感到安全的。

路易斯离开后，麦克斯猜测着接下来会发生什么。

第 *15* 章

加利福尼亚

1979 年—*1982* 年

几乎是突然之间,麦克斯表演扑克的生涯就结束了。他开始经历一次前所未有的剧烈牙疼。

这疼痛是如此的强烈,他想尽了一切办法来止痛,最后不得不面临必须去医院的事实。当他走进牙医办公室的时候,恰好撞到了以前的高中同学彼得·波尔——后者正从医生办公室里走出来。

"见到你真高兴,麦克斯!你怎么样?"彼得抓住麦克斯的手问,"还在为你父亲工作?"

"无事可做,"麦克斯忍住牙疼回答道,"几个月以前,我父亲把公司卖了。我也不知道接下来要干点儿什么。在哈克利的时候,我一直很佩服你,给我你的名片,咱们保持联系吧!"麦克斯忍着疼痛说道。

彼得的确曾经和麦克斯一起读过书,但是他比麦克斯早一年从哈克利毕业。他曾经指导过麦克斯一个学期的自修,还是他们班的班长和毕业致辞人。另外,他还是学校最好的田径运动员之一。

"当然当然——这是我的名片," 彼得热情地说,"我最近接管了CRM 电影公司分部的业务。给我打电话,我们可以一起吃午饭,好好聊聊。"

两个星期之后，麦克斯给彼得打了电话，他们约在翠贝卡的一间高级餐厅见面。席间，麦克斯把自己参与过的那些电影告诉了彼得，午饭结束前，彼得给了他一个助理制片人的职位，负责CRM电影公司在美国西海岸的办公室。

“我的父亲是执行总裁，我们一直在寻找一个有职业敏感、对纪录片有全面了解的人。”他说，“这个要求对于一般人来说也许太高了，但如果你能合作的话，对于我们来说都是一个突破。”

“的确，我很了解纪录片，”麦克斯保证道，“我有我的捷径。”

“我接受这个职位。”他接着说。

" " "

简单整理之后，麦克斯就搬到加利福尼亚的德尔马去了，在那儿，他能享受到完美的天气，工作也是完全自主的。

德尔马是圣地亚哥北部的一个小城镇，那里有一个因为平·克劳斯贝(Bing Crosby)[①]等名流而闻名于世的跑马场。每年赛马季的时候，小镇的人口就会翻一番。

作为一个旅游城市，那儿的居住费用颇为昂贵。但是麦克斯的职位赚得不少，已经足够应付了。

更重要的是，新工作是令人愉快的。这么长时间里，麦克斯第一次感到充满干劲。办公室的工作由一个业务经理掌管，他俩共用一个秘书。每天早晨，都有20到30个新的电影方案等着他审阅，而他只用1个小时就能把它们看完，然后从中选出10到12个自认为有创新意义或商业价值的方案。

然后麦克斯就带着他挑选出的方案，穿过大厅到业务经理的房间去。CRM的工作氛围很轻松，每一次会面都无需预约，而开始谈话的方式也总是相同的：“弗兰克，有时间吗？”

---

① 平·克劳斯贝(Bing Crosby，1903—1977)：美国流行歌手、演员。曾获得第17届奥斯卡最佳男主角奖。在1962年获葛莱美终身成就奖(首届得奖者)。

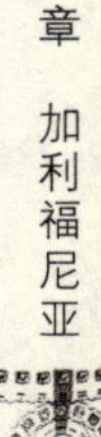

12

接着,麦克斯便会描述每个具体方案,再问一些关键性的问题。

“如果在这类题材中,这可能是最好的影片了。那么一开始,我们能投入多少人力和物力?”虽然他们是创意部门,但需要考虑的首要问题却仍然是影片的销售。

大多数情况下,经理给麦克斯的回答都是“不够”或者“不是很多”,有时干脆是“不会投入”。然后,这些方案就不会再被考虑了。

当然,在一个星期中,也会有那么一两次的答案是不同的。

“我们会投入1万美元或者更多——如果这些材料核查无误的话。”

在那种情况下,如果这个方案确实能找到合适的演员和摄制团队,而且通过剪辑,影片的确可以拍得十分“像样”的话,麦克斯就会获得授权。

通常,工作的过程最多持续到下午3点左右。剩下的时间,麦克斯就可以享受海滩、热水浴,以及其他南加州特有的引人入胜之处了。

生活就这么继续着,而不久之后,他还遇见了一个令自己完全着迷的人。在几个星期甚至几个月的时间里,他一直甘之若饴地追求她,直到她同意嫁给他。

麦克斯再次发现,生活可以正如他想象的那样完美。

因为能干,他在工作中获得了成功。他开始被媒体关注,《圣地亚哥论坛报》和《圣地亚哥杂志》都报道了他,他的照片占了整整两个版面。

“优秀的年轻制片人来到圣地亚哥。”报纸的标题这么写道。圣地亚哥一直被人们视为一个沉睡的城市,这里的特色只有军事基地和并不发达的农业。这种城市定位使得当地居民很嫉妒他们北部的邻居,也迫不及待地想要抓住任何引人注目的机会。

然而,麦克斯的出名也是有代价的。

不久,同僚们就开始嫉妒他的风头了。

* * *

CRM有好几个分部,常规事务部的领导比尔·贝特利是一个好胜的人。麦克斯曾经无意中挖走了他的一个顶级专家,去拍摄关于欧佩克(OPEC)和石油危机的片子,贝特利对此十分愤怒。

而且,贝特利还希望能在老波尔(彼得的父亲)退休之后,升任公司的执行总裁。但"麦克斯这小子"却在他身边大出风头,而且众所周知,老波尔还和他私下聚过餐呢!——这对贝特利无疑是不利的。

就在不久之后,媒体上出现了一篇报道,内容是麦克斯因策划了CRM票房最高的影片《选择的自由》,而获得了著名经济学家米尔顿·弗里德曼(Milton Friedman)①的高度赞扬。那个记者的本意,是想博得麦克斯的好感,但他却搞错了情况:这部电影之所以投拍,实际上是因为老波尔和弗里德曼的私人关系。

贝特利瞅准了这个机会,把这篇文章和其他四五篇关于麦克斯的报道都寄给了老波尔,并附上了一张简短的便条:

您可能想要看看这个。

很快,麦克斯就被炒了鱿鱼。威廉·波尔让儿子彼得给麦克斯打了个电话,并带去了一条私人信息:

如果是在旧时代,我们会把你扔到海里去。但由于现在是一个文明社会了,所以我们只能解雇你。你的工资会付到今年年底,但是请你今天就打包走人。

麦克斯感到十分吃惊。

他没有做什么错事。在为公司工作的18个月里,他签了超过30份合同。

① 米尔顿·弗里德曼(Milton Friedman,1912—2006):美国经济学家,以研究宏观经济学、微观经济学、经济史、统计学及主张自由放任资本主义而闻名。1976年取得诺贝尔经济学奖,被誉为二十世纪最重要的经济学家之一。

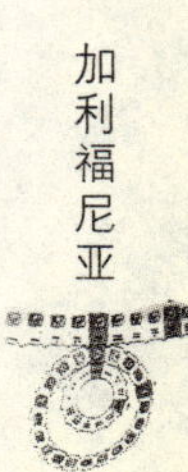

业界同仁告诉他，他能够以“错误中止合同”为理由起诉CRM。但这并不是麦克斯的做事风格。

荒谬的事情还不止一件呢！就在麦克斯被解雇的前一天，他的未婚妻提出了解除婚约，他的爱情先于事业破灭了。因为被未婚妻的事弄得身心交瘁，他已经没有力气去认真考虑解雇对于他到底意味着什么了。

而接下来的几天，他终于好好反思了一下自己的生活。他意识到，自己已经不想为任何人工作了——即使对方能提供和CRM类似的宽松环境。

他要为自己打工了。

在麦克斯看来，他将再一次自主地书写命运。

因为没有钱，所以麦克斯要从“小生意”开始做起。

他设法搞到了当地有线电视台的设备，想用这些东西来制作一种被业内人士称为“怎么做”的节目。这个节目将采取著名的简·方达(Jane Fonda)①式的外景拍摄形式，一旦销路好，麦克斯还打算趁机成立一个马克西姆制片公司。

他将节目的名字定为《德尔马训练》，然后就和创作者们一起组织了一个团队，在当地的体育馆集合起来。他认为《德尔马训练》是一个容易被记住的名字，也是观众喜闻乐见的“锻炼”题材，其完美程度堪比简·方达。

但最大的问题是，他们没有简·方达，也没有其他名人可以招徕观众。因为这个原因，当他写出梗概、寻找发行方的时候，人家只同意给他们500美元的资金来试试看。很明显，对方并不抱太大希望。

而眼下的情况是，麦克斯至少需要5000美元的订单，才能刚好

① 简·方达(Jane Fonda)：美国女影星，1972年度的奥斯卡影后，其父是奥斯卡影帝亨利·方达。

达到收支平衡。手头只有500美元的话，就意味着他卖出的每盘带子都要损失2美元——而且没有任何其他资金来弥补差额。

看起来，马克西姆制片公司还没出世，就要流产了。

而正当麦克斯考虑如何是好的时候，他却接到了邻居安迪·凯的电话，她有一个有趣的主意。

“麦克斯，我记得有一次我们一起吃饭，你说过，在为父亲的出版公司工作的时候，你对编写备考训练非常内行。”

麦克斯不知道安迪的意思是什么，但他很感兴趣。

“是的，是这样。你有什么想法吗？”

“我有一个小计划，是在非线性系统下开发一种机器，我叫它‘家教计算机’。它的功能，是帮助学生提高词汇量——你知道，我一直都是约翰逊·奥康纳（Johnson O'Connor）[①]作品的粉丝，我相信词汇量的提高对于每个人来说都是最重要的教育目标。”

“你愿意作为一个外聘的兼职顾问，帮我完成这个计划吗？”安迪急切地问道。

“当然，”麦克斯答道，“我马上就可以开始。”

再一次，“生活的同步性”在他最需要的时候，给他带来一个绝佳的工作机会。

作为项目指导和市场营销经理，麦克斯可以获得将来利润的百分之一。他们立即开始工作，而且进展神速。

就在“家教计算机”项目开展2个月之后，安迪的另一名工程师开发了后来闻名于世的肯帕计算机（Kaypro）——世界上第二流行的笔记簿电脑。后来，它很快就超过了业界的第一名奥斯本电脑（Osborne），成为了电脑市场上的龙头老大。

“家教计算机”项目仍在继续，但已经不再是主要业务。肯帕横空出世，安迪的小公司的年销售额从200万美元飙升到了2亿5千万

① 约翰逊·奥康纳（Johnson O'Connor，1891—1973）：美国研究员、教育家，资质测验研究的先驱，主张词汇的重要性。

美元。

公司还雇用了成打的科技文章撰写者和电脑顾问。这些人得知麦克斯的背景和关系之后，便让他协助拍摄一部意在“指导说明”的科教片。

一夜之间，马克西姆制片公司就转型成为了一个欣欣向荣的科教片公司，其业务是向观众介绍世界上最杰出的科技天才。高科技的世界让麦克斯着迷，他不熟悉科学，但却迅速掌握了使影片卖座的诀窍。

在科教片的世界里，你不需要懂得 DOS 或 CMP 指令，也不需要熟悉 Lotus 或 WordPerfect 软件，就能成为一个科技专家。

随着事业的成功，他想要制作“真正的电影”或者“做点事情”的想法，也消失得无影无踪了。他只想打打高尔夫，和漂亮的女人约会，尽情享受加利福尼亚的生活方式。

* * *

麦克斯已经很多年都没再遇到过 12 个名字中的任何一个人了。玛丽亚、亚特斯基、B.N.和洋子似乎已经成了梦中世界的幻影。

只有一个奇怪的名字还让他时常想起，那就是“奔跑的熊”。这名字提醒着他一个事实：那些人一个又一个地接连出现在他面前，让他无法解释，却也不能置之不理。

“奔跑的熊”到底是什么意思呢？

它看起来如此古怪，麦克斯需要一个合理的解释。

* * *

每隔几个月，麦克斯都会从父母那儿得到一些消息。这期间，路易斯又发生了一次暴力事件，导致他再次被关进精神病院接受观察，强制禁闭了 30 天后才放出来。

麦克斯已经熟悉了这种事情的固定程序：哥哥在治疗期间会吃药，一旦放出来就停止服药。

有一天，在一次常规的癫狂事件之后，路易斯出现在了加利福尼亚。他仍然是这个样子:浑身发臭,脏兮兮的,断断续续地大声叫喊。麦克斯替路易斯感到难过,并安排他住进了万豪国际酒店。在那里,他可以洗个澡,好好休息一个晚上。

第二天午饭的时候,兄弟俩又见面了,麦克斯想让路易斯再住一晚。

“哦,不——这个酒店太贵了,”路易斯拒绝说,“我不会呆在那儿。我可以睡在停车场,就睡在我自己的车里——这样就可以把钱都省下来啦!”

麦克斯有点儿吃惊。

“住酒店花的是我的钱,”他劝道,“而且我不介意为你付账。”

他还想继续说点儿什么,但路易斯打断了他:“不!我愿意节约‘我的’钱。我呆在汽车里很好。”

然后他们就分开了,约好第二天吃饭时再见。

第二天早晨,麦克斯去万豪酒店的停车场找路易斯,但却根本不见他的踪影。房间里也没人。

几个小时后,当他们见面一起吃饭时,麦克斯问路易斯昨天睡在哪儿了。

“我看见街尾有一家名字叫6的汽车旅馆,就把车停在那儿睡觉了。万豪太贵了。”

“但是万豪的停车场也是免费的,”麦克斯说,“停在哪儿其实并没区别。”

“你根本不理解钱的意义,”路易斯用一种让麦克斯不悦的语调说道,“万豪更贵。用我省下来的钱,我们可以好好吃上一顿。”

麦克斯放弃了争辩,他们安安静静地吃了顿饭。

尽管年幼时饱受路易斯的暴力袭击之苦,但眼下,他还是为哥哥的现状感到悲伤。吃饭的时候,麦克斯提出了一个解决方案:请一位精神病专家来为路易斯进行长期治疗。麦克斯还会每月给路易斯一份薪水,其数额将超过父母给他的,而医生则会监督他按时吃药。

路易斯同意了,正式的治疗终于得以开始。但好景不长,没过多久,他又变成了一个贪婪的赌徒,经常光顾德尔马赛场。对于赌博,路易斯似乎很擅长,经常赢钱,以致他几乎都不需要从麦克斯那儿按时领钱了。

两个月之后,路易斯就不再去见精神病医生了,并且也停止了服药。和多弗家的所有人一样,食物成为了他的主要爱好——而他拒绝治疗的借口,也是药会使他的胃不舒服,影响了食物的味道,这会让他变得体弱无力。

麦克斯警告路易斯,如果他不继续吃药,自己就不再给他钱了。但由于路易斯已经找到了新的财源,因此这个威胁就毫无分量了。

路易斯给弟弟回复了一封长信,控诉麦克斯那些“不合法”的行为。他还说,将向美国国税局(IRS)和中央情报局(FBI)检举麦克斯。

此后不久,路易斯又消失了。麦克斯也不知道他到哪里去了。后来经过仔细打听,才知道路易斯已经彻底放弃了正常的生活方式——他住在汽车里浪迹天涯,在密歇根过夏天,冬天则在田纳西和佛罗里达度过。

只有需要洗澡或者在床上睡觉时,路易斯才会租一间屋子。而通常情况下,他的生活只需要以下事物:露营地里的汽车、6号汽车旅馆的停车场、跑马场。

* * *

和路易斯重新联系上不久,麦克斯的母亲简就被诊断出了癌症。肿瘤长在她的左脑,那正好是她在车祸中严重受伤的地方。

简被放射性化疗整整折磨了2年。当麦克斯赶回格林威治去见母亲最后一面的时候,她已经不能说话,也几乎不能动了。但她却还是尽最大努力,递给了麦克斯一张纸条:

我正步入光明。

2天后，她去世了。

麦克斯帮父亲一起筹备了葬礼，此外，还有一个特别的纪念仪式。他们没打算邀请路易斯，但也没想禁止他来——尽管赫伯特指出，简一直为路易斯的古怪行为而心痛，这加剧了她的病情。

但无论是麦克斯还是赫伯特，都没法联系上路易斯。所以，即使他们想让路易斯来，也是不可能的了。就连简的死讯，他们都无法向路易斯告知。

第 *16* 章
格蕾丝
1979 年—*1984* 年

当麦克斯的电影事业坐上了过山车时，他的爱情生活也发生了相应的戏剧性转折。完全出乎他的预料。

格蕾丝·布拉德利是麦克斯搬到圣地亚哥后，遇到的第一个女人。德尔马的海角村公寓有一个专用游泳池，作为那片豪华住宅的住户，格蕾丝经常到那儿游泳。麦克斯也正是在这种情况下认识了她——游泳的时候，他撞到了她。

当她从游泳池里出来的那一刻，麦克斯就知道他陷入爱河了。她是一个金发女郎，有着麦克斯所见过最美的双腿。在他的眼里，她绝对是完美无缺的。

他跟随着她，进入了热水浴池。

她眼中总是带着笑，好像世界上没有什么烦心事一样，她的声音仿佛比任何音乐都要甜美动听。

“如果你不是我见过的游得最歪的人，”她笑着说，“那你就是故意撞到我的。”

“我只是方向感不好，我想。”麦克斯笑着回答，“但我却很高兴能撞到你，因为你是我见过的最漂亮的女人。”

听到这话，她笑得更开心了。麦克斯完全被迷住了。

“你的手指上没有戒指，”他说，“我希望，那意味着你还是单身。”

“我是单身，但你可不要动什么念头。我刚刚离了婚，我向自己保证，至少6个月之后才能再开始约会。”格蕾丝回答道。她的蓝眼睛在阳光下闪闪发光。

“好吧，我们不需要约会，但是我希望我们能成为朋友。”麦克斯说，“我昨天刚搬到这里来，对本地的情况还一点儿都不了解呢！”

“我在这儿有很多朋友，也很乐意为你筹办一个非官方欢迎委员会，”她欢呼道，“虽然加利福尼亚人看起来都很懒散，但我相信他们对于欢迎新客人，还是很有责任感的。我会带你到处转转，在一两个星期内，你就会发现我在这儿的美女中，只算得上是很普通的一个罢了。”

当时麦克斯33岁，正享受着在圣地亚哥做一个单身汉的自由。因此他听到格蕾丝的回答之后，便打起了如意算盘：在等待格蕾丝“开禁”的同时，自己还“有权利”去认识那些电影节上的美女，此外，加利福尼亚的新朋友也会为他介绍很多迷人的女性——只要他想，他就能和她们发生关系。

* * *

但是后来他发现，格蕾丝那句“我只是一个普通女人”的说法是错的。6个月以后，格蕾丝对于他来说，依然是那么光彩照人——她是他迫切想要的那个人。

* * *

他们约会了9个月，然后麦克斯向她求婚。格蕾丝接受了。

她就是他梦想的女人。和她在一起的时候，他感到幸福的电波不停地刺激着自己。这种感觉如此真实，麦克斯觉得自己马上就要拥有这个完美的伴侣了。

格蕾丝最大的兴趣在于“求真”。这是一种新出现的冥想养生法，是一个叫哈罗德·亨德森的人在加利福尼亚发明的。麦克斯觉得它很

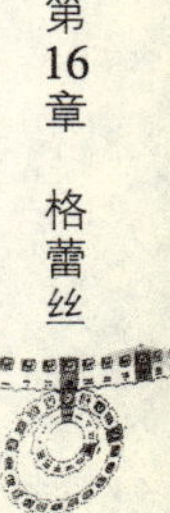

古怪,但他并没有深究,只要它能让格蕾丝开心就好。

那时,麦克斯崇拜的是事业上的成功人士,因此哈罗德似乎也没什么能吸引他的。然而通过教授冥想法,哈罗德其实已经发展了众多的追随者。

人们愿意为冥想课程付很多的钱, 而哈罗德还能趁机和足够多的女人睡觉。虽然他只有六十多岁,但他到处散播传言,说自己已经有一百多岁了——正是冥想修炼使他保持了年轻。同时他还解释,为了保持一个大师的"智",他就必须和年轻女人睡觉。

可笑的是,大多数年轻信徒们都认为,能被选中来为哈罗德"永葆青春",是一件非常荣幸的事。

作为一个从爱荷华州来的姑娘,格蕾丝还是相对保守的,因此她虽然参加了冥想,但从未和哈罗德睡过觉。不仅如此,她还说自己以后也绝对不会那样做,因为她相信婚姻是性的先决条件。

但这一切并不妨碍她也和其他教众一样,相信"求真"的冥想修炼。

格蕾丝无疑是着了哈罗德的魔。

当哈罗德知道格蕾丝和麦克斯已经订婚之后, 他便建议她成为更高层次的"求真"信徒。

他把格蕾丝介绍给了斯蒂芬,他和格蕾丝一样,也是一个三级学员。但是格蕾丝已经修炼了 9 年之久,并且正在努力升到第四级,她可以从很多方面"指导"斯蒂芬。哈罗德解释说,如果能够提携后进,也有利于她向更高的层次挺进。

但斯蒂芬的身份除了是一个三级学员,还是一个真正的大富豪、大庄园主。当时的麦克斯还在做着助理制片人,每年赚 4 万美元,这种收入可完全无法与之竞争。

格蕾丝把戒指还给了麦克斯。3 个月后,她和斯蒂芬订婚了。麦克斯只能眼巴巴地看着,无能为力。

他完全地绝望了。

而就在格蕾丝提出解除婚约的第二天,麦克斯又被 CRM 解雇了。

失去格蕾丝使他几乎发狂。尽管明知无望，但在很长一段时间里，他仍然无法抛却和她复合的希望。

但是不久之后，马克西姆制片公司成立了。他没有时间去想别的，只能把心思都扑到了工作上。他看似勤奋而知足，但这其实是一种伪装的幸福。

事实上，即使在辛勤创业的年代，麦克斯的理智与情感的“同步性”也仍然在运转着，但身处事情中心的他并没有意识到。

直到10年后，他才着手去完成整幅人生的图画。

第 *17* 章

格蕾丝的回归

1994 年

一天，麦克斯接到梅格·帕金斯的电话，她是格蕾丝的闺中蜜友。

多年以来，麦克斯都没有和格蕾丝以及其他“求真”的教众保持联系，但时间过了如此之久，他已经能够坦然面对当年的人和事了。

他答应和已经成为演员的梅格见面。

她从洛杉矶开车过来，向麦克斯讲述了自己的一个构思，并咨询他关于拍摄方面的意见。麦克斯则礼貌地答复对方：她所说的是一个好点子，但是他并不擅长处理这种题材。

突然，他想到了格蕾丝。

“顺便问一下，格蕾丝怎么样了？”他装作满不在乎地问，随即意识到自己的旧伤还没有痊愈，“我听说她搬走了。她还和斯蒂芬一起吗？”

“哦，不。”梅格使劲地摇着头说，“他们只在一起待了 3 年。事实上，她下个星期会来这儿参加一个商业会议。我敢肯定，她会很高兴见到你的——如果你有时间的话。”

对于梅格所说的情况，麦克斯不知道应该做何敢想。但最后，好奇心压倒了判断力，他说自己很高兴与格蕾丝见面。梅格答应为他们安排时间。

'' '' ''

两天后，麦克斯坐在马克西姆制片公司二楼的办公室里，眺望大海。为了能看到海景，他买了整栋大楼，每天的大部分时间都在这里打电话，同时看着冲浪者、海豚、迁移的巨鲸和海滩上的美景。

有个女性来到他身后，拿手蒙住他的眼睛，打断了他的空想。

是格蕾丝。不用听她的声音，麦克斯也知道。

他能感到她的能量。当她把手拿开时，他听到她笑了。他转过身去面对她，随即吃了一惊：这个年近40岁的女人，在10年的岁月中几乎一点儿也没有变老。

可能冥想之类的修炼还真的有点儿用处。他默默地嘀咕了一句，但却没有大声说出来。

他们聊了一会儿。对麦克斯而言，此时的感觉有点儿像他当年临死时的体验。他觉得自己的一半正在聊天，而另一半则在远远地看着他的肉身。

然后，他邀请她共进午餐。

'' '' ''

3个月后，麦克斯和格蕾丝再次订婚，并且很快就结婚了。

他把一百多个亲朋好友邀请到了加勒比海上的阿鲁巴岛。婚礼的庆祝活动持续了整整3天，娱乐项目包括室外高尔夫、划船、传统宴会等。在箕湾大酒店里，总有穿着燕尾服的客人随着大乐队的伴奏跳舞，乐队也是特地为婚礼请来的。

格蕾丝认真地做了准备工作，她把许多传统的岛国文化都融入到婚庆活动之中。她的审美品位很高雅，再加上麦克斯提供的上不封顶的活动预算，整个婚礼堪称完美，和他们所预期的一样——除了一件事。

'' '' ''

即使在典礼之前，麦克斯还怀疑自己正在犯一个错误。事实上，

他也咨询过一些朋友和心灵导师，甚至还包括为他们证婚的牧师。这些人都认为他和格蕾丝结婚将是一个错误，但是他的心再次替代了头脑。

“如果婚姻失败的话，结果只不过是离婚罢了。”他尽量漫不经心地说。

婚礼上的浪漫气氛感染了他，这个10年来一直留在他心里的美丽女人就要成为他的妻子，这个事实让麦克斯神魂颠倒。他把她视作深层次的精神伴侣，他愿意与她一起追求真理，甚至还幻想与她一起创造一个新世界，在那里，人类百年来的精神与理想都能和谐交汇。

麦克斯断定，这将是一次使他得到人生真谛的婚姻。

第 *18* 章
西藏奇迹
1996 年

然而就在婚礼之后的第二年夏天,麦克斯的“幸福婚姻”就摇摇欲坠了。

甚至自从他们回到加利福尼亚,危机就已经存在了。格蕾丝表示,她不想呆在那里,她说她梦想中的家是弗吉尼亚的庄园。于是,她不断向麦克斯施压,催促他搬家。但是矛盾在于,马克西姆制片公司已经扎根在加利福尼亚了,而只有公司兴旺发达,才得以保证她维持奢侈的生活习惯。

尽管格蕾丝现在的身份是一个冥想老师,但她却依然是一个自我中心的人。她对麦克斯的事业和他感兴趣的所有东西都漠不关心。

他曾经试图告诉她“12 人名单”的事,但她根本没有兴趣。每当麦克斯想说的时候,她都装着要去做一些很重要的事情,而当他过一会儿再提起话头的时候,她已经不知道他要说什么了。

格蕾丝还决定去怀俄明州的杰克逊荷尔进行一次特别的闭关修行,那个地方隐居着世界上唯一一个蓝眼睛的藏传尼姑。这个尼姑名叫阿加莎·威怀特(Agatha Winright),她 19 岁的时候去过西藏,并在那里接受了神职;几年之后,她又意识到自己不适合独自生活,便找

了一个志趣相投的精神伴侣结婚，然后生了4个活泼可爱的孩子。在过家庭生活的同时，她也一直没中断过藏传佛教的修行。

阿加莎逐渐攒够了钱，在杰克逊荷尔城外买了400英亩土地，在那里建立了一个教授冥想的静修中心。她对外宣布，8月底会有一个著名的西藏僧人来这里，为信徒们讲一堂特殊的课。那僧人身高6尺2英寸，比西藏人的平均身高高出了1尺；而且在传闻中，此人有着神奇的力量，可以以手穿石。

这正是格蕾丝一直渴望见到的精神导师，因此她立刻报名参加了。她还鼓励麦克斯和她同去，但他却拒绝了。

格蕾丝告诉麦克斯，她可不会喋喋不休地敦促他参加静修。作为替代，她送给他一本蓝色封面的小书，书名叫《大圆满冥想》。

麦克斯打开它，读到第一句话是：

冥想的目标是不冥想。

“这倒是一个好理论，”他挖苦地说，“我可能会读它的。”

但格蕾丝仍然不屈不挠。

“如果你跟我一起参加这次静修，肯定会完全转变对冥想的态度的。”她说。

对于她的话，麦克斯并不相信。但是他想让太太高兴，并且想显示自己有能力接受新的知识——即使是并不怎么感兴趣的知识。

所以他支付了报名费用，不久便和格蕾丝一起启程去了杰克逊荷尔，去学习帮助人们“不冥想”的“冥想”。她则尽力向他解释，所谓“不冥想”的目标，其实是指时时刻刻都在冥想，但又忘记自己正在冥想。佛教徒把称这种状态称为“留心”。

但很快，她就放弃了对麦克斯的说教。

不管怎么说，尽管丈夫并不感兴趣，但他的行动已经让她很欣慰了。

“我很高兴你能决定来，”她温柔地说，“你会爱上这次静修的。”

飞机降落在怀俄明州后，他们在机场租了一辆车，然后开车去往静修中心。天很热，灰尘满天，最后的3英里路面没有铺柏油，车辙密布，即使他们开着豪华汽车，也感到颠簸不断。

麦克斯并不太在意住宿条件，但他认为，那些人所能提供的住所一定是粗糙简陋的。果不其然，当他们到了地方，看到指向露营地的标志时，麦克斯知道自己估计得没错。

尽管对住宿没有太高要求，但麦克斯却还是无法习惯露营。他根本就不会搭帐篷。当他们来到营地的时候，已经快晚上7点了，天也黑了。除了格蕾丝的手电筒之外，整个营地没有一丝光亮。

显然，这里根本没有电。

格蕾丝却表现得勇敢无畏。她选择了一个露宿地点，然后指导麦克斯搭好了帐篷。

* * *

一个小时后，充满挫败感、情绪焦躁的麦克斯跟着格蕾丝，加入了其他静修者的行列。在营地的主要建筑里，一次冥想课程正在进行。麦克斯和格蕾丝得到了一个枕头，被告知和大家一起开始“热身冥想”。

好在这只是一次15分钟的短暂练习，这让麦克斯觉得幸运。整个屋里只有他一个人是新人菜鸟，而其他人都是至少修炼了5年的老资格了。热身结束后，每个人都被要求介绍自己，此外还要宣布在这次静修中所要达到的目标。

大多数冥想者的目标，都是希望通过增加练习，以达到更高的级别。许多人都声称，自我感觉接近涅槃的境界了，或者至少是达到了“物我皆忘”的禅定状态。

麦克斯是最后一个发言的人。讲述自己的目标时，他坦率地说：“我在这儿仅仅是为了陪我的妻子，格蕾丝。我对冥想一无所知，但是她已经冥想了20年——这种事情对她来说很重要，所以我就出现在

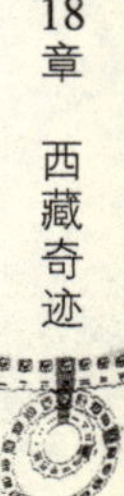

了这儿。”

和新同学在一起的日子似乎不怎么好过。据麦克斯推断，这个静修是只针对高级学员的，而他自己则被看作沾了格蕾丝的光，作为高级学员的配偶来滥竽充数的。很少有高级学员会愿意和非高级学员结婚，更何况麦克斯这种门外汉。大家看待麦克斯的眼光也是异样的。

对于这样一种评判方式，麦克斯非常愤怒。他在周围那些所谓高级学员的脸上看到了轻蔑和无知，这让他想起了过去见过的那些精神导师——他们都拒绝接受和自己不一样的人。

如果你同意他们的学说，那么一切都没有问题；但是如果不同意的话，那么你作为一个“人”的价值也就被看低了。这种充满虚伪的思想方式让他痛恨，也让他意识到：这就是自己从来没有皈依任何一种宗教信仰的原因。

长期以来，麦克斯都走在“自我发现”的道路上，他只想知道自己是谁，以及人生真正的目标是什么。对于其他问题，他一直不想分心。

麦克斯之后发言的是阿加莎，她是这个静修中心的创建者和组织者。她一个接一个地注视着每个人，用她冥想30年练就的平静姿态抓住了每个人的目光。然后，她才开始说话。

“这个星期，我们的课程发生了一点儿变化。”她说，“我知道，你们大部分人到这儿来，都是为了见到汉卡活佛，和他一起静修。不幸的是，他还未获得离境签证，所以他不能来加入我们。”

小声的抱怨在人群中扩散。她等待抱怨停止，然后继续说：“作为替代，仁波切·千叶活佛将来到这里。这位活佛是尼泊尔绿松石寺院的创建者，他会在这个星期为我们表演祭塔仪式。在这个仪式方面，他是世界上最著名的权威。”

听到绿松石寺院时，众人肃然起敬，但麦克斯却不能理解它为什么会被看得如此重要。对他而言，所有这些名字都没有差别。他只是耸耸肩，表示不屑。

“仁波切·千叶活佛也是一个伟大的导师，”阿加莎继续说，“我希望对于大家来说，这次静修就像汉卡活佛能来一样值得参加。”

在为《寻找历史上的耶稣》工作时，麦克斯曾经了解过佛塔仪式。一个圆形结构的佛塔里面，放着一些圣物——例如佛祖的画像和僧人的遗骨——而虔诚的教徒则一边祈祷，一边围着它行走。

教徒们相信，佛塔是佛祖在这个世界上的物理形式，它能够吸收佛祖的力量，然后把力量传达给那些捐助它、建设它、供养它、崇敬它的人，同时也传达给那些围绕着它祈祷的人。

但尽管阿加莎尽力解释，汉卡活佛不能来的消息还是让很多出席者都不满意了。他们交了很多钱，从全国各地飞过来，只是为了能见到那个“神奇”的高大僧人。

而作为替代的仁波切·千叶活佛不是一个“神奇”的僧人。

格蕾丝直言不讳地表达了她的失望。

“不能这样，”她大声地说，“我来这儿的原因，就是要采访汉卡活佛。我还要写一本书呢，有很多问题想问他。如果他来不了，那么在我们来这儿之前，你就应该通知我们这些人。”

“我们会留下来，”她继续说，“但是我们很失望。”

人群中发出一片嘈杂声，大家对格蕾丝的看法表示同意。但是在阿加莎做出回应之前，她的丈夫却走进了静修室，吸引了所有人的注意。

“牌号 4G18VR 的车子是谁的？”阿加莎的丈夫压过噪声问，“它停在营地上了。在这里，所有汽车都只能停放在特定的停车场。这是一片神圣的土地，这儿的生态很脆弱，我们都必须尊重它。所以，不管是谁的车，请立刻移走。”

那辆车正好就是格蕾丝和麦克斯的，所以他们只好走了出去。一路上，格蕾丝都怒火万丈，她气冲冲地回到营地，再从营地来到停车区域，然后再回到帐篷。

当他们抱怨着回来的时候，已经过了晚上 11 点。除了睡觉以外，已经没有事情可做了。

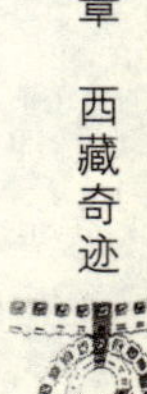

12

第二天早上,仁波切活佛到达了营地。他是一个结实的男人,留着寸头,穿一件紫色长袍,长相带有明显的西藏特征。

因为仁波切只会说藏语,一句英文也不会,所以他还带着自己的翻译。

课程并没有按时开始,但是麦克斯已经习惯了这种推迟。在他看来,这儿的课程会和一切大学里的课程一样,没什么真知灼见。

令他惊讶的是,他很快发现,仁波切的讲授很有趣——至少可以媲美他在哈佛和耶鲁上过的最好的课了。自从他被耶鲁禁止学习哲学课程之后,这还是他第一次被一个老师激发了想象力。

应该说,仁波切比耶鲁的教授还要好得多呢!他几乎不问诸如“宇宙的形态是什么”、“宇宙是什么颜色的”之类的问题。对于这些事情,他想必也有自己的答案,但是对于他来说,表达自己的意见并不特别重要。他似乎更加好奇于“别人是怎么想的”——也就是来上课的那些人。

大部分出席课程的人都不愿意回答仁波切的问题,但是麦克斯经常回答……而且他的答案通常是正确的。

当然也有例外,比如出于某些原因,他说,他认为宇宙是蓝色的。

当他这么说时,仁波切告诉他,他错了。活佛进而告诉麦克斯,为了找到正确答案,他应该出去,到周围的丛林里去静静地冥想。当冥想的时间足够长了,仁波切就会去找他。

于是麦克斯在丛林里呆的时间,比其他所有学员加起来都要长。

他还想象宇宙是一个“双螺旋结构”。但仁波切告诉他说,他又错了。

麦克斯再次出去,来到森林里。

他开始觉得自己就像回到了小学二年级——戴着傻乎乎的帽子,坐在角落的小凳子上。那时候,在蒙塔尔多小姐的课堂上,其他孩子都在对他窃笑。

但是眼下的这些冥想学员并没有嘲笑他。只是有些人看到麦克斯进进出出的,脸上忍不住露出了微笑。

虽然气氛轻松了下来,但对所有参加者来说,听课仍然是一件严肃的事,而且他们也感谢麦克斯替他们回答了不少问题。格蕾丝从来没有去森林里,因为她从来没有主动回答过仁波切的任何问题——不止是她,班上的大部分人都是如此。

而在麦克斯看来,这次教学的任务可不是把大家召集起来就算了,更不是给每个人打分——而是让每一个参与者都能找到一条启迪之路。

" " "

在课上,麦克斯学到了很多东西。他还发现,仁波切实际上非常幽默。

3岁的时候,仁波切就被确认为西藏一座伟大寺庙的继承者。6岁的时候,他又被确认为临近一所寺庙的活佛。这很不寻常,因为每次确认都意味着他是过去一个活佛的转世。而一个孩子同时被选中了两次,成为两个不同活佛的转世,这是非常罕见的。

但是很显然,佛教允许这样的例外发生。

对于仁波切来说,更特殊的情况在于:他所代表的两个教派都已经保持了超过500年的自治状态,而到他成为宗教领袖的时候,时局变得风雨飘摇了。

他在29岁时来到尼泊尔,在那里,他为尼姑们建了一所寺庙。那些尼姑大多数是从西藏来的,也就是在那里,他遇见了阿加莎,接着他就被邀请来展示他那神圣的祭塔仪式。

他来自于"大圆满佛教"的一个分支。其教派融合了"苯教"和"莲花生"的修行方式——苯教一个是山区的萨满部落,在佛陀降世之前,就已经存在几个世纪了,那儿的人被认为拥有神奇的力量;而莲花生大师则是藏传佛教的创立者。所谓"大圆满"冥想的目标,就是能够拥有"虹身"——当人的灵魂全知全能,能够在"任何时间实现任何形式"的时候,"虹身"也就完成了。

这种状态很像“涅槃”，但却更加丰富多彩。“虹身”可以按照意愿转世，成为前世灵魂所选择的任意实体：可以是一只鸟，一座山，一条小河，一块石头，一只动物，一个人——甚或是彩虹本身。

* * *

课程的第五天，终于迎来了祭塔仪式。翻译把大家召集过来，告诉学员们，每个人都可以参加吟咏，而仁波切还需要一个人协助他完成仪式。对于被选中者来说，这将是无上的荣光。

在所有人中，麦克斯是唯一一个不想被选中的人，但仁波切却最终选择了麦克斯——活佛是否察觉了自己的想法呢？麦克斯并不清楚。

虽然麦克斯仍然不认为仁波切是个通晓真理的伟人，但是他已经开始喜欢和尊敬这个喇嘛了。仁波切有着极强的工作纪律性，他每天早晨 4 点起床，与人进行一次私下讨论，然后开始授课，从早上 8 点讲到下午 6 点。大多数的晚上，他都在静修中心的各个冥想屋里，为学员们进行示范。

仁波切还是一个坚定的肉食者，这个事实也让麦克斯深有好感。他几乎每餐都吃羊肉，吃法通常是将羊肉混合在米饭和蔬菜里，做成咖喱饭，而且肉很多。这改变了麦克斯的观念，也或多或少地让他觉得有趣。而格蕾丝和她的大多数素食伙伴都认为，肉食者必然将被打入地狱的核心。

整整两天，麦克斯都在作为一个活佛的学徒。他端着盘子接受圣餐，将圣物递给仁波切，在后者将那些圣物祭献给不同的神之后，他还要再将圣物抛向聚集在一起的学员们。

当仁波切进行漫长的朗诵仪式时，麦克斯便负责为他打开古老的卷轴。通常情况下，每一个仪式包括两三页纸的长度，而朗诵的时间则在 1 个小时以上。

在每次仪式的中间休息时，麦克斯都假装他的任务已经全部完成了，但仁波切却总能把他从人堆里找出来。不久，麦克斯就开始沉湎于那些壮丽的仪式中了。在仪式进行时,时间仿佛都静止了,空中也出现了形状奇异的云彩。

静休者们都相信,这些云彩的形状酷似佛陀,它们正是佛祖显圣的标志。对此,麦克斯则不那么肯定。但是在协助仁波切工作的时候,他确实产生了一种熟悉的感觉——即使不用语言,麦克斯都能感觉到他和仁波切的生命已经紧密地结合在一起了。

尽管如此,他仍然冥想超过20分钟就感到厌烦。

***

仪式完成之后,将会摆上盛大的宴席。各种甜的咸的食物数不胜数,还有红酒和其他饮料提供给学员们。宴席的主题是“同一种味道”:这揭示着一个概念,就是所有事物都是相同的,人们对一种食物的喜好不应该超过另一种。

吃饭的时候,他们不能看盘子里的食物,服务员会负责把盘子不断加满。没有任何餐具,所以每个人只能用手去拿他最先碰到的食物,不管那是什么。麦克斯经常发现自己的手里拿着一块小甜点或者一种蔬菜的混合物,而每一次取食都像是一次冒险,让他乐在其中。

宴席的末尾,阿加莎来到麦克斯身边,问他是否已经做好准备,和仁波切进行一次私下的讨论。当麦克斯回答“没有”的时候,阿加莎吃惊万分。

“没有?哦,其实你真的该去。”她笑着说,“这儿的每个人都已经进行了私下谈论。你是活佛优秀的助手,我不希望你错过这个机会。”

***

第二天早晨8点,大家都聚集在大厅里,准备上最后一堂总结课。在冥想吟诵开始之前,翻译代表仁波切问大家,这个屋里是否还有人没有“得到庇护”。

所谓“得到庇护”的意思,就是被授予一个特别的藏语名字。这会让被庇护者在冥想中更容易接近莲花生,并且有机会达到启迪,修成虹身——尽管那机会极其渺茫。

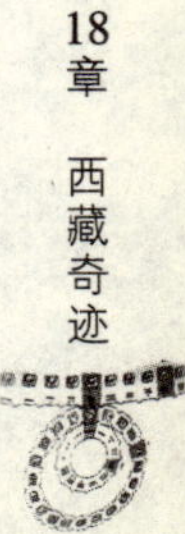

除了麦克斯，在场的每个人都已经“得到庇护”了，所以他被叫到了教室的前方。经过一个15分钟的仪式，他就算“得到庇护”了——仁波切递给他一张纸，上面写着他的藏语名字。

麦克斯很快就把那张纸弄丢了，他也从来没有学会那个藏语名字的发音。不过他被告知，他的新名字意为“钻石”，表示他是一个“纯粹、坚强而明亮的思想者”。

然后，在这次课程的冥想之前，还有很多事情要做：仁波切从西藏带来了一种特殊的黑色药草，他让大家传看。翻译告诉大家，这种药草被古代的西藏喇嘛种在花园里，由僧侣们世代照料。喇嘛和僧侣经过祈福，在药草上倾注了特殊能量，可以延长食用者的冥想时间。

每个人都得到了不超过1克的药草，他们咀嚼、吞咽了它。因为其他人吃这东西的时候都表现得很从容，所以麦克斯便也放心地依样吞下了药草。

吃了之后，他没有发现自己有什么奇怪的反应，但是让他惊讶的是，在此后2个小时的冥想中，他完全不感到厌烦了，工作或者其他世俗之事仿佛再也不能干扰他。

当冥想结束时，每个人都在互相道别。而麦克斯则走进了仁波切的私人营地，开始了自己的私下讨论。活佛和翻译都已经在那里等着他了。

翻译首先开始了。

“仁波切想知道你在寻找什么，他希望对你有所帮助。”她说。

“我确实没有在寻找什么，”麦克斯坦率地回答，“但是我实在很想知道，为什么世界上会充满如此多的暴力和仇恨，为什么有那么多人都在受苦受难。”

这个问题被翻译了一遍。仁波切想了想，然后回答：“只要像爱你的孩子一样爱着每个人，你就会开始理解，你所视为暴力和仇恨的东西，其实只是孩子气的伤害。类似的行为都不会长久的。”

然后，仁波切递给麦克斯一张自己的照片和名片。这样一来，如果麦克斯将来还有什么问题的话，就可以写信给他了。他感谢麦克斯的协助，然后走回帐篷，收拾行李准备离开。

在回自己营地的路上，麦克斯觉得自己被一种奇怪的感觉侵袭着。他开始觉得树和植物是活的，这些东西都在以一种比以往更生动的方式存在着。然后，他又感觉自己开始和脚下的岩石、土地进行着交流。

所有这一切看起来很奇怪，但又让他舒服——就好像麦克斯和所有事物之间的屏障消失了。

他很想知道：这就是禅定吗？

当他回到营地，看到格蕾丝已经把帐篷收下来了。

"我已经把所有东西打好包，准备走了。"她说，"你要做的就是把车开过来，我们只剩45分钟到机场。所以，快点儿动身吧！"

她干脆的语调打断了麦克斯的沉思，但他立刻按她说的做了。

直到麦克斯坐在从怀俄明州飞往加利福尼亚的飞机上时，他才仔细看清了仁波切的名片。名片的顶端写着简单而优雅的文字：

绿松石寺院　尼泊尔

下面则是一个名字：

仁波切·吉特马·千叶

在第一个晚上，阿加莎就宣布过千叶活佛会来代替汉卡活佛。而当时，他并没有集中精力听讲。

现在，当他看到吉特马·千叶这个名字时，这才清晰地发现，仁波切正是那"12人名单"中的一个。

他靠回椅子上，慢慢品味着这个发现。终于，他转向妻子说道："上帝啊，格蕾丝……仁波切是12个名字中的一个。"

12

“12个名字？”她说，“什么12个名字？你在说什么？”

“在我15岁濒临死亡时，出现的12个名字。”麦克斯有些恼怒地说。

“哦，那个古老的故事。”她不屑一顾地说，“我以为在多年前，你就已经忘掉它了。你不是自己也说过，在遇到头4个名字之后，其他的也就无声无息了么？而且你还发现，已经露面的那4个人之间根本是就毫无逻辑、毫无联系。”

“确实是这样，但是现在情况已经改变了——仁波切是12个人中的一个！”他说着，兴奋代替了刚才的愤怒，“可能是我过快地放弃了探索。”

令他失望的是，格蕾丝只是调整了一下她的特殊颈托和枕头，每次飞行，她都要带着这些东西。

“好吧，那很好，麦克斯，”她说，“不过我昨晚没睡好，现在我要打个盹儿。回家之后，你再告诉我所有那些事情吧！”

麦克斯盯着她，最后放弃了。他开始试着看一张报纸。

但是他无法停止思考这些事情：关于仁波切、关于那12个名字又毫无预料地回到了他的生活之中。在不受干扰的情况下，他的思绪不知不觉地回到了以前曾去过的那些国家。

他的感官似乎再次“扩大”了。他能看清身边所有事物之间的联系——不管是有生的还是无生的。每一种东西看起来都是活的，都有它自己的意识。即使是他正在读的这张报纸上的墨水，仿佛也是有生命的。

他的悲观情绪完全消融了，此刻的麦克斯，除了爱和怜悯，再也感觉不到别的感情。报纸上有一个年轻女孩被强奸的故事，他的怜悯不仅仅针对那女孩的遭遇，也延伸到了永远陷在强奸故事里的墨水之上。

对他而言，墨水本身似乎也正在经历着恐惧的感觉。字里行间的可怕情绪不仅形容着女孩，同样感染着墨水。而墨水的悲剧在于，如果报纸不被撕得粉碎，它就无法从恐惧中解放出来。

就在这一刻，麦克斯认识到了他人生的目的。他确实命中注定要去追寻那 12 个人。他不知道为什么要追寻，也不知道怎样去追寻，甚至不知道这 12 个人是如何被联系在一起的。

他只知道必须要找到他们。

第 *19* 章

中国的孙

1996 年—*2001* 年

马克西姆制片公司仍然兴旺发达，而且更好的情况是，麦克斯已经不再需要事必躬亲地处理每件事了。因此不久后，他就搬到了弗吉尼亚的夏洛茨维尔郊外，那是格蕾丝的梦想庄园。

首脑庄园由杜邦家族（the Du Pont family）①在 1908 年建立，与此同时，他们又买下并翻修了詹姆斯·麦迪逊（James Madison）②的出生地，那地方位于蒙彼利埃。首脑庄园本身甚至比蒙彼利埃的庄园更大，依照美国南方的传统风格建造，总共三层。面积为 12000 平方英尺的房子入口处，支撑着几根巨大的圆柱。

早在它刚刚建成的时候，就已经跻身美国最美丽的住宅之一了——当然，它也是“最怪异”的建筑。墙的厚度达到了 3 英尺，而且是在建造过程的最后阶段才砌好的。房子里有一个 3000 英尺、跨越

① 杜邦家族（the Du Pont family）：杜邦家族是美国最古老、最富有、最奇特、最大的财富家族。至今已保持了 200 余年的长盛不衰，世所罕见。杜邦公司成为世界 500 强企业中最长寿的公司，杜邦财团亦成为美国十大财团之一。

② 詹姆斯·麦迪逊（James Madison，1751—1836）：美国第四任总统（1809 年—1817 年）。他是最后一位去世的美国开国之父。他与约翰·杰伊及亚历山大·汉米尔顿共同编写《联邦党人文集》，亦被视为“美国宪法之父”。

两层楼的图书馆，麦克斯把它改建成了自己的办公室。格蕾丝也有她自己的厢房，在三层。此外，还有5间客房和1间改建的佣人宿舍。

非常幸运，地下室里有一间台球室、一个酒窖、一个洗刷池，还有一个古老的厨房，住户可以用送菜的升降机和滑轮系统，把食物运送到楼上的饭厅。这个设计仿佛把人们带回到了过去。

另外，还有一间整三层高的舞厅。即使容纳200对夫妇跳舞，也不会显得拥挤。舞厅的一层还有一个摆放乐队的露台。

麦克斯很喜欢这栋房子，而格蕾丝就简直要用热爱来形容了。为了保证她能在那个地方过一辈子，他把房子归在了她的名下。她乐在其中地享受着这栋豪宅。

她跑到苏富比和克里斯蒂的拍卖会，找到了一整套旧时期的吊灯，另外还有很多古董、小块地毯、餐桌、小摆设和雕像等。所有使她觉得能让屋子"恢复原貌"的东西都被买来了。

麦克斯的朋友们评价说，这栋房子对两个人来说似乎太大了。但是麦克斯解释，他喜欢招待朋友，而且这也可以充分发挥格蕾丝那品位高雅的创造力。她的计划是把200英亩的马房改造成一个葡萄酒酿造厂，还要把原始的马厩改建成自己的事务办公室。在通向主屋的1英里长的车道旁，她还想建一座穿过小河的桥，仓库和其他几处外部建筑也得重新装修。此外，还得增加一个现代化的室内马术训练场。原来坐落在房子和森林之间的玉米地也不要了，取而代之的是挖一个3英亩的湖。

这样一来，"风水"可就好多了。她告诉麦克斯。

除了付账单，麦克斯好像就没有什么事可做了。格蕾丝雇了管家、农场管理员和建筑经理，房子里充满了各式各样的人，一时间简直像一个马戏团。麦克斯只好撤退到他的图书馆，专注着捕捉商业机遇。

偶尔，他也会溜出房间，去附近的凯斯维克打一两轮高尔夫球。凯斯维克是一个独特的私人俱乐部，除了高尔夫以外，还提供一个休闲小酒馆和夏洛茨维尔最高级的美式餐厅。对于餐厅，麦克斯不是特

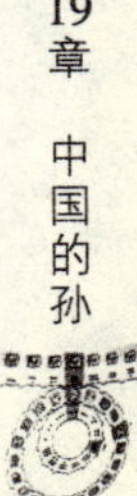

别喜欢,因为那里品质虽高,服务却慢吞吞的。但是高尔夫俱乐部的酒吧却能有条不紊地提供同样的食物,这让他很满意。

对于麦克斯来说,凯斯维克的确是完美的。那儿的会员相对较少,所以每当他下班之后过来时,都可以找到地方玩上一两个小时。

然而,就在喜欢上高尔夫的同时,他发现他自己实际上很讨厌妻子的拜金主义。成为一个高级高尔夫俱乐部的会员,这件事情的意义究竟在于打球呢,还是满足格蕾丝的虚荣心?

而且,他仿佛变成了另一个人,几乎都不认识自己了。

他再一次思考自己生活的目的:就是为了这些吗?他的存在,仅仅就是为了创造财富和为格蕾丝提供奢华浪费的生活方式吗?

他想追寻的答案越来越多,他总是在寻找新的挑战。

所谓新挑战,实际上是一个商业机遇。它是迈克·盖乐威向麦克斯提出的。

1999 年,盖乐威发明了 Easyread 电子书,这是世界上的第一个电子阅读器,可以容纳很多小说、报纸和杂志,而且读者能带着它去到任何地方。当时有个蛊惑人心的宣传,说这种阅读器有可能会取代纸质出版,并且为早期投资者带来数以万计的美元。

因此,麦克斯也成了一个早期投资者,并和迈克成了很好的朋友。迈克是一个技术天才,此外有着许多激烈的爱好——包括高速赛车。

两人认识之后,麦克斯便开始经常飞往加利福尼亚的帕罗奥图,和迈克一起赛车。在一次外出途中,一个叫辛巴的中国年轻投资者接近了他。辛巴从加拿大的温哥华飞来,他只有一个目的,就是为了见他们。在他们前往赛道的路上,辛巴加入了谈话。他说他的公司正在中国运作新型出版和电影投资,他想要得到在中国生产 Easyread 阅读器的授权。

迈克转过头来,问麦克斯怎么想。

“中国是一个巨大的市场,”麦克斯真诚地说,“我们应该去开发它。”

* * *

知道下面那些事情的时候，麦克斯和迈克已经在前往北京的路上了。

辛巴所供职的昆奴公司正在主办一个题为“出版的未来”的大型会议，他们已经邀请了麦克斯和迈克作为演讲者。作为Easyread阅读器的幕后技术天才，迈克自然免不了一次发言，而麦克斯要讨论的则是这种技术的商业运用。中国政府已经和昆奴公司达成了合作，主要的电视、广播和报纸都将报道这次盛会。

迈克和麦克斯表示，这个阅读器可以容纳所有在售的中文文本，由此可以节省成千上万的树木和数以万计的费用——如果纸质图书被替代，那么生产、入库和运输的费用也可以免去了。演讲引起了震动，在那之后的一个宴会上，昆奴公司的创建者公开称赞他们是“新兴电子方案的领军人物”。

在宴会上，麦克斯坐在昆奴首席技术官的旁边。别人把他介绍给麦克斯时，只是简单地称他为“孙”。孙40出头，个子很高，是个聪明而细致的人，但性格却寡言少语。他戴着厚厚的眼睛，穿着老式西服，打着领带。

孙的英语说得很好，但是说话之前，总会仔细地琢磨一下。在饭桌上，麦克斯了解到他有一段不同寻常的历史。

在毛泽东倡导的“文化大革命时”期，“孙”还是一个十几岁的少年，当时的他已经在冰球方面展示了无与伦比的天赋。随后，他代表中国参加了1980年冬奥会，并且是队里的明星。

孙成绩也很优异，曾在中国最好的医学院学习神经学。当中国开始改革开放的时候，他被选作新闻发言人，同时为好几家医疗保健公司工作。因为成就显著，他又被送往美国的沃顿商学院学习，之后获得了工商管理硕士学位。

他在温哥华、芝加哥和北京都有家。虽然商务活动占据了很多时

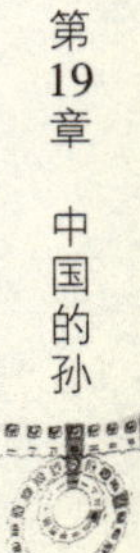

间，但他仍然坚持锻炼，保持了良好的体型，并且爱好易理八卦。

他能加入到昆奴公司，对于合作者们来说是意义非凡的。但这个项目只不过占去他工作时间的20%，在其他几个顶尖的中国公司，他都扮演着重要的角色。就连对中国感兴趣的几个主要的美国风险投资家，也把他列为了追逐的对象。

但麦克斯对这些都不感兴趣，让他感兴趣的关键之处，只是孙的全名。他的全名是孙柏钊博士。听到这个名字的一瞬间，麦克斯马上意识到，孙也是12个人中的一个。

第6个人名出现了。

在加利福尼亚帕罗奥图的一个偶然会面，把麦克斯送到了千里之外的北京。随后，他再次面临着一次不可思议的相遇。

虽然处在醍醐灌顶般的震惊之中，但麦克斯还是保持了冷静。

“孙，我们明天中午一起吃饭吧！”他建议说，“我想了解更多关于昆奴公司的事情，也想找机会和你聊聊。”

* * *

第二天，他们在孙最喜欢的饭馆吃了一顿美味的午餐。席间，麦克斯慢慢把话题从商务内容上引开，并仔细地观察孙的反应。当他发现这个男人对新鲜的、神秘的想法持有一种开放的态度时，他便决定向孙描述自己濒死的体验，另外还有关于“12人名单”的神秘事件。

孙耐心地听着。作为一名科学家，虽然很好奇，但他还是对麦克斯的故事深感怀疑。

“从你刚才所说的事情来看，并没有任何证据表明你那时候真的死了，”他说着，口吻好像在分析一个商业模型，“你当时可能产生了幻觉。当大脑供氧不足时，思维中的确会出现一些奇怪的东西。”

麦克斯赞赏他的坦诚，但是像过去一样，他并没有气馁。

“在那个时候，可能的确如此，”他反驳道，“但如果仅仅是巧合的话，那么我现在已经遇到了12个人中的6个，这又是怎么回事呢？你能解释他们是如何出现的吗？”

这一次在回答前,孙经过了更仔细的思考。

“这真是一个谜。我曾经了解到,新的科学假设所有空间和时间都能在一个‘零点’上并存,在那个点上,所有的事物、能量和事件都得以同时存在。也许这个理论是有道理的,或许你就是在‘灵魂出窍’的时候,进入了那个‘点’的内部。”

孙继续说:“也许就是在那儿,你遇见了我的名字。再或许,是那里的某种东西留在了你的身上,让你感到曾经见过我的名字。”

然后,他摇了摇头:“不管怎样,我们应该保持联络——不仅仅是为了我们的商业投资,也要看看我们是否能了解到更多的情况——关于12个神秘的名字。”

说完这些,他们就分手了。麦克斯的心中产生了更多的谜团,更多的答案正有待找寻。

* * *

在接下来的2年里,孙和麦克斯结下了深厚的友谊。在许多次冷静的讨论中,孙通过他的易理八卦知识,把对“12人名单”之谜的研究引向了更高深的层次。他指出,他的名字和玛丽亚名字的“八字”都是“9”,而剩下那些名字的“八字”却没有一个是相同的了——这么看来,这种分析似乎也是一个死胡同。

Easyread电子书在中国市场的表现却是令人失望的。中国市场比预期的更难打入,在风险投资家亏损了几十万美元之后,昆奴公司倒闭了。他们的商业设想仅仅被视为一个“超前于时代的好想法”。

对麦克斯来说,这虽然是一次失败的投资,但他觉得自己和孙的友谊远比金钱的得失重要得多。

但是不久之后,这个想法就改变了。

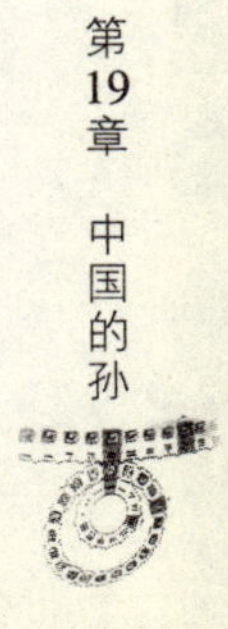

第 *20* 章 财务危机

2000 年—*2004* 年

梦想有如气泡，突然一天，麦克斯就看到它破裂了。

2000 年，他投资了很多新兴的网络公司。

2001 年，当投资终于能够撤出的时候，他看见自己的 3000 万美元缩水成了 3 万美元。

3 万美元甚至不够支付首脑庄园一个月的开销。麦克斯告诉格蕾丝，他们不会再有高级餐厅、酒庄和马术训练场了，而且他们必须卖掉房子，搬回加利福尼亚重新开始生活。她自然很不满。

“绝对不能这样。”她平静却强硬地说，“大地震就要来了，住在加利福尼亚很不安全。我不会搬的，而且我们也不会卖掉首脑庄园。”

“你已经把房子转到了我的名下，”她继续说，“我不打算卖掉它。”

麦克斯试图和她理论。

“你知道，卖掉房子仅仅是为了保护你。”他试图掩饰慌乱，诚恳地说，“我们需要卖掉它，我们必须马上卖掉它——我需要你的帮助。”

“不，”她说着转过身去，“我的马术课要迟到了。你自己去解决问题——这不是我的问题。”

说完她就跨出了门。

" " "

麦克斯去见他的律师。律师表示，由于房子在格蕾丝名下，所以他确实没有权力卖掉它。然而，律师建议麦克斯停止支付房子的按揭贷款。

“这不是会损坏我的信用记录，并且使我丧失房子的赎回权吗？”

“很可能。但是这也可能会让格蕾丝同意卖掉房子，或者至少做些什么为你分忧。”

因此，麦克斯遵照律师的建议做了。然后，他搬回自己在圣地亚哥北部丹纳岬地区的住宅。

几个月之后，格蕾丝才意识到麦克斯停止了按揭贷款的支付。她的回应是迅速而决绝的：她申请了离婚，并且要求一个月7万5千美元的赡养费。

令人头疼的离婚官司接踵而来，最终以麦克斯支付几百万美元而告终。格蕾丝呢，则找了个途径卖掉了首脑庄园，赚得盘满钵满。

麦克斯迅速地瘦下去。他希望集中精力，通过马克西姆制片公司赚钱，但此时也已经为时过晚。

马克西姆也摇摇欲坠。“9·11”袭击之后，观众对科教片的需求减少了许多。公司的财政逆差其大无比，而且还给麦克斯带来了切实的伤痛：他背部开始疼痛不已。

" " "

杰夫·查尔诺是娱乐公司的创始人，一个专门经营外国音乐和音频阅读的小发行商。麦克斯曾经和他合作过，他们一起参加过在洛杉矶举办的“书籍和电影联合展”。现在，杰夫注意到麦克斯很不舒服。

“我想我没有告诉过你，”在晚餐时，杰夫说，“成立娱乐公司之前，我还是一个按摩技师。在我看来，你现在似乎有点儿脊柱侧弯。如果你愿意的话，我可以找我在丹纳岬的老同学帮助你。你应该见见

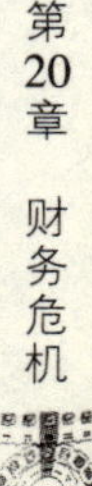

他，他会很快给你矫正过来。别着急，我会给你发一封电邮，把他的地址告诉你。”

当麦克斯回到办公室时，发现一封邮件已经在等着他了。他打开邮件，惊讶地发现杰夫的朋友的地址与他的办公室仅仅隔着两个街区。

更令人吃惊的，是杰夫的朋友的名字：

艾伦·泰勒医生

这一阵，麦克斯被离婚的事情搞得焦头烂额，并且正试图从互联网衰退引发的经济危机中东山再起，因此他无暇顾及其他的一切事情。然而，命运似乎并未忘记他。

艾伦·泰勒医生是“12人名单”中的一名。

麦克斯和他预约了一次会面。他认为，在谈到12个名字的话题之前，应该先观察一下泰勒医生。

一星期后，他走进了一间青绿色的办公室，见到了医生。泰勒医生的身高超过6英尺，有着一头浓密的沙褐色卷发，笑容也很招人喜欢，性格又幽默又和善。除此之外，医生还是一个非常有耐心的人，似乎在任何情况下都不会激动，而且他聪明、有条理，似乎对大部分人类的既有成见都持有一种怀疑态度。

虽然是一名南加州的医生，但他看起来并不热衷于追赶潮流。这个特质也令麦克斯感到投缘。

泰勒医生向麦克斯解释了治疗方法，并让他填了很多表格。5分钟后，麦克斯就躺上了治疗台，开始接受正骨治疗。

“通过几次治疗，你的背痛就会好起来了。”泰勒医生对他说。

医生说得没错，这令麦克斯又惊又喜。泰勒医生似乎拥有独门绝招，整个治疗过程不超过2分钟，但做完之后，立刻就感到舒服多了。

* * *

经过几星期的治疗，麦克斯决定告诉泰勒医生“12人名单”的故事。

“泰勒医生，你相信有‘濒死体验’这回事存在吗？”在一次诊断后，麦克斯问。

“叫我艾伦，别人都这么叫。”医生回答，“不过对于你的问题，我的答案是不。我不相信这回事。别的病人也曾经告诉过我这类经历，但我认为，科学肯定能做出合理的解释。你要么就是死了，要么就是没死，‘濒死体验’显然是没有道理的。你为什么会问这个问题？”

麦克斯决定继续说下去。

“我在15岁时，曾有过这种体验。在濒死状态时，我见到了12个名字，而你的名字也是其中之一。”

艾伦思考了足有一刻钟，然后毫不讳言地说：“对我来说，这是不可信的。但是从我对你的认识来看，你是一个很实际、也很脚踏实地的人，不会随便编出什么神神鬼鬼的东西来骗人——所以再告诉我多一些。”

于是，麦克斯把他当时看到、感觉到的一切细节都描述了出来。在此后的每次会面中，“12人名单”的谜团都成为了他们的中心话题。虽然他们谁也不能判定彼此之间有什么更深层的联系，而且艾伦似乎也和其他名字毫无关联，但是那令人兴奋的12个名字却让医生沉迷。他主动提出，如果麦克斯执意要继续追寻的话，自己也愿意帮助他找到另外5个。

“谢谢，”麦克斯答道，“我接受你的提议。让我们看看事情会如何发展吧！”

至少在那一刻，关于12个名字的探索结束了。他们的谈话又回到了高尔夫、女人、冲浪和麦克斯的脊柱矫正上。

* * *

虽然麦克斯的身体情况大为好转，但是财政危机却并没有消除。他和格蕾丝的“和解协议”是基于他离婚前的高收入签订的，但是现在，他要付给格蕾丝的赡养费远远超过自己的收入，而且离婚官司已

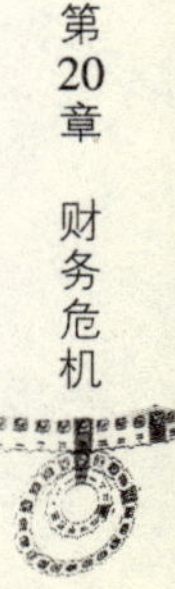

经花光了麦克斯所有的现金。

他所剩下的，只有这家电影公司——马克西姆制片公司。

他本来能够解决公司的财政问题，但是巨额的赡养费使他无法享受以前那种无忧无虑的生活，因此他无法集中力气去工作。

但是奇怪的是，麦克斯好像并不为金钱的损失而忧虑。

通过重新注册商标，他着手把事业的重心从科教电影转向文化休闲类影片。很快，他就成为在这一领域白手起家的代表了。

在这个领域中，伊凡·瓦纳教授算得上是一名杰出人物，他还是第一个和麦克斯讨论怀特海德哲学的细节问题的人。麦克斯惊喜地发现，伊凡也很欣赏怀特海德的形而上学。

渐渐地，他们不仅成为了同事，更成为了真正的朋友。

伊凡大约比麦克斯年长20岁，所以他们的关系更像一对父子。当马克西姆制片公司发展壮大的时候，赫伯特·多弗就已经去世了，麦克斯很庆幸他父亲活着时，只见证了自己的成功，而没有看到他目前的财政危机。

他很怀念和父亲打电话的时候，赫伯特总是对他制作的那些科教热门影片赞不绝口。而和伊凡在一起的时候，他们分享得更多的是艺术、音乐和哲学，而不是那些商业事务。渐渐地，伊凡成为了麦克斯的倾诉对象，每当发生什么好事，麦克斯首先想起来的就是给伊凡打电话。

伊凡·瓦纳还是奇迹俱乐部的创始人。这个俱乐部是一个慈善智囊团，致力于把地球上的人类结合成一个整体的文明。他邀请麦克斯加入管理委员会，作为俱乐部在美国的代表。麦克斯欣然接受了这个职位，并开始到欧洲出席那些令人兴奋的会议，与优秀的科学家、各部长及总统探讨问题。

尽管俱乐部的成员都是杰出人士，但是眼下还没有足够的资金来启动他们的创新计划。不过无论如何，这些人还是对世界产生了非同小可的影响。

第 *21* 章
伊斯坦布尔，希望之城

2004 年

为奇迹俱乐部推广活动时，麦克斯找到了一个名叫埃罗尔·来苏的同盟者。这个人住在伊斯坦布尔。

埃罗尔是"12人名单"中的第8个。而且他还是一个不寻常的人，在伊斯坦布尔和他见面时，麦克斯感到既紧张又兴奋。

埃罗尔穿着一身天蓝色的西服，身材矮矮壮壮的，一双黑眼睛精光四射。他有着略显刻薄的幽默感，但从总体上说，是个性格乐观的人。

而且他好像总也闲不住，一旦开始做事，手就停不下来了。

作为一个有"赚钱的魔力"的成功人士，他是一个受人尊敬的工作狂。他很享受同时处理好几个重要项目的情况，而且从不认输。面临的挑战越大，他从工作中得到的乐趣就越多。

埃罗尔的妈妈是穆斯林，爸爸则是犹太人。他出生在伊斯坦布尔，是5个兄弟中最小的一个。因为爸爸是个超市里的水果摊贩，所以埃罗尔从6岁就开始卖柠檬了。

不久，他就从这种环境中脱颖而出了。

他很聪明，又有干劲，是5个兄弟中唯一被选中去上学的。在学校，他也表现出色，获得了大学奖学金，并且准备在政府部门找个工作。

大学毕业后,他去做了一个议会议员的助手,而不到两年后,他的老板就当选部长了。那年埃罗尔只有23岁,但已经成为了一个有影响、有权势的人。

埃罗尔的上司也帮助他描绘未来的蓝图:如果从政的话,他很有可能成为一个内阁议员,甚至也能做到部长的位置呢!但这方面的训练持续了6年之后,部长却带着新建议来找他了。

“忘记成为部长或者其他政治要员的计划吧!”部长诚恳地说,“从政是对你天赋的极大浪费,你应该运用自己的商业智慧——我有一个更重要的工作给你。”

部长说:“我希望你为政府运营石油的进出口贸易。”

埃罗尔接受了这份工作,并且事实很快证明,部长做出了一个明智的抉择。他在这个职位上飞黄腾达,为政府创造了很多财富。

但3年后,他所在的党派在竞选中失利了。埃罗尔丢掉了职位。

不过这也没什么关系,运用自己的人脉和专业知识,埃罗尔很快就获得了金融界的支持,建立了自己的石油进出口公司。又过了3年,他成为了全土耳其最有钱的人之一。

在自己从事的所有事业上,埃罗尔都表现了热情如火的感染力。他有一颗慷慨的心和帮助别人的真诚渴望,成为了资助“阿伯拉罕之路”的主要慈善家。这是一个跨文化的项目,鼓励犹太人和穆斯林追溯阿伯拉罕穿越沙漠,前往耶路撒冷的伟大旅途。

亚伯拉罕被伊斯兰教和犹太教共同尊为创始之父。而重走一遍他的长途旅行,则需要阿拉伯部落之间的共同合作。活动的组织者希望通过这种形式,促进部落之间的谅解与友谊。

麦克斯和埃罗尔在伊斯坦布尔会面。埃罗尔热情款待了奇迹俱乐部的理事们,让他们尽兴地享受了这个城市。一有空闲,他们就会去博物馆和名胜古迹参观,此外还从马尔马拉海、金角湾、黑海和博斯普鲁斯出海。埃罗尔向大家介绍土耳其的美食,还提供了许多有趣的酒会和娱乐项目。

确定埃罗尔对生活报以一种开明的态度后，麦克斯决定对他讲讲真心话。在伊斯坦布尔的第二个夜晚即将结束之时，麦克斯告诉了埃罗尔“12 人名单”的事情。

令他高兴的是，埃罗尔不仅相信了他的话，而且对此兴致勃勃——事实上，此人对一切事情都充满热情。

“我相信这很重要，”他对麦克斯说，“我的直觉告诉我，如果不能确定那所有的 12 个名字，并且找到全部的 12 个人，我们就无法揭开这个谜团。”

“您说得非常对，”麦克斯赞同地说，“除了等待他们出现之外，我什么也做不了。而在那时候，我只记住了一个名字，就是‘奔跑的熊’——但这个名字又是如此奇怪，我几乎什么线索也找不到。”

“这是一个谜，我会尽我所能来帮助你揭开谜底，”埃罗尔承诺道，“你需要什么就开口。”

麦克斯又问他：“那么您为什么认为这件事很重要呢？为什么您这么轻易就相信了我？说实话，这事听起来太不可信了。”

埃罗尔清楚地回答：“从出生的那一刻起，我就知道自己有着既定的命运，在我的一生中，有些事情是一定要去做的。现在我可以肯定，我们的命运已经联系在了一起，让我们一起来揭开这个谜团吧！”

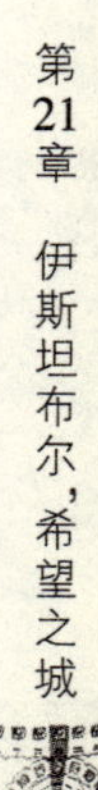

第22章

碰撞的力量

2012年5月

一声巨响！

金属之间碰撞的声音充斥着麦克斯的耳朵。

当时他正打着手机，准备结束一次关于电影事务的讨论，完全没有留意周边的情况。他正把车停在洛杉矶的拉布雷亚和柑橘大街路口的红绿灯前，等着左转。从技术上说，这起交通事故不是他的过错。

在他前面的车刚才启动、左转，但变灯的时候，却又意识到自己进入了禁行区。于是这名司机便开始向后倒车，完全没意识到麦克斯已经开到了十字路口的边缘。

麦克斯挂掉电话，从宝马车里下来，检查损伤情况。前挡泥板上有些刮伤，前大灯碰坏了。他很庆幸没被撞得更狠。

撞到他的吉普车上却没有任何刮伤。驾车的女司机也走下车来，估算损失。看见自己的车安然无恙后，她转向朝她挥手的麦克斯。

“看起来没什么大事，甚至没必要向保险公司报案，”麦克斯友善地说，“你的车更幸运，简直就是安然无恙。”

意识到自己已经摆脱了麻烦时，这名女司机毫不犹豫地跳上吉普，驾车逃跑了。麦克斯只好继续安排他的下次会议。但他回到丹纳岬后，才发现汽车前部有个巨大的凹痕，此前并没有注意到。现在，他已经无法打开发动机盖来检查车子的引擎了。

好在这不是他的第一次交通事故。他已经发现了一个名叫“我们专修凹痕”的公司，他们能派出一台修理车，来搞定车上的凹痕。麦克斯给他们打了电话，约好明天——也就是星期六来进行修理。

第二天上午 11 点，“我们专修凹痕”的修理车来了。一个叫胡安的司机检查了一下损伤，要价 800 美元，并保证使车子恢复如新。麦克斯一同意，他就开始工作了。下午 2 点，他按响了门铃，给麦克斯展示了焕然一新的宝马车。

当麦克斯检查维修质量时，他们闲聊了一阵。胡安来自墨西哥，而麦克斯会说西班牙语，因此他们能够自如交谈。而付账的时候，麦克斯发现了一个问题，他不得不向胡安解释，自己手头没有现金了，而此时银行又已经下班，因此他只能用公司支票付账。

胡安则说，他不知道公司是否允许收支票，而且这事得到星期一才能打电话问明白。

“没关系。要不你明天取了钱，然后再打电话给我吧！我可以过来拿。”胡安说着递给麦克斯一张名片。

在“我们专修凹痕”的标志下，是他的名字：

胡安·刚扎罗·安科斯塔

麦克斯看着面前这个黑发、削瘦的男人，发现他穿着一件靛蓝色的衬衣。在他的濒死体验中，围绕在胡安名字周围的正是这种颜色。距离上次遇到 12 个人之一，已经过去了整整 8 年，麦克斯还以为他会永远等待下去呢！而现在，他终于等到了名单上第 9 个名字的主人。

他立刻邀请胡安进屋喝杯啤酒。他问他是在哪儿出生的、有没有结婚、怎么来的美国，以及其他许许多多的问题。

胡安高兴地喝着啤酒。经过略显不安的状态后，他似乎放松了

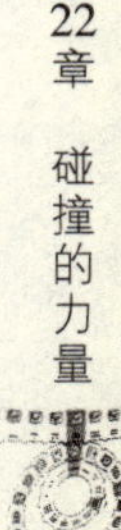

下来。不过这时候，他还是很好奇麦克斯为什么会突然对他那么感兴趣。

胡安来自墨西哥南部一个叫伊萨帕的小镇，那地方就在危地马拉以北 80 公里，紧靠墨西哥湾。他是家里 7 个孩子中最小的一个，他的父亲有一个小农场，同时还是一个守日人——古玛雅文化中某种神圣的巫师。

胡安已经结婚了，有两个孩子。

他来到美国仅仅 2 年，但是已经拿到了绿卡，并且能通过修车的手艺赚钱，他为此感到很自豪。这个工作赚到的钱不仅能让他照顾好正在成长的孩子，而且每个月还可以寄给爸爸和哥哥一点儿。在他来美国的几个月前，他的妈妈就去世了，他也知道父兄们生活得很艰辛。

“我爸爸很穷，但是在伊萨帕，他是一个很重要的人，”胡安说，“他不仅仅是守日人，还是伊萨帕古祭祀场的看守人——据说那是整个墨西哥最古老的祭祀场。尽管一直没有得到妥善的维修，但它还是保留了很多包含着丰富信息的雕像，世界各地的考古学家都过来研究它。”

他又说：“许多人相信，这个古祭祀场是玛雅历法最先被推衍出来的地方。”

麦克斯听说过玛雅历法，但却从来没有仔细研究过。

“你所说的玛雅历法，是不是预言过世界会在 2012 年灭亡？”他问。

“那是对玛雅历法最普遍的误解，”胡安答道，“我们只是相信在历法终止时，世界会发生改变，但是世界本身不会灭亡。”

胡安接着说：“2012 年 12 月 21 日，长达 2 万 6 千年的轮回将会结束，但古代人没有预言这就是世界的终结。我们的古人也相信人类有自由意志，他们有机会做出改变，创造一个更好的世界。”

“这就是我从我父亲那里学到的东西。”胡安总结道。

麦克斯很好奇。在这一刻，“12 人名单”中的一人告诉了他某种更高深的知识，这很可能解释名单的意义，以及他自己生命的目的。

所有事情仿佛都对上了:麦克斯出生在12月12日,或者是12/12,而他父亲是11月11日,或者是11/11。

他的生命是不是已经和2012的预言命中注定地联系在一起了呢?

根据从孙柏钊教授那儿学到的易理八卦知识,他开始算父亲的生辰八字,而脑子里一直想着的,却是胡安所说的与玛雅历法有关的日期。胡安告诉麦克斯,他还曾经听说过一些关于"和谐聚合"的事情,这种现象发生在1987年的8月16日和8月17日,预示了玛雅历的最后25年。

而那时,麦克斯恰恰也第一次意识了某种"新格局"正在出现。

在麦克斯看来,胡安的背景可能使他更容易接受一般人视为"虚妄"的东西,因此他向对方描述了自己的濒死体验。

麦克斯还告诉胡安,他也是12个名字中的一个。

果然,胡安举起酒杯,点了点头。

"我一点儿都不惊讶,"他说,"我父亲告诉我,我们的家族会在历法预言的实现过程中起到很重要的作用。他总是说'世界宽广而奇妙,充满了谜团。即使我们身处卑微的环境,也不要怀疑你的生命将会起到多么重要的作用'。"

麦克斯脑海中再次回想起简·多弗对他所说的那些话,而眼前的这次相遇更让他感到好奇了。他想要见见胡安的父亲。

"我想知道你什么时候还要回伊萨帕," 他诚恳地说,"我想见见你的父亲,了解更多关于'世界末日'的预言。"

"那当然,我的朋友。"胡安回答,"我很高兴你的车被撞了——这可能是一次最幸运的相遇。"

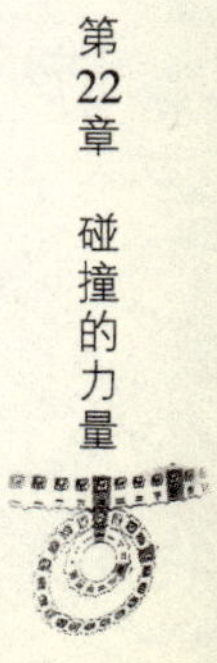

第 *23* 章

走进日落时分

2012 年 *5* 月

麦克斯站在拉科斯塔高尔夫球场的第 18 个开球处。当他挥杆向左边的球道开球时,太阳正在落山。球飞出去的那一刻,他突然发现那个方向的深草区里还有一个正在打高尔夫球的人,离自己只有 230 码远。

通常,麦克斯只能把球开到 200 码远,所以一杆挥出,那个人应该是没有危险的。但是这次,麦克斯超水平发挥了:球飞行了 220 码,落地后又滚了 20 码,越过了深草区中的高尔夫球手。

"哇,"他的高尔夫搭档基姆惊呼,"差点儿打到人家。"

"我们最好过去道个歉。"麦克斯说。

麦克斯走近那人的高尔夫球车时,满脸充满歉意。而那位高个子、穿翡翠绿裤子的黑人则转过身来,向他和善地微笑。

"没有你想得那么危险。"他说,"不用担心。我的座右铭就是'打个冷战而已',恰好这也是我的名字——我叫吉尔·堪比斯特。"

"哦,吉尔,多谢你不介意。"麦克斯感激地说,"开球之前,我真应该更仔细地看清楚。如果你不太忙的话,打完这一洞后,我能请你在俱乐部喝杯酒吗?"

"成交,让你一杆。"

* * *

在酒吧里,麦克斯介绍了自己。他随后发现,吉尔·堪比斯特是个小有名气的人呢:他和妻子瑞切尔赢得了"惊奇赛跑"的比赛——那是一个很流行的电视真人秀。获得了百万美元的奖金后,吉尔便决定早点儿退休,然后回学校去学习电影制作。他还告诉麦克斯,自己年轻时曾经当过演员,在一部关于穆罕默德·阿里(Mohammed Ali)[①]的纪录片《我是最伟大的人》(I Am the Greatest)中扮演年轻时代的卡修斯·克莱(Cassius Clay)。

麦克斯却并不为吉尔告诉他的事情而惊讶。让他兴奋的只有一件事:吉尔·堪比斯特正是"12 人名单"中的第 10 个。

无论到底意味着什么,麦克斯暗想,事情正在加速前进。

仅仅两天之中,他就遇到了"12 人名单"中的第 9 和第 10 个,而在此之前,他费了很多年才见到了前面的 8 个人。他不知道该对这种情况做何反应,但由于身边的人们都在打球,所以他不想在这里说起这件事。

他继续保持冷静。

他还得知,吉尔已经为一部电影写了一个方案,电影的原形是他和瑞切尔赢得"惊奇赛跑"的经历。当麦克斯说自己有一个电影公司并且很愿意看看这个计划时,吉尔非常兴奋。

当然,麦克斯是另有目的的。看完这个方案之后,他觉得可以和吉尔继续进行私下讨论,并且趁机告诉他关于"12 人名单"的秘密。

* * *

麦克斯喜欢吉尔的方案,他觉得能把它卖出去。瑞切尔和吉尔夫妇靠着电视真人秀,已经赢得了不少名声,而且他们还是赢得那场比

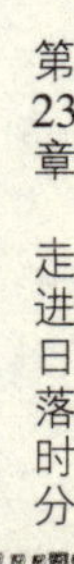

① 穆罕默德·阿里(Mohammed Ali):美国著名拳击手,他是世界上最伟大的拳手之一,也是世上最有名的人之一,以他的伟大拳击职业生涯和激进的政治主张而名满全球。卡修斯·克莱(Cassius Clay)是他的原名。

赛的第一对黑人夫妇;在所有参赛选手中,他们也是年纪最大的。

而贯穿电影始终的一个特点,是他们对耶稣的信仰。即使是在巨大的竞争压力下,他们也从不像其他队伍那样互相争吵。他们想在电影中强调,信仰是他们的秘密武器。

因为电视节目的火爆,他们也开始做巡回演讲,而且成为了受欢迎的演讲者。演讲的主题则是"运用信仰和团队合作来创造奇迹"。

麦克斯认为,上述事情都给他们的电影、书籍以及其他产品提供了良好的基础,所以他在办公室安排了和吉尔、瑞切尔的会面。他们乐观、向上的生活态度让他印象深刻。

吉尔夫妇自然地流露出爱心与友善,他们告诉了麦克斯自己的故事,而且还透露,在赢得"奇迹赛跑"的时候,他们正处于破产的边缘。吉尔早些年成立过一家软件公司,但当时钱被人挪用了。如果不能赢得这场电视比赛的话,他们就将失去房子和全部财产。

麦克斯觉得这对夫妇是他所见过最善良的人,他邀请他们共进晚餐。

他们在海图室餐厅吃饭,透过窗户向外望去,就是阳光下的大海。而当夜幕降临的时候,麦克斯讲述了"12人名单"的事情,并告诉吉尔,他正是这个名单上的第10个名字。

"我还不知道所有这些名字到底意味着什么,但是我觉得,事情在加速发展。"他说,"我知道对你来说,这听起来很奇怪,但是相信我,我没有疯。肯定有一个答案——我很希望自己知道它是什么。"

吉尔以微笑作为回应。

"上帝以某种神秘的方式显示他的意志,"他回答,"作为一个基督徒,我很确定耶稣与我们同在,否则又怎么解释,你会突然打出人生中最远的一杆——而球又正好飞向我呢?"

他们都哈哈大笑。

"但是我的家庭属于犹太教,"麦克斯说,"我甚至不相信耶稣。"

接着,他谈起了自己在拍摄《寻找历史上的耶稣》时所遇见的那些浅薄的家伙。吉尔和瑞切尔都点了点头。

“耶稣是所有人的救世主，”瑞切尔说，“不仅仅对于那些相信他的人。”

“绝对正确。”吉尔同意道。然后，他把谈话带回了一个更理性的方向：“还是让我们谈谈你的经历，以及这些名字是怎样联系在一起的吧！可能耶稣想通过这一切来实现什么，我不敢确定。但起码，这里面没有巧合——它们都是某种‘天意’的一部分。”

他接着说：“所以，如果存在那样一个‘12 人名单’，我很想知道，为什么自己会在那上面。”

吉尔继续告诉麦克斯，他们不仅在比赛中获胜，而且最近还打赢了和前合作伙伴的诉讼——那个人从他们的软件公司挪用了公款。

“因此，”他说，“我有时间也有能力来帮助你解开谜团——只要告诉我怎样帮你。”

对于“12 人名单”这件事，吉尔看起来并不那么坚定地将其归结为“耶稣的旨意”。对于这一点，麦克斯松了口气。他也很感激他们主动提供帮助。

“我下星期要去纽约参加纪录片和科教片展销会，”他说，“等我回来，就让我们一起努力，集中时间解决这个谜团吧！也许我们可以组织一趟旅行，和胡安一起去墨西哥的伊萨帕。不知道为什么，我觉得伊萨帕可能是解开这个谜团的钥匙之一。”

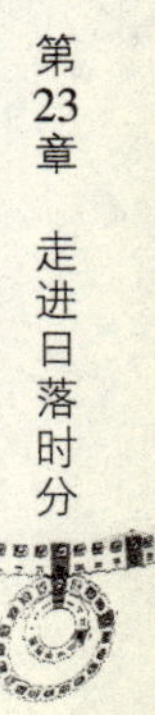

第 *24* 章

越南的麦乐迪

2012 年 *5* 月

到纽约的飞行是迅速而舒服的。在整整 4 个小时里，麦克斯一直都在思考，所有日常商务活动中的烦心事都被抛诸脑后了。

现在，他已经遇到了"12 人名单"上的 10 个人。似乎每一个名字都代表了一个不同的地理区域，以及一个不同的宗教。

吉尔和瑞切尔指出，耶稣正好有 12 个门徒，也许这才是麦克斯看到了 12 个名字的原因。或许 12 个新的门徒正在等待耶稣的回归？

麦克斯觉得这样的猜想很不可思议。他也知道，必须竭尽全力集中精神，才能探索这个谜团，并最终解开它。

" " "

在纽约时，他总是呆在耶鲁的同学俱乐部。它坐落在纽约中央车站旁边，相比于凯悦酒店和其他市中心的酒店，它的价格相对便宜。麦克斯的公司正在庆祝成立 13 周年，他租下了耶鲁图书馆的第四层，并在那里提供香槟和餐点。

没有多少独立制片公司能够支撑那么长的时间，这本身就是一件很值得庆祝的事情。马克西姆制片公司的外国权益部经理特别希望邀请一些外国代理，他们对公司在国际广播网络的业务很重要。

而他们的越南代理要求多带一位客人。麦克斯原以为那是他的女朋友或者妻子，所以答应了这个请求。

派对很成功，宾客济济一堂，足有两百多位。宴会快结束的时候，一个矮小的亚洲男人和一个身材颀长的女孩向麦克斯走了过来。

“我是来自越南的杜凡，”他自我介绍说，“这是我的侄女麦乐迪·琼斯。麦乐迪就住在纽约，正在学习芭蕾舞，希望成为一名舞蹈演员。我很感激您能邀请我们来参加这场盛宴。”

但是麦克斯发现，他几乎不能集中精力听清这个男人在说什么，熟悉的感觉再次袭来。

麦乐迪是“12人名单”中的第11个。

在不到一个星期里，他遇见了最后4个名字中的3个。但是庆典还在进行，他不想表现得太激动，于是冷静地回答。

“不，应该是我感谢您能来参加，”他握着杜凡的手说，“您在越南与我们的经理合作得很好。”

然后他转向麦乐迪，继续说：“你真的很美，感谢你能陪叔叔来参加我们的派对。”

他还想说更多，但终究还是忍住了。

麦乐迪身穿一件橙色的礼服，行动就像一位舞蹈家一样优雅。她充满自信，对周围的环境泰然处之，轻松自在。

麦克斯不知该如何告诉麦乐迪，她也是12个人中的一个。但他必须想个办法。

“明晚你们愿意和我共进晚餐吗？”他问他们。

“十分感谢，但是不必这么麻烦。”杜凡回答。

“这是我的荣幸，”麦克斯坚持道，“您为公司取得了非常优秀的成绩，我想表示一下感谢。”

杜凡接受了邀请，但是麦乐迪解释说，她和男朋友有约在先，不能来了。

“没关系，”麦克斯迅速地说，“如果他也能加入我们，我会很高兴

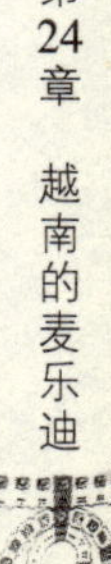

的。”

她同意了，于是他们约好了下次见面。

“ “ “

第二天，麦克斯发现他自己格外紧张。他不确定麦乐迪是否会如约出现。经过多年的进展和多年的悬而未决，“12 人名单”的谜团正迅速展现其真正的内涵。

多年以前，他曾经在垂死的状态见过那些名字，却任由他们从自己的指缝之间滑过。他不能允许那样的事情再次发生。

当他到达餐厅时，麦克斯兴奋地发现麦乐迪就在那儿。此外还有她的叔叔，以及她的男朋友马修·乔丹。马修似乎曾经是一名运动员，获得过冲浪金牌，在从事体育的那段日子里，他吃了很多致幻药。

饭桌上，麦克斯开始和杜凡交谈，发现他是个优雅而聪明的人。但他只能就事论事地讨论问题，似乎对神奇的事件不太在意。

然后麦克斯转向麦乐迪，打听她的生活。麦乐迪告诉他，当她母亲只有 17 岁的时候，就和她的外祖母一起从越南偷渡过来了，当时是 1971 年，越战即将结束。在路上，她们被海盗残忍地虐待。

经历了难以想象的痛苦之后，她们到达了纽约，开始重新生活。麦乐迪的妈妈花了很多年来平复创伤，她做过很多工作，最终找到了一个稳定的职业——为镇上的剧院做布景。

她遇见了一个叫安东·琼斯的舞蹈编导。经过一年的恋爱，他们结婚了。麦乐迪是他们最小的孩子，也是唯一一个想追求舞蹈艺术的孩子。

“我的祖母觉得，她们没在海上被人杀死真是一个奇迹。”麦乐迪说，“她多次告诉我：我们的家族命中注定，要在地球上创造天堂——而这也正是她们能活下来的理由。”

“每次当我做错事时，她都会告诉我，我生来是为了完成一个命中注定的任务，所以我必须做得更好。如果我有辱使命，她们历尽千辛逃脱死亡的努力也就白费了。”她微笑着回忆。

杜凡保持着沉默，静静地听着她的故事。麦乐迪说完后，他点点头表示赞同，同时露出了某种忧伤的情绪。

接着，杜凡出去打电话。而此时，麦克斯已经被麦乐迪的故事和她们的家族预言彻底吸引，他决定告诉她“12 人名单”的事。

他详细地描述完自己的濒死体验之后，说出了那 12 个名字——以“奔跑的熊”作为结尾。他以为麦乐迪会怀疑，但让他轻松的是，她认真地听完了故事，并且很感兴趣。

在整个讲述过程中，马修只是坐在位置上，从麦乐迪看到麦克斯，再从麦克斯看到麦乐迪。他一直认真地聆听。

“请你写下这 12 个名字，”麦乐迪请求道，“让我看看，我是不是能从中找到什么联系。”

虽然她的要求让麦克斯惊愕，但他还是在一张纸上写下了那 12 个名字。麦乐迪对着它研究了很久，几分钟后，终于抬起了头。

“我不认识这些名字中的任何一个，”她说，“我看不到任何联系——我什么也帮不到你。”

然后，马修也要求看一看那份名单。

“这最后一个名字——奔跑的熊，”过了一会儿，他说，“你遇到过他吗？”

“没有，”麦克斯承认，“现在，这是名单上的最后一个名字。你为什么这么问？你认识这个人吗？”

“不。”马修的回答令麦克斯失望。但他随即又说：“但我的父亲托比是半个美国土著。我敢肯定，这是一个印第安人的名字。如果有人认识‘奔跑的熊’，那这个人一定是我父亲。”

“他住在圣克莱门特，离你住的地方不远。借用一下你的手机，我要打电话确认一下。”

麦克斯把他的手机递给马修。几分钟后，马修联系上了托比。

托比确认，他认识一个在亚利桑那州塞多纳市工作的旅行向导，他以“奔跑的熊”为名。

12

麦克斯几乎不相信他的耳朵。他和托比谈了会儿，约好下周末在塞多纳见面。到了那儿以后，他们会一起设法去找到“奔跑的熊”。

挂断电话时，麦克斯的手激动地颤抖着。所有的事情都尘埃落定了。他意识到，几天之后，他就要见到12个人中的最后一个了。

但是见到之后呢？

第 25 章

红色岩石

2012 年 6 月

托比·乔丹是一个冲浪传奇。

他在年轻的时候，赢得了很多锦标赛的冠军，但是真正让他名声大噪的，则是冲浪摄影。这个活动还使他接触到了有关冲浪的电影，随后他成为了一名艺术家。

此外，托比还创立了一家公司，主要业务是设计冲浪板和出售冲浪配件。由于他的艺术气质，在拍摄影片的过程中，他还成了许多主演的朋友。

托比的两个儿子也是冲浪冠军。大儿子马修以特级翻转闻名，而且取得了大部分冲浪运动员无法想象的成绩。

托比年轻时曾经深陷于酗酒之中，他把这个坏毛病归咎于印第安人的基因：天生对酒精缺乏免疫力。成年后，他终于戒酒，从此滴酒不沾——再加上冲浪运动，他最终实践了健康的生活方式。而且他还喜欢高强度的远足，并由此为自己的摄影事业打开了新局面。

在远足和摄影时，他最喜欢的地方之一就是亚利桑那州的塞多纳。那是高耸在西南沙漠里的一个小城市，以令人炫目的红色岩石群而闻名。托比花了至少 1 年的时间到那里“朝圣”，所以当他知道麦克

斯也要去那里时，他很爽快地同意一同前往。

他们开了一天的车，在路上，麦克斯告诉了他“12 人名单”的故事。然后，托比对麦克斯讲起了“奔跑的熊”——那人可是塞多纳最好的向导。

托比说，“奔跑的熊”了解所有神圣的石刻和印第安遗址。

“他出生的时候叫乔尔·雪茨，”托比解释说，“我二十多年前就认识他了。那时我刚开始拍摄塞多纳的美景。当我告诉他自己的血统时，他也告诉了我他的印第安名字。并不是所有人都知道他还被称为‘奔跑的熊’，因此马修打电话过来时，我非常吃惊。”

“我想，你即使运用谷歌，也未见得能找到这个人。”

“当然。而且当‘12 人名单’的事情揭开序幕时，谷歌还不存在呢！”麦克斯说，“那时候连因特网都还不存在。”

“整件事情就像一段令人印象深刻的旅程，”麦克斯继续说，“虽然看起来，是那些名字的拥有者找到了我，但事实并不这么简单。12 个人中的某些人认为，我们全都是因为某个伟大的使命而被联系在一起的，对于这一点我很同意。而现在，我只希望‘奔跑的熊’对我们来说能提供关键的线索——要是发现这些名字只是一个巨大的巧合，他们的背后没有任何真正的意义，那可就太糟糕了。”

托比点头表示同意。

“如果有人能揭开你那个谜团，那一定是‘奔跑的熊’。”他自信地说，“他也可以算一个巫师，对古代霍皮人的信仰和习俗都很了解。”

他停顿了一下，然后继续说：“‘奔跑的熊’在宗教仪式中会使用迷幻剂，并且也是一个汗蒸方面的专家。”

* * *

天色很晚，托比和麦克斯才到达了目的地，然后入住了“最好的西部汽车旅馆”。尽管麦克斯很兴奋，但他还是倒头就睡着了。

当他醒来时，他惊讶于自己居然还有能力睡个好觉。

在附近的快餐店，“奔跑的熊”和他们一起吃了早餐。此人七十多了，个子很高，花白的长头发编成辫子，穿一件红色的马甲，还带着漂亮的绿松石首饰。

他有一个高贵的外表。

麦克斯发现，“奔跑的熊”是拉科塔和霍皮族印第安巫师的直系后代。作为一个塞多纳神圣遗址的向导，他向人们传递着真爱，同时把土著人的传统展示给大家。

麦克斯毫不犹豫地将关于“12 人名单”的所有细节都告诉了“奔跑的熊”。后者仔细地聆听着，只是简单地笑了笑。当麦克斯说完之后，他才用低沉的嗓音开始说话：“我们一直在等你。”

“那怎么可能？”麦克斯难以置信地问，“距离我第一次见到你的名字，已经过了 47 年。在这些年间，我不知道自己要去哪里，也不知道自己在做什么。你是怎么知道我在找你的？”

“你不知道很正常。”“奔跑的熊”解释道，“但是几个世纪以来，印第安人都知道这 12 个名字。”

“伟大的传说就在我们中间。这些传说世代相传，告诉我们，拥有完整精神的真正的人类将会重新出现，而那时，我们古代的精神领袖将会引导我们走向一个和平、和谐的世界。”“奔跑的熊”用平静的语调说出这些极具分量的话。

麦克斯却无法做到那么平静。

“但是我和这个传说有什么关系？”他疑惑地问，“我没有印第安血统。我的祖辈父系是匈牙利人，母系是俄国人。”

“我不知道你的特殊角色是什么。但是即使没有别的什么作用，你至少将这 12 个人重新联系了起来。每一个名字代表人类的一个种族，而且正如我们所知的，他们现在已经为这个地球的关键时刻而转世重生了。”

看到麦克斯脸上浮现出关切的眼神，他继续说：“我们的古人认识到，在终结时代，我们印第安人就会转世，而所有肤色的人们也都一样。不会再有一个红色对抗白色、黑色对抗黄色的世界。在新时代，

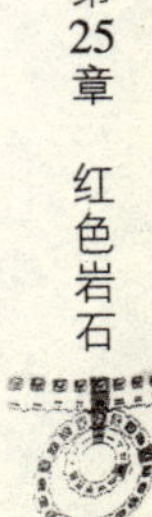

只会有一个世界，只有那些有道德的、拥有真正精神力量的人才能生存在地球上。长时间的贪婪和暴力导致的伤害也将被治愈。”

“我的兄弟们那时就会知道，我们的失败只是暂时的，不会是永恒的。这也正是我们为什么要创造鬼神舞之类的仪式——我们知道，‘真正的人’是从来不会死的，他们会转世投胎到别的身体中，以人类的12个种族和12种肤色的形式继续存在。”

当他说完，麦克斯发现自己已经完全接受了“奔跑的熊”的理念。但是现在，还有很多问题需要弄明白。

“根据我自身的经验，我认为你是对的，”麦克斯注视着窗外尘土飞扬的大地，慢慢地说，“我想，你们古代的传说可能确实是真的。”

他转过头，看着“奔跑的熊”：“但是就算这样，所有这些到底都意味着什么呢？”

“答案只可能来自于‘圣灵’。”“奔跑的熊”回答，“明天早上，我们必须在日出时分进行一次汗蒸。”

他从桌边站起来，指了指左边的山峰：“你看到路后面那些红色的岩石了吗？”

麦克斯看到了它们，点了点头。

“那里有一条长3英里的路，进入红色岩石群最深的裂缝处。几乎没人知道这条裂缝。而在裂缝旁边，有一个古代山洞。我在这个山洞里建造了一间汗蒸屋，托比曾经和我去过这个圣地。明天早上，他也会带你去。而我今晚就会过去，为‘圣灵’和祖先们准备好祭品，同时备好火和岩石。”

* * *

当托比带着麦克斯到达那个山洞的时候，太阳还没有升起。他们进入空地，发现“奔跑的熊”已经在那儿了。他穿上了庄严的祭祀服装，戴着一根神圣的鹰羽。此刻，他正在吟诵古代霍皮人的颂歌，陷入了一种冥想的状态，完全没觉察到他们的到来。

火堆使整个山洞热气腾腾，麦克斯和托比坐在山洞外，就已经开始流汗了。他们静静地坐着,注视着“奔跑的熊”。10分钟的颂歌之后,他停下来,转过来朝向他们。

“昨天有个美妙的夜晚,‘圣灵’们都欢欣鼓舞,他们很想来引导我们。”

“过来,”他说,“你们必须吸一口这个烟,然后我们就进入山洞,开始祈祷。”

他递给他们一支烟杆。麦克斯怀疑那是混合了某种迷幻药的烟草,但是他没多问。

“奔跑的熊”又用英语和霍皮语念了几段颂歌,然后他转身,朝山洞的四个角落,向每个方向祈祷。他叫托比和麦克斯重复那些英语祷语,他们照做了。

“请净化我们的心灵和身体,揭示我们的使命,”他说着,召唤着“圣灵”。

同时,他还召唤了“母灵”和“父灵”。

山洞里的热度让人难以忍受。好几次,麦克斯感觉自己汗流浃背,马上就要昏厥了。但了解自己使命的渴望压倒了一切,他全神贯注地坚持着,不放过“奔跑的熊”的每一句话、每一个手势。

终于,颂歌与祈愿结束了,大家都沉默不语。没有任何超自然的现象发生,麦克斯怀疑“奔跑的熊”的仪式是否有效。

“奔跑的熊”的脸上则露出茫然的神情,好像被附身了。他一动不动,甚至看不出他在呼吸。自然,麦克斯也不敢动。

托比以前曾经和“奔跑的熊”一起祈祷过,因此他向麦克斯点点头,表示不必担心。

过了20分钟或者更久,在一片沉默之后,“奔跑的熊”开始用一种低沉而平静的声音说话。他说的是古代霍皮语,麦克斯听不懂。

然后他站起来,走出汗蒸室。托比和麦克斯紧随其后。

外面阳光普照,已经是早上10点左右了,岩石将阳光反射成炫目的色彩,红色、黄色、橙色和绿色交织在一起,犹如织锦。外面放着

很多瓶水，这也是“奔跑的熊”事先放在那里的。

喝完一整瓶水之后，“奔跑的熊”走近麦克斯，直直地盯着他的眼睛：“实际上，你的寻找从今天才正式开始，‘圣灵’告诉了我你必须做什么。很多个世纪以前，在你投身这个地球之上的时候，就已经同意那么做了。”

麦克斯不明白对方说的是什么意思，但他很兴奋。他断定，自己即将了解“濒死体验”的意义，也即将明白他和那“12个人”的关系了。

“那么这个‘寻找’是什么？”他试图保持冷静地问，“我‘同意’做什么？”

“你的职责是把12个人聚集到一起，”“奔跑的熊”说，“他们必须聚集在墨西哥的伊萨帕城外，时间则是预言的那年(2012年)8月11日的日出之时。”

“你只剩下两个月来召集这12个人了。”他警告说，“‘圣灵’告诉我，在那神圣的一天，12人的任务会被揭示，但那只有在所有人都现身的情况下才能实现。”

麦克斯充满了疑问。

“但是这12个人中，有些人我已经二十多年没和他们联系过了。”他说，“要是他们不能都来呢？”

“奔跑的熊”摇了摇头：“我只知道‘圣灵’告诉我的那些，我不知道你怎样才能达成目标。作为12个人之一，那天我自己也会出现在伊萨帕的山上，并且将尽我所能地帮助你集合其他人。但‘圣灵’告诉我，这是你的任务，你自己的任务。”

麦克斯深吸一口气，脑子里充满疑问。

如果这一切全是幻觉呢？他把关于胡安和他父亲与伊萨帕的联系告诉过“奔跑的熊”，也许对方只是借用了那些事情，编造了一个麦克斯想听的故事？

总而言之，为什么麦克斯见到的12个人就是“圣灵”所说的那12个人，以及这些人为什么都必须去伊萨帕，所有这些都没得到具体的解释。麦克斯需要更多的信息。

“你怎么能肯定我们必须在那一天的那个时间去伊萨帕？”

“那是‘圣灵’揭示的。”

“那你知道我们要完成什么吗？”麦克斯继续问。

“奔跑的熊”耐心地摇了摇头。

“‘圣灵’没有说更多了。”他说。但是麦克斯无法接受这个答案。

“但是作为一名巫师，对于为什么是那个时间那个地点，你不应该有自己的看法吗？”麦克斯固执地问，“以及可能会发生什么，你应该有所察觉啊！”

“作为一个个人，我当然有自己的想法，但是它们一点儿都不重要。”“奔跑的熊”冷静地说，就像面对着一个孩子，“只有‘圣灵’的话才值得讨论。”说完之后，他转身走向小径，穿过红色的岩石，回到大路上。

托比跟在他后面。麦克斯追了上去，继续争辩，声调中带着明显的失望。

“但是你肯定发现了一些线索，”他说，“请告诉我一些你觉得合理的。至少，你应该向我解释一下‘圣灵’的要求。”

奔跑的熊边走边说：“8 月 11 日在玛雅历中是一个神圣的日子。我肯定，胡安的父亲，那个守日人，能够告诉你更多的信息。但是基于我所知道的全部信息，我只能告诉你，那将是一次神圣的集会。而且如果你不能将 12 个人准时带到那儿，那么人类肯定将会迎来苦难。”

他说完，沉默下来，一直往前走。他的长腿迈得飞快，留下麦克斯和托比继续冥思苦想。

麦克斯想知道为什么被选中的是自己，以及这种选择是如何发生的——如果他相信所有那一切“幻象”的话。

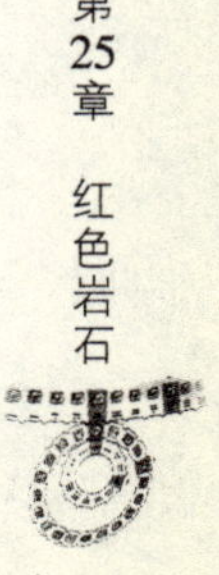

第26章
即使死亡在前方

2012年6月

一回到加利福尼亚，麦克斯马上和伊斯坦布尔的埃罗尔取得联系。他们用电脑开始了视频对话。

“事情来了，埃罗尔。”麦克斯说。

即使在说这话的时候，他仍然觉得难以置信：“我找到了‘12人名单’中剩下的人。‘奔跑的熊’——他是当年我唯一记得的名字——他是一个拉科塔巫师。从他那里我得知你是对的。他说，我的使命是重新集结这12个人，并把你们都带到伊萨帕去。那地方就是古代玛雅历法产生的地方。”

“真是太令人惊奇了，我的朋友，”埃罗尔说，“我一直知道，我们的命运是纠缠在一起的。咱们什么时候去伊萨帕？”

“你们必须在8月11日到那儿集合，”麦克斯说，“你愿意来吗？”

“我肯定会去，”埃罗尔回答，“而且如果有人缺少旅费的话，我也可以全部负担。钱不是问题。”

他继续说：“我一直相信你的经历有着更深的含义，也相信我自己的命运和某种更伟大的东西联系在一起。这其中的意义，甚至超过了我对伊斯坦布尔和土耳其的热爱。”

麦克斯很高兴，但他告诉埃罗尔，自己还要飞往很多国家，去见“12人名单”上的其他人。

“那不是问题，”埃罗尔说，“告诉我你在旅途中需要哪些经济支援。”

“如果我需要的话，我会告诉你。十分感谢！”麦克斯松了一口气说。

接下来的3个电话通知都很顺利，艾伦·泰勒医生和吉尔·堪比斯特都非常愿意加入。而对于胡安来说，这还是一个回去看他父亲的机会，所以也没有任何问题。

麦乐迪·琼斯是第一个向麦克斯要求经济援助的。但一旦经费问题解决，她也说自己乐于加入12个人的行列，在8月11日赶到伊萨帕。

他通过网络联系上洋子，她的答复同样是很愿意去。8月正好是她的假期，而这段时间，她恰好没有安排。

孙柏钊重新安排了一次商务出差，然后就能参加了。如此一来，剩下的几个人就是亚特斯基、玛丽亚、仁波切和B.N.了。

麦克斯差不多有10年没有和仁波切联系了，和其他人失去音信更久，已经超过20年了。但是，他仍然追踪到了那个尼泊尔僧人的下落。在过去8年，仁波切住在加拿大的多伦多，已经学会了说一些英语，和一个学生的女儿结婚之后生了两个小孩。

麦克斯把事情解释清楚后，仁波切也表示很乐意参加这个重大的集会。

而当给玛丽亚打电话的时候，麦克斯却感到意外地为难了。尽管过去很多年，他仍然对不能和她在一起追悔莫及。当初离开公园时的心情好像仍然停留在心间，他也没有忘记他们两情相悦时那份深深的爱。

他强迫自己打电话。然后他发现，玛丽亚仍然住在秘鲁的特鲁希略。接到他的电话，她听起来很高兴。他们开始聊起了各自的往事：玛丽亚已经是4个孩子的母亲、7个孙子辈的祖母了。她从不后悔嫁给

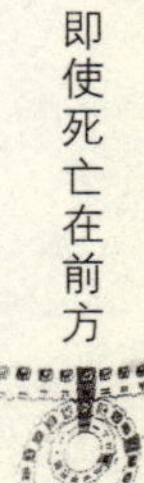

自己的工程师丈夫,然而她说,他在1年前去世了。

麦克斯情绪复杂地表示抱歉。但是玛丽亚又告诉他,她在特鲁希略过着平静的生活,感觉很幸福。她接受了他的邀请——这还是她开始传统守灵之后的第一次外出呢!她生活不富裕,很感激麦克斯能为她提供旅费。

她说,她会立刻准备动身。

电话挂断后,麦克斯觉得筋疲力尽。自从遇见玛丽亚,有些东西就一直跟随着他,不管他在天涯海角。他需要休息一下,然后再继续打电话。

" " "

亚特斯基更难联系上,因为他已经从电影公司退休了。

然而,麦克斯通过亚特斯基曾经服务过的部队找到了他。他现在住在旧耶路撒冷,正在给一位访问以色列的高官当保安顾问。当麦克斯拨通他的电话以后,多年的时光仿佛都被融化了。

"听到你的声音真好,我的孩子。"亚特斯基大声地说,"你好吗?"

"真高兴找到了你,"麦克斯回答,"我需要你的帮助。"

"任何事情都没问题,我的孩子。"以色列人的热情让麦克斯怀疑他是不是闷得发慌。

"这些日子没什么令人兴奋的事情……所以你要我做什么?有一个摄制组在路上吗?要获得一个许可证?只要你告诉我,"亚特斯基主动说,"我都可以办到。"

"不是那类事情。"麦克斯解释道,"我需要你来和我以及其他11个人会面,时间是8月11日,地点则是墨西哥的伊萨帕,我们会负担你的所有开销。见面时,我会告诉你所有的细节,但现在最要紧的是你能加入。"

电话却长时间地沉默了,麦克斯能想象亚特斯基在考虑这个奇怪的要求时的表情。

然后,他听到一声长长的的叹息,亚特斯基再次开口。

“在我这个岁数,怎么会拒绝一次到美洲的免费旅行呢?”他欢呼着说,“你等我吧!只要把票和行程寄给我,我会为你服务的。”

只剩下和B.N.联络了。

" " "

麦克斯按下了电话号码,不久就接通了德里的印度国家博物馆。

“请您帮我找一下B.N.马哈斯好吗?”他告诉博物馆的接线员。

“B.N.马哈斯不在博物馆了。”她说,“但是我可以为你接通现在的十五世纪守护者,他可能知道怎么找到B.N.马哈斯。”

麦克斯很震惊,B.N.这么年轻就退休了吗?

几分钟后,一个男声出现在话筒里。

“很遗憾地告诉你,B.N.在18年前就已经去世了。他是我的好朋友,我为他做了将近20年的助手。至今我仍然很想念他。”

然后那男人问:“你是他们家族在美国的朋友吗?”

听到这个消息,麦克斯完全说不出话来了,他让对方给他一刻钟来平复一下心情。

这怎么可能?他默想。如果没有12个人,事情将转向什么方面呢?

当他能够再次开口时解释道,他在1972年遇见B.N.,那时自己正在博物馆制作电影。

“我们争取拍摄许可时,他可帮了大忙,”麦克斯说,“并且我和他们一家人度过了愉快的一天。”

麦克斯突然想到,他还有家庭!一丝希望出现了。

“你知道怎样能够跟他的家族联系上吗?”他问,“我有很重要的事要和他哥哥或者其他亲戚说。”

那个守护者沉默了一会儿,然后说:“我不知道他有哪些兄弟或者家族成员还活着。但是他还有两个女儿和好几个孙子,我想他们还住在他的家乡。如果你需要的话,我可以给你他们的电话。”

麦克斯拿到号码,立刻拨通了电话。他想不起B.N.的女儿的名字,但当她一开口说话,他马上想起了希尔帕那温柔、开朗的嗓音。

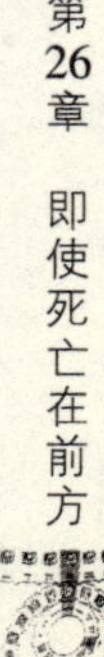

“哦,我们现在还常谈起你。”她高兴地说,“你到我们这儿吃饭的时候,我才只有6岁。你是我见过的第一个纯种白人。”

她继续说:“我父亲过去常常谈起你,而且总是充满深情。事实上,在他临终前,还给了我一些东西,并且对我说,在将来的某一天,你会来要它们的。”

麦克斯吃惊万分。

“他留给我什么东西?”他好奇地问。

“一本书。但是他说,你必须亲自来拿它。”她解释道,“他还说,如果你打电话来的话,他让我转达这样的意思:很抱歉无法活着等到你来了。他还告诉我很多别的事情,除了这本书之外,还有很多无法说清楚的复杂情况。当你来的时候,我会把那些事情全部解释给你听的——如果你愿意来的话。”

迷雾重重,麦克斯默想。但只要有希望,他就会去追寻。

“当然,我会尽快过去,和你以及你的家人见面肯定会很愉快。你那在大学教书的爷爷还在世吗?”他问。

“笈多爷爷还在,而且身体很健康,”她回答,“他已经快90岁了,但思维还像以前一样敏锐。当我父亲去世时,他也和我在一起,他可能有更多信息要告诉你。”

“我这星期就会飞过去和你们见面,”麦克斯说,“到那时,我们就可以详细讨论你父亲留给我的遗言了。”

说完之后,他道了再见,挂了电话。

放下话筒时,麦克斯困惑于怎样才能把12个人联结在一起——当只有11个人活着的时候。

第27章 C.D.马哈斯

2012年6月

4天之后,麦克斯赶到了德里。

机场比他40年前来时大了两倍, 虽然路上仍然挤满了自行车、人力车、猴子、牛和头顶巨大包裹的行人,但机场到德里之间修起了一条现代化的、四道宽的高速路,路上跑的已经是小轿车、卡车和公共汽车了。

第一个晚上,麦克斯是在泰姬陵饭店度过的。这个酒店就像世界上的任何酒店一样先进和豪华。他雇了一辆汽车,带他去B.N.的家乡,那里离城仅仅20英里。

在那里,他找到了B.N.的女儿以及他们全家。他和他们一起度过了在印度剩下的几天。

多年前的那个晚上,麦克斯曾经在这条路上走过一次。如今每走1英里,时间就好像倒退了几年,这种感觉让他很惊奇。当他来到村子时, 他已经可以辨认出那些街道了——依然挤满了小摊贩和小商店,商店里从饮料、水果、糖果、旧金属到电子玩具,什么都卖。

小男孩们在踢可乐罐玩,女孩们头顶巨大的水缸,缸子里装着从镇上水井打来的水。一切就如他记忆中的一样。

还有如此多的东西历经多年,也未改变。

当麦克斯走进马哈斯的宅子时，他注意到墙壁已经刷上了新的油漆,放在屋外就餐区的椅子和板凳都已经被换掉了。

然而屋里的家具还和原来一样——厨房还是老样子，在B.N.曾经的办公室里,书架上的书也都是原来那些。

当他站着浏览那些书时,B.N.的女儿希尔帕走进了房间,热情地欢迎他。

“我们为你准备了午餐,”她说,“所有亲戚都很快赶到。你今天到达这里,从某种程度上来说是最幸运的——今天是假日,也是‘圣灵’显灵的日子。笈多爷爷认为这个日子绝非偶然。”

很快,整个家族都到齐了,他们走进用餐区。

午餐席间,麦克斯被希尔帕的儿子C.D.马哈斯吸引住了。他17岁,生下来就患有一种罕见的智力缺陷性疾病,很像唐氏综合症。所以他的心智就像3岁儿童,而且永远也不会发展。他可以听从别人的指挥,也可以发出声音,但是不能说出完整的句子。

当他发出声音时,通常都很大声——他似乎不会控制音量,也不能判断与人交流需要多大声音。C.D.很强壮,所以他常常被派到地里去干活,例如收菜什么的。因此,他的胸部和手臂都些过度发达。相比他5尺6寸的身材,他的力气比看起来要大很多。

C.D.有一双极大的黑褐色眼睛,神采奕奕,很引人注目,而且总是在微笑。在欢迎麦克斯时,他把对方抱得很紧,以至于麦克斯觉得自己的肋骨都快要断了。

希尔帕温柔地拉开了儿子。

“C.D.很强壮,”她安慰麦克斯说,“但是他很温柔,他不会伤害你。他爱每一个人,尤其是动物,他也会这样拥抱遇到的每个生物。对我们来说,他带来更多的是欢乐,而不是负担——当然我们必须时刻保持警惕,因为他真的不会照顾自己。”

当她这么说时,麦克斯本以为会在她的眼睛里找到悲伤,但他看到的只有爱。

C.D.几乎一直紧跟麦克斯，这个年轻人似乎完全被麦克斯迷住了。他一直给麦克斯拿食物，直直地看着他的眼睛，亦步亦趋。他的过度关注令麦克斯多少有些尴尬，但是同时，麦克斯又感到自己和这孩子之间有着一种无法抗拒的联系。

他凝视 C.D.巨大的黑眼睛，看到了无条件的爱和信任。他只好继续回望，目不转睛。

* * *

午饭过后，希尔帕和笈多叔叔带着麦克斯进入了 B.N.的书房，那也是家族中其他学者共用的书房。书架上满是书籍、地图和画满表格的图纸。有一些手稿非常古老，很多是精美的手绘。这些都是马哈斯这个有名的学者之家最珍视的财产。

笈多，这个刚刚度过自己 89 岁生日的老人开口说道："我们已经等了你好多年，几乎等了 18 年。我的侄子 B.N.死于癌症，那时他才不到 50 岁。他最后的几个月都躺在这个房间里的帆布床上。"

"正如你所知道的，他很爱读书，生命中的最后几年，他都在研究《奥义书》(Upanishads)[①]，那里面讲述了很多印度教的神圣传统和信仰。"

笈多递给麦克斯一本粉红色的薄薄的小册子，它的封面是一幅美丽的山水画。

"这就是 B.N. 当时随身携带的笔记簿，里面记载了他最后的思想。在他去世的那天，他把我和希尔帕叫到身边，把这本笔记簿交给了我们。他告诉我们，我们必须保管好它，有一天某个人会来到这里，寻找这本笔记簿。"

"我可以肯定，那个寻找这本笔记簿的人就是你。虽然 B.N.从来

① 《奥义书》(Upanishads)：印度最经典的古老哲学著作，用散文或韵文阐发印度教最古老的吠陀文献的思辨著作。现在已知的《奥义书》约有 108 种之多，记载了印度教历代导师和圣人的观点，在很大程度上为后来印度哲学的发展奠定了基础。

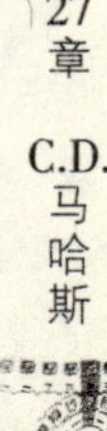

没有说过是谁，但是从那之后的17年里，除了你之外，再也没有别人专程来到我们家。”

麦克斯拿着笔记簿，不知道自己是否应该打开它。

当他犹豫不决时，希尔帕说：“我每天都和父亲在一起，在他生病的时候，我无时无刻不守在他身旁照顾他。经过这种朝夕相处，我们变得比以前更亲密。因为我的母亲已经去世，我可以说是他最亲近的女性了。当时我正怀着第一个孩子，新生儿的即将出世，给我们俩都带来过欢乐。”

“在生命的最后一天，当他把这本笔记簿给笈多爷爷时，还向我们提出了一个条件：来拿笔记簿的人离开的时候，必须将我未出生的孩子带在身边。如果不能满足这个要求，就不能给他。他还说，这本笔记簿可能会到世界的任何地方去，但终有一天，它还会回到这个房间，和他一起回来的还有我的孩子。”

笈多接着希尔帕说：“看起来，这是一个奇怪的要求。但正如40年前我对你说过的，我们马哈斯家族有着很多奇特的想法。”

这时，麦克斯想起了那个瑜珈士，那人曾和他到月球以及外太空旅行。

笈多的声音把他拉回到了现实当中：“那时，我们没有质疑B.N.的要求，现在也不会。你在这儿可以自由地看这本笔记簿，如果需要的话，你也可以把它带走——但是C.D.必须跟着你，因为他就是当时在希尔帕肚子里的孩子。”

麦克斯感到又兴奋又迷惑。B.N.有着很多奇怪的想法，但是他并没有胡编乱造的癖好，或者异想天开的幻想。他为什么给这份“礼物”附加上这样一个奇怪的条件呢？笔记簿里又会有什么呢？

“不管是希尔帕、我，还是其他任何人，都不曾翻开这本笔记簿。”笈多说，“B.N.告诉我们，这里面的内容只是留给来找他的那个人看的，而且那些东西对其他人也没有意义。”

“我们会把你留在这儿看这本笔记簿，然后你可以告诉我们，是否需要我们为C.D.收拾行李，让他与你一起旅行。”老人继续说，“如果你需要的话，希尔帕当然也会陪着他——C.D.以前曾经旅行过，他还有护照。他很听希尔帕的话，而且任何人都能看出来，他已经很喜欢你了。”

笈多和希尔帕转身离开。出门时，老人转过来，说了最后一句话：“当我们回来时，希望你能告诉我们你的决定。”

" " "

当他们离开之后，麦克斯打开了笔记簿。

上面满是数字。

几乎有整整40页的计算公式，在最后一页，麦克斯找到了最后的计算结果：

21122012

这个数字在笔记簿里的各处出现了12次——而这个答案则是B.N.基于自己构思的12套不同的公式，由12种不同的方式方法得出的。

书中几乎没有文字，但可以判断，每一种演算都是基于一套不同的信仰，这些公式与印度历法以及其他古代历法的“最初纪元”联系在了一起。B.N.把他生命中的最后几个月，都用在分析和比较世界上各种文明的古代历法上了。

在最后一页，B.N.写了一张私人便条：

我身心所有的能量都包含在这几页纸上。当我转世离开这个身体时，我把我的灵魂转移到了希尔帕未出生的孩子身上。我的本体依然和我的孙子在一起，并且在那个孩子的体内存活。在这本笔记簿面前，他就会充满古代的智慧和知识，并能帮人们找到这个世界的秘密。

这样，我就完成了自己的使命。现在我把“行星转换”的任务传递

12

给你——读这些文字的人。

——B.N.马哈斯

麦克斯立刻明白：这本笔记簿和 C.D.都必须陪他去伊萨帕。B.N.知道他的本体会在将来的某个事件中发挥关键作用。

过些时候，麦克斯还要继续研究那些数字，以便识别出它们究竟意味着什么。但现在很明显的是，通过这本笔记簿和 C.D.，B.N.本人就会出现。如此一来，麦克斯就可以完成集合 12 个人的任务——而这也正是“圣灵”要求的。

他花了一刻钟平复自己的呼吸，然后走入长廊的阳光下。笈多正在那里打盹，希尔帕正在洗衣服。

“我会把你们带上，”他说，“你能安排 8 月 9 日或者 10 日飞往墨西哥吗？到了那里，会有人来接你们，然后坐飞机或者汽车去伊萨帕——那里是古玛雅人的遗址。“

他停顿了片刻，坐在椅子里，示意希尔帕也坐下。

她照做之后，他继续说：“我被告知，要把 12 个特别的人在 8 月 11 日带到那个遗址，B.N. 曾经是他们中的一个。在读了那本笔记簿后，我知道 C.D.现在已经代替了 B.N.，成为 12 个人中的一个了。他祖父的能量留在了他身上。”

说完，麦克斯停下来，看着希尔帕的反应。希尔帕只是微微一笑。

“我父亲从没有告诉我这样一次旅行，但是在最后那些天，他曾经暗示，某一天我可能会被召唤，去协助实现一项伟大的事业。所以，我会和 C.D.一起准备好旅行，我很愿意能成为你们中的一分子，也相信好的事情将会发生。”

* * *

接下来的夜晚，麦克斯一直在和 C.D.以及他妹妹玩当地版本的“抽筷子”游戏。C.D.有着良好的行动控制能力，总是能赢。不管麦克斯在什么时候移动一根筷子，他都会哈哈大笑，用一根手指捅捅对方的胃，让他知道自己又要输了。

每次游戏结束后，他都会把筷子交给麦克斯去数。虽然 C.D.不会数数，但是他能发现自己赢得的筷子比麦克斯的多，这也使 C.D.哈哈大笑。

到了要睡觉的时间，他给了麦克斯一个拥抱和晚安吻，这是麦克斯从未感受过的热情。他那无条件的爱让麦克斯想起自己当初“即将死去”时的感觉——那是大概 55 年前，在纽约泰利镇格雷医生的办公室里。

当 C.D.香甜地入睡之后，麦克斯不由得想：终于，我就要了解自己生命的目的了。C.D.是“12 人名单”中失落的成员，而且，他可能是教会我们最多东西的人。

第 28 章
伊萨帕

2012 年 7 月

伊萨帕古镇离现代化的城市塔帕楚拉只有 9 公里远。后者是墨西哥最南部的恰帕斯州的商业中心，位于危地马拉北部。

胡安·安科斯塔的父亲曼纽尔就住在塔帕楚拉城外，他家离著名的古祭祀场只有 3 公里远。咖啡豆是那个地区的特产，但在伊萨帕，当地人的主要经济来源则是可可豆。

来到这儿时，麦克斯可以同时闻到咖啡和可可的味道。

他决定自己去见曼纽尔，准备一下随后的 12 人聚会。他和"奔跑的熊"核实过时间，他告诉麦克斯，"圣灵"希望聚会在 8 月 11 日的日出时举行。

而在这一切之前，麦克斯必须在塔帕楚拉找到一家宾馆，以便让从世界各地赶来的人们住下。

塔帕楚拉只有一家高级酒店，那里相对比别处现代化一些。麦克斯一到地方，就做了预定，然后租下了两辆面包车，又雇了当地的司机。

第二天，麦克斯找到曼纽尔，他已经快 80 岁了，但是依然精力充沛。老人仍然在自己的一小块地上种可可树，每天步行去伊萨帕的古代遗址。在那里，曼纽尔会完成他父亲和祖父多年以前做过的工作：

打开和关闭供游客参观的古代圆场、神圣纪念碑和其他艺术遗址的入口。

曼纽尔能从游客那里得到一些小费。但除此之外,他还是一个不拿工资的守日人,这也遵循了他祖先的传统。他会向古玛雅神祈祷,但是只会在伊萨帕这么做,祈祷的时间则是遗址开门和关门时。他每天也会做弥撒,并且自我解释说,他看不出信仰古玛雅神和信仰耶稣之间有什么冲突。

曼纽尔的英语说得很差,所以麦克斯用西班牙语和他交流。麦克斯解释了他这次旅行的最终目的:在8月11日前往伊萨帕,和12个人一起举行一个特殊的仪式。

"很好,"曼纽尔回答,"你终于来了。这次集结非常重要。"

曼纽尔向麦克斯解释,8月11日是一年内最神圣的一天,也是最后一个长达130天的"爱和能量循环"的开始,而这次的"循环"将在2012年12月21日终止——这也是古玛雅历法结束的那天。

这不是一次普通的循环结束,而是一个涵盖了2万6千年时间的一整套历法的结束。麦克斯认识到了比以往更多的东西。

带麦克斯去古遗址时,曼纽尔告诉他说,考古学家们最近证明了几千年前,伊萨帕曾经有一个繁荣的城镇,居住着1万人口。那些纪念碑提供了证据:就是在这个地方,玛雅立法被建立,然后获得了恰帕斯其他城镇的认可,然后传播到了整个南美。

麦克斯全神贯注地听着。曼纽尔继续解释,这个圆场曾经举行的仪式,都和那个历法相关。根据玛雅人的信仰,在12月21日这天,如果人类能在"时间停止"之后存活下去,那么"伟大的转变"也将会发生。

尽管在说着极其重要的事情,但曼纽尔的语调却是平静的,好像在向一名普通游客或旅游团解说一样。就在此时,麦克斯突然想到了在印度看到的东西。

他脑海中浮现出B.N. 马哈斯的笔记簿里重复出现的数字——

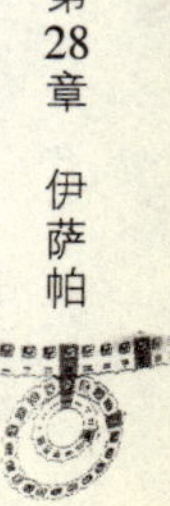

21122012。因为他是一个美国人,所以没有马上想到这其中的内涵。但是在这个世界的其他地方，那些数字却代表着一个特别的日期——21/12/2012。

2012年12月21日。

这不可能是一个巧合。

这个聚会必须发生在8月11日,而这天也将出现一个数字上的序列,会以21122012结束。并且,所有12个人都必须出席。

麦克斯看了看遗址的周围,想找到一个适合聚会的地方。他本来考虑过圆场本身,但是他知道,他们不能隔开前来参观的游客,而且他也不知道聚会会持续多久。他知道,聚会最好能保持一定的隐蔽性。

他凝视着远方，东边的塔卡纳火山和更高的塔胡木耳科火山伫立在那里。他问曼纽尔,在那两座山脚下是否有合适的地方。

曼纽尔微微一笑。

“当然有,”他用墨西哥口音的西班牙语回答,“跟我来。那里以前有一个山洞,我的先人曾经用它举行过伟大的仪式。我们不记得那些仪式的内容,甚至不记得举行仪式是为了什么,但是传说告诉我们,圆场本身面朝东方,所以阳光在冬至那天,可以直接越过塔胡木耳科火山照到这里。”

吉普车开了20分钟之后,他们又进行了20分钟的步行。麦克斯和曼纽尔终于到达了山里的一块空地,它就在山洞旁边。从那里,他们不仅能看到圆场和古代雕像,还能看到西边15英里远的太平洋。

“是的,这里非常好。”麦克斯确认道,同时,未来的展望充满了脑海,“有什么方法可以确保我们聚会时没人打扰呢?”

“别担心,”曼纽尔回答,“我会守在那条小路的路口,不让任何人通过。实际上,没人住在火山上,所以你不用担心被打扰。”

麦克斯想给曼纽尔一些报酬,用以弥补对方花费的时间和精力。但老人只是微笑着摇了摇头。

“能见到胡安就足够了,”他说,“而且,我真心地觉得你和我自己的人生目的息息相关。我们在完成共同的使命，完全没必要用金钱来感谢我。”

麦克斯对他前面的老人笑了笑。

“真心地感谢您！”他说，“这个仪式是否能完成我们的使命，我并不肯定，但它肯定会提供某种线索，揭示我人生中存在的那些巧合。”

说完，他拥抱了曼纽尔。

* * *

那个晚上，麦克斯过于激动，无法入睡。

他不能相信世界会在12月21日灭亡，但是他也不能否认，某种重要的东西将和那个日子联系在一起。太多不可解释的事情已经发生，他越接近那个日子，它们就来得越快。

如果它们继续加快，会怎样呢？还有什么将要发生？他躺在床上，盯着天花板默想。

一件接着一件。从他和玛丽亚激动地见面，到B.N.马哈斯最后演算出来的谜团，许多不可思议的巧合引导着麦克斯来到这儿——伊萨帕。就像潮水一样不可阻挡。

最后的计数已经开始，这计数导致了玛雅历的结束。麦克斯在脑中疯狂地计算这些数字。

自从12个人中的最后一个被找到，他和孙柏钊就一直互通邮件。后者是一个数字八卦方面的专家，他最初的计算是令人惊奇的：不仅仅最开始那9个关键数字都显现了出来，而且也计算出了B.N.的缺席。

只有3个完全一样的数字。一个是吉尔·堪比斯特和B.N.共有的，他们两个都是4。当然，由于B.N.去世了，就不再有这个重叠。

玛丽亚和孙柏钊都是9，但是他们是不同的9，玛丽亚的名字总数是189，孙柏钊的总和则是印度数字的108。最后剩下一个相同的数字，是艾伦医生和麦乐迪共有，他们两人都是2。麦乐迪是2的立方，代表“两种能量”，相比艾伦医生来说，她的整组能量更加均衡、和

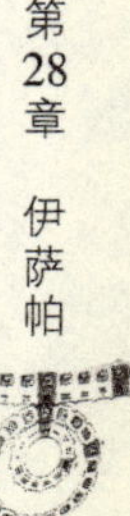

谐。而医生则是12个人中唯一一个不相信这件事的人。

显然,这些数字是根据命理的分组,并被仔细设计过的——如果不是命中注定的话。

麦克斯一直回溯到21122012,所有数列都和神秘的数字12联系到了起来。玛雅历和B.N.的演算都与这个数字有关。

麦克斯仍然睡不着,他知道,只有理解了这些人、这些日期和聚会之间的联系,他才能休息。

第 *29* 章

第13个门徒

2012 年 *8* 月

麦克斯忧虑不堪。

8月9日晚,他飞抵墨西哥城,迎接C.D.和希尔帕。他和他们一起乘一架小型飞机飞到塔帕楚拉。小飞机震动的响声巨大,他和希尔帕几乎无法开口说话。

C.D.在旅程中找到了纯粹的快乐。他兴奋得不能自已,一直在跳上跳下,喊叫得很响亮,指着飞机窗外的每一处景色。麦克斯几乎不能承受这种激情,被搞得筋疲力尽。

他比以前更感激希尔帕能在旅程中帮助照料C.D.。

当他们到达希尔帕的旅馆时,所有其他人都已经入住了。埃罗尔觉得如果经历长途旅行来到这里,却没有花一两天去看看古玛雅金字塔,那将是一大遗憾。所以他在8月7日就到了,并且已经和新朋友胡安以及曼纽尔相处得就像一家人。

他也很喜欢孙柏钊,很喜欢和他一起谈论商业。另外,虽然他的岁数足有麦乐迪的两倍,但他仍然控制不住自己,目光一直在追随她。

"她的行动如同流水,整个人像宝石一样闪闪发光。"他对麦克斯说。

12

洋子和玛丽亚在去圣洛伦索的旅途中成为了很好的旅伴。胡安、曼纽尔与“奔跑的熊”、亚特斯基熟识起来，他们分享各自家庭的故事和照片。曼纽尔带“奔跑的熊”来到聚会的地点，指给他那个山洞，问他一切是否都好。

“奔跑的熊”的西班牙语足够交流，但是胡安还是陪着他们，充当翻译。对于选址，“奔跑的熊”很满意，他还买了好几箱纸，并叫胡安订购了一些三明治，以便在8月11日早晨带着上山。

“我们必须在日出之时聚会。但我不知道我们会在那里待多久，也不知道到那儿之后将会发生什么。最好准备着吧！”他说。

吉尔·堪比斯特越来越希望发表自己的意见，他说12个人的聚会肯定是为了迎接耶稣的再次降临——而这也是他理解的全部意义。有了胡安做翻译，仁波切和曼纽尔、“奔跑的熊”有过好几次长谈，他们讨论宗教祭祀和仪式的意义。

在所有人中，艾伦·泰勒是唯一仍然保持怀疑的，因为他不相信上帝。他向麦克斯坦承，他不是很情愿来参加这次聚会，但他发现伊萨帕附近有一些绝佳的冲浪地点，而且埃罗尔愿意支付所有旅费，所以还是欣然前来了。他把大量的时间都用在了和海浪的对抗上。

“而且，”他亲切地说，“我喜欢你，麦克斯，这次探险也没有什么错。至少它会很有趣！”

8月10日晚上，麦克斯做东，在酒店请大家吃饭。他又再次讲述了自己濒死时经历的东西，并且提到了他从B.N.马哈斯的笔记簿里发掘出来的新细节。希尔帕在那儿照料她的儿子，当麦克斯说到B.N.的睿智时，她不由自主地露出了微笑。

也是在这顿晚餐中，麦克斯和玛丽亚重新联系上了。她们相互之间仅仅一瞥，但那一瞬间，麦克斯深深沉浸到了她依然迷人的魅力当中。他再次被她优美的嗓音和沉静的姿态吸引住了。

玛丽亚也回瞥了麦克斯一下，但是他却发现，自己更想与她私下交流。他继续解释他带C.D.来这儿的原因——虽然“奔跑的熊”说得很清楚,12 个人都必须亲自前来完成这次典礼,但因为 B.N.已经不在了,所以只能由 C.D.代替他。

虽然麦克斯不是 12 个人中的一员,但他作为 B.N.的笔记簿的保管者,也要参加仪式。

“至少在刚开始的时候,你必须参加,”“奔跑的熊”说,“显然,B.N.马哈斯认为 C.D.会代表他,但是那本书也同样重要。而且不在印度时,它应该由你来保管。”

“如果能量没有流动,你随时可以离开。”巫师补充道。

除此之外,就没有其他人参加了。根据“奔跑的熊”所说,只有这 12 个人的能量是必须的。

麦克斯略微颤抖地意识到,他必须照顾好 C.D.

** ** **

第二天早晨 4 点 55 分,整组队员到达了塔胡木耳科火山脚下。曼纽尔在那里接上他们,他脸上洋溢着闪亮的光芒。他迈着自信的步伐,带领大家来到山洞边的空地。然后走回到小路的路口,为大家守卫——就像他承诺的那样。

“奔跑的熊”早已到了,他叫大家围着火堆坐成一圈。

“我们必须围着火堆坐成一圈。现在离日出还有 30 分钟,我希望你们每个人都以自己的方式默默祈祷。如果你的习惯是唱颂歌,你也可以唱,但是请尽可能地小声。我相信我们每个人都代表一个种族,我们聚在这里是要接受神的旨意——我不知道那旨意会以什么方式到来,也不知道我们应该在这里呆多久,因此我们可能只会在这儿呆一两个小时,也可能待上一整天。不管花多少时间,我们走了那么远的路来到这里,就一定要在我们的祈祷得到回应之后再回去,否则所有的一切都白费了。”

他停下来,一个接一个地看着每个人:“我们都来自不同的文明,来自不同的大陆,有着不同的信仰,但是在我们共度的短暂时间里,我发现你们都是高尚的人。我们生活在一个充满希望但又满目创伤

的时代，所以我建议我们祈祷——不仅为了我们自己——也为了全人类和全部文明。”

“我认为我们不是随便被选中的，我们在这儿，是为了一个特殊的目的……所以让我们向我们的造物主祈祷吧！”

麦克斯一生从未祈祷过，而且他知道，艾伦医生也不擅长祈祷。同样，埃罗尔也是如此——所以他们3人只是静静地盯着空气发呆。

C.D.完全不明白“奔跑的熊”所说的话，但是他明白了麦克斯的暗示，于是安静下来，找了一些弯曲的树枝，开始在沙地上摆图案。这个年轻人就一直安静地画画，然后擦掉，然后再开始画线条。

" " "

过了很长一段时间后，太阳升起来了，阳光照射在每个人的脸上。

麦克斯四处张望了一下，仍然没有什么特殊的事情发生。仁波切在轻声唱颂，“奔跑的熊”亦然；孙柏钊露出无聊的神情；而玛丽亚和洋子似乎沉浸在冥想中出神了；胡安、麦乐迪和吉尔坐着什么都不干，并且看起来很惬意，而麦克斯则很嫉妒他们的平静。

又过了至少1个小时，“奔跑的熊”站了起来，问大家是否饿了或者渴了。因为大家都没来得及吃早饭，所以每个人都狼吞虎咽地吃着“奔跑的熊”背包里的三明治和墨西哥肉卷。

在吃东西时，他们仍然围成一个圈。

又过去了1个小时，仍然没有任何迹象。艾伦医生带着渴望的眼神看着太平洋，麦克斯知道，他无疑在想念愉快的冲浪。过了一会儿，医生转向“奔跑的熊”：“我们需要在这儿坐多久？我没有感觉到将会发生什么事。”

这个印第安人仍然一脸平静地回答：“我不知道要多久，但是显然，我们需要更多时间。你可能没发现任何变化，但是我向你保证，这个地方的能量正在转换。我们12个人必须坐下来，以便让能量达到平衡。”

他接着说：“我们都是从各自的发源地而来，聚在一起，是为了重新唤醒那些创造我们的能量。请耐心点儿——我们只在这里待了2个小时而已——求神启示,有时需要一整天。”

看到有些人脸上浮现出恐慌的神情,他又安慰道:“可能我们不需要一整天,但是我们至少还需要几个小时。”

说完之后,他继续自己的冥想。

C.D.一直安静着,这令麦克斯惊讶。但是过了一会儿,他咯吱了麦克斯一下,提出要和他玩游戏。麦克斯没有生气,而且这对他来说也是一种放松。他无法做到只是干坐着,什么都不干。C.D.给他找了一个愉快的消遣。

过了一会儿,埃罗尔、孙柏钊、艾伦医生,然后是别人都开始开小差。他们活动活动腿脚,四处张望。有人离开,但从不超过20分钟,而且在任何时间,至少都有9个人在场。

麦克斯认为这就足够了。

* * *

就在正午来临之际,麦克斯注意到有一阵奇怪的风吹过。

最初,他看见树枝在晃动,然后突然出现了一个微小的旋风,在即将熄灭的火堆上旋转。火堆发射出微弱的光,旋即熄灭了。

“奔跑的熊”惊呆了,他看着仁波切,然后是胡安,再次是埃罗尔、孙柏钊、玛丽亚、洋子、麦乐迪、亚特斯基和吉尔,最后是艾伦和C.D.——每个人都惊呆了。

他们全都沉默不语,包括C.D.,大家的眼睛牢牢盯住火堆。空地上一片寂静,时间好像静止了。

麦克斯眨了眨眼睛,但是除了这旋风之外,他并没有看到奇特的事物出现。风停下来,周围陷入完全的寂静。他想,自己本该感觉到急切与兴奋——正如他以前做的每件事到达高潮时一样。然而现在,他只是沉默,同时充满了好奇和惊讶。

然后,他又瞥了12个人一眼,眼泪顺着他们的脸颊流了下来。沉默被打破,每个人都开始轻声地哭泣,那看上去是喜悦的泪水。

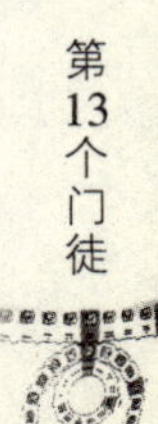

12

又过了大概几个小时，麦克斯终于感觉到，有一种“存在”走进了这片空地。

这会是我们所等待的那个“人”吗？他想。就是“他”吗？

“是的，我就是那个人。”一个低沉、平静的声音回荡在他们身边，“我是你们中的第13个门徒。当然，你们也曾经把我看作你们的神——比如耶稣、穆罕默德、克利须那和莲花生，甚至是佛陀。我会以纯粹的能量出现，甚至还能以外星人的形象出现。”

“你们每个人都把我看作命运之神……看作救世主或者弥赛亚，而我确实是所有这些信仰的体现。”

“你们12个人的聚会创造了能量的漩涡，使得我能够走进你们的世界。而我来到这儿，是要告诉你们每个人，你们必须做什么才能拯救这个世界。你们是几万年前所签订的一份条约的一部分，这份条约将确保这个星球和人类存活下去。”

“现在，你们都必须到这个空地旁边的山洞里去坐下，了解你们为了实现古代的预言必须做些什么。只有这样，才能让你们的世界在终结的时刻逃脱毁灭。”

然后声音消失了，只剩下沉默。

* * *

第一个走进山洞的是埃罗尔。几分钟后他出来了，带着多少有些沉重的坚定表情。

然后是亚特斯基，接着是孙柏钊，再来是艾伦、吉尔、玛丽亚、洋子、麦乐迪，每一个都只进去了几分钟。

仁波切在洞里待了整整1个小时，而胡安进去的时候已近黄昏。当“奔跑的熊”回来时，外面已经全黑了。

现在，只剩下C.D.了。

麦克斯护送他到洞口，本打算呆在外面，但是这个年轻的印度人却把他拉了进来。

他走进山洞，感到了一种愉悦和平静。C.D.开始哈哈大笑，这时，有个声音对他和麦克斯说话了。

“你是一个充满爱的孩子，”它说，“你可以教给这个世界很多东西。你的祖父算出了一个数字，预示着在今后的130天内，这个世界将会走向毁灭。这个预言的确是真的，但你祖父不知道的是，一个世界的终结可能标志着另一个世界的开始。”

“人类浪费了他们以前得到的馈赠，因此如果他们不改变生活方式、不转变他们的思想的话，这个世界确实会被终结。”

“你们把我视为克利须那神，但却并不理解我的话的重要性，因此，你们还需要其他形式的指导。即使你听不到我的话，我也能够直达你的心灵。在这段时间里，已经有一个神奇的存在转世到了你们的星球之上——这个存在比我更伟大。事实上，他是创造了我和所有存在的实体。这就是‘一’。”

“‘一’做出了最大的牺牲，转世成为了一个人类，他冒着危险，忘记了一切，成为了一个真正的、完整的人类。”

“而你的任务和其他11个人一样，就是回到你的家乡，找出这个‘一’。你要回到你旅行过或居住过的最神圣的地方去，而麦克斯也会和你在一起。虽然他不是12个人之一，但是通过他的联系，你和别人才聚集到了一起。如果麦克斯跟着你，也能使‘一’更容易出现在你眼前。努力地去寻找吧！”

“然后，你们会重新聚集在一起——在12月21日的日落之前。你们12个人必须和‘一’一起出现，只有这样，才能保证地球上的人类完成对上苍的承诺。我们将一起欢迎‘一’，然后将明白我们必须做什么，才能确保人类继续生存下去。”

“现在走吧，去完成你所接受的第一个任务吧！你是上帝特殊的仆人，C.D.，我永远祝福你。”

然后又是沉默。麦克斯知道，山洞里只剩下他们自己了，第13个门徒已经走了。

麦克斯拉起C.D.，领着他走出山洞来到空地上。其他人都在那

里安静地坐着，仍然在思考刚才的经历，那对每个人来说无疑都是神奇的。

他们交流着信息，发现每个人都看见了自己所信仰的“神”。他们都得到了和C.D.一样的提示，每个人都感受到了一种神圣的祝福，并为能成为这次旅程的一部分而骄傲。

每个人都希望自己能够找到“一”，并且将他带回来。这天早晨走进空地时，他们还只是12个单独的个体，只是因为与麦克斯的交情而聚集。而现在，他们已经紧紧地联系在一起，有着共同的目标和任务。

他们一起在黑暗中步行下山，然后看到了火把的亮光。曼纽尔来迎接他们，但他什么也没问。大家一路无语，回到了塔帕楚拉。

晚饭时，麦克斯告诉希尔帕C.D.的经历，以及他在山洞里听到的话。他也向她说明，他们必须在12月回到伊萨帕。

尽管曾经有过怀疑者，但是现在，每个人都很期待再次回到伊萨帕——即使是艾伦医生。希尔帕很担心C.D.无法真的去寻找“一”，但是麦克斯说服了她：“我会跟着他，并且帮助他。但我现在很怀疑，是否需要进行真正的‘寻找’。我认为‘一’已经决定了谁会找到自己，如果C.D.注定成功，‘一’就会自己来到他身边的。”

第 30 章
追踪的脚步

2012 年 8 月

在经过一整天的的思考之后，他们再次聚在一起吃饭。这次聚会，是为了交换信息和做出计划。

第 13 个门徒给这 12 个人的指示中，存在着一个共同点。

“追踪你的脚步，回到你人生中去过或居住过的最神圣的地方。麦克斯将和你一起去——虽然他不是 12 个人之一，但正是通过他的联系，你才能和其他人聚在一起。”

他们一吃完饭，埃罗尔就坐下来和麦克斯商讨日程表，以便他能和 12 个人中的每个都在一起呆上至少 10 天。

“包括今天在内，我们只剩下 130 天了。”埃罗尔指出，“但如果你和我们中的每个人都在一起待上 10 或 11 天的话，倒是有足够的时间。我们必须立刻制订好你的行程，然后根据这个行程来确定自己想去的地方——那些最有可能找到‘一’的地方。”

接着，他主动提出，他会承担所有人旅行的花费。

“你太慷慨了，埃罗尔。”麦克斯说，为旅费的解决而松了一口气，“我不知道如果没有你，我们怎样才能完成任务。”

“没有什么事情能跟我们的任务相比。”埃罗尔说，语调有些低

沉，“第13个门徒带给我的信息可能是最可怕的。他说，如果我们不能找到‘一’的话，世界就不会完成预定的转变。如果我们失败了，人类并不会马上毁灭，但是那些已经主导了二十世纪和二十一世纪的‘恶’——环境破坏、暴力、战争、贫困、贪婪、恐怖等一切——将会延续下去，直到地球自己进入一个休眠期。而在这个过程中，人类也将会逐渐毁灭自己。”

“这个后果将会导致一个长达2万6千年的黑暗期，然后人类才会再次出现，修复他们所制造的损害。”

“第13个门徒没有告诉C.D.这种可怕的后果。”麦克斯打断他说。

“他为什么要告诉C.D.？”埃罗尔说，“C.D.是我们之中唯一真正纯洁的人。如果他注定找到‘一’，那么一定是靠他那纯净的心灵力量。当然更可能的是，‘一’会主动找到他，所以C.D.不需要任何紧迫的动力。所以在你的行程安排上，就把最后的10天用来和C.D.一起度过吧！你将会和胡安开始，因为他的圣地就在眼前，你们将要去恰帕斯，或者墨西哥和危地马拉的其他神迹。然后你会和艾伦、吉尔一起旅行，就在加利福尼亚。”

“让我和其他人聊聊，看看他们都选择了哪些地点，然后我可以为你计划好具体的行程。”

* * *

和胡安的旅行完全不需要11天。

胡安曾经去过奇琴伊察的玛雅城邦遗址，去过整个恰帕斯和尤卡坦的最神圣的金字塔，也去过伊萨帕附近火山之间隐藏着的一些神秘绿洲。麦克斯和胡安与其父亲曼纽尔一起徒步旅行，曼纽尔一路都陪伴着他们。

因为无法确切知道自己在找什么，所以在整个旅途中，他们对所有线索都很警惕——每一种无法解释的能量，或者每一个说话、行动不同常规的人。

他们团结一致，但是并没有找到“一”。麦克斯领略到了火山的魔力，在金字塔里感受到了古代神明的存在，但是"一"并没有出现。哪怕仅仅是可能的候选人都没有找到。

* * *

然后，麦克斯回到了丹纳岬，了解到艾伦医生曾在俄亥俄州度过自己的青年时代，那儿有许多古印第安人的墓堆。艾伦医生也曾是一名登山爱好者，所以他和麦克斯一起去了科罗拉多阿斯彭城外的许多山峰。艾伦年轻的时候，在那些山上度过了很多个严冬和酷暑。

但尽管他们用了整整 11 天的时间，在科罗拉多、俄亥俄以及其他美国中西部地区寻访，最后却还是没有找到"一"的踪迹。

艾伦医生还向麦克斯吐露：多年以前，自己在俄亥俄州家中的附近，真的看见过一艘 UFO。他甚至认为，"一"可能就是一个外星人。

但是这些信息也没有任何帮助，他们仍然不知道从何找起。

* * *

接着，麦克斯计划在亚利桑那州的大峡谷与吉尔碰面。吉尔小时候曾经参观过这个自然公园，现在故地重游，他感到很高兴。他还由此认为，"一"很可能把自己转世到这里的自然美景之中去了。

从大峡谷出来，他们又去了黄石公园，然后返回加利福尼亚，沿着大瑟尔的偏僻海岸旅行，最后到达了约塞米蒂国家公园。

那是他们一起的最后一天。他们正沿着露营地散步，吉尔忽然发现了一个长相奇怪、蓄满胡须的人。那人远离其他露营者，正在烤热狗吃。他有一头没修剪过的白色长发，胡须也是白的，穿着牛仔裤和法兰绒的工作衫。他一边烤着热狗，一边无规律地自言自语，声音很大。

给人的第一印象，这个人可能是个疯子，而不是智者。然而，经过了 11 天的寻找而一无所获后，他们不由地对那人给予了希望。

同时，吉尔有着一种强烈的信仰，他认为"一"就是耶稣——而这个"疯子"看起来有点儿像耶稣。他们走近了那个人。

当他们靠近的时候，麦克斯却对此人感觉非常熟悉。认出他是谁之后，麦克斯几乎不敢相信自己的眼睛了。

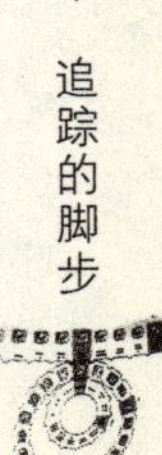

12

是路易斯！

麦克斯已经二十多年没见过自己的哥哥了，他甚至根本不知道路易斯还活着。

路易斯停止了胡言乱语，抬起头来说："好了，你终于出现了。"

有那么1秒钟，麦克斯认为路易斯可能就是"一"。但是随后，他想起了路易斯在一生的大部分时间中所表现出来的暴力，他认为"一"永远不会采取这样一种方式生活。

然而吉尔没有这样的印象，即使在麦克斯介绍了自己的哥哥之后，他仍然坚持认为路易斯很可能就是"一"。事实上，路易斯是麦克斯的哥哥这件事，使得吉尔认为路易斯更有可能就是他们正在找的那个人呢！所以他们在烤架旁的野餐桌边坐下，一起吃了路易斯带来的热狗、薯片和啤酒。

在吃饭的时候，麦克斯只是静静地坐着、看着，吉尔则描述了他们在伊萨帕的历险和神圣的任务。对于这个故事，路易斯没有显示出一点儿惊讶，但是他却带着一种嫉妒和憎恨的目光盯着麦克斯——就像以前面对弟弟的成就时，他所露出的神情一样。

很快，麦克斯感到不舒服，他告诉吉尔，他们应该走了。他必须在这天晚上和"奔跑的熊"会面，继续寻找之旅。

听到这些，路易斯看向了麦克斯。

"你永远找不到'一'，除非你把我带上。"他说，"我会马上打包，收拾行李，准备出发。"

麦克斯慌乱起来。

"但是没有时间安排了，"他迅速地说，"而且我们没有更多的钱了。"

"钱！"路易斯大叫道，"那是你和我们的父亲曾经在乎的一切。"

50年的亲情好像在一瞬间消失了。

路易斯突然袭击了麦克斯，掐住他的脖子。年轻的时候，路易斯就拥有那种狂躁的力量，而现在，尽管还有3个星期就要过65岁生日了，但是肾上腺素的突然爆发仍然使他凶猛无比。

路易斯占了优势，把麦克斯按倒。好在他的力气已经无法维持1分钟之久了。

吉尔有着6尺2寸的身高和完美的体魄，他轻易地就把路易斯从麦克斯身上拉开了。随即，他把这个狂暴的家伙制服。其他露营者听到骚动，也跑过来帮忙。

一个公园管理员被叫来，路易斯因故意伤害罪被当地警方带走。虽然麦克斯的脖子还有点儿疼，但好在没受到什么严重的伤害。

他感谢吉尔救了他，然后他们就分开，各走各的路了。

麦克斯继续他的计划，晚上和“奔跑的熊”会了面。

* * *

“奔跑的熊”在约塞米蒂国家公园的汽车旅店和麦克斯碰头。之后，他们开始旅程，他带着麦克斯去了遍布在蒙大纳省的古印第安人遗址。

尽管“奔跑的熊”拥有与“圣灵”交流的能力，但他们仍然没有“一”的踪迹。

* * *

在麦克斯的计划中，孙柏钊是下一个一起旅行的人。他们在温哥华碰头，沿着不列颠哥伦比亚省的北部参观了诸多美景。但是孙柏钊认为，如果自己能找到“一”的话，那么地点最有可能就是在中国，因为那里才是他真正的家乡——也是他记忆中最神圣的地方。

于是他们穿过太平洋，降落在北京。但是，参观了长城和孙柏钊出生的偏僻小村庄之后，他们还是没有找到任何踪迹。

* * *

麦克斯直接从中国飞往日本，去见洋子。

他们一起去了北海道、枥木，还有许多麦克斯过去拍摄《探寻远古之谜》时到过的遗迹，仍然没有“一”的踪影。

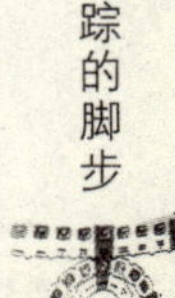

12

然后,麦克斯去了越南。麦乐迪把她的祖母也一同带上了,她认为,如果“一”在越南的话,祖母能够帮助他们认出来。

麦乐迪的祖母已经听过12个人的故事了,她似乎有点儿不知所措,但也为孙女能成为其中的一分子而自豪。

来到她年轻时住过的美丽乡村时,祖母哭了出来。但是尽管他们参观了整个国家的20多处遗迹,这趟旅程还是一无所获。

麦乐迪很失望,但是她的祖母却不那么悲观。

“在我们神圣的祖国寻找过‘一’,这已经足够了。”她说,“努力的过程有时和结果一样重要。我们的努力是纯粹的,毫无疑问,这也会帮助别人找到‘一’。”

麦克斯意识到,这位老人已经完全相信了他们的任务,这也给了他新的希望。

“我有信心,”祖母继续说,“‘一’会如预言一样出现,他的存在类似于我们家族几个世纪的信仰。而在这个使地球变成天堂的过程中,我们已经起到了自己的作用。”

她带着一种睿智而坚定的神情,对麦克斯和麦乐迪说道。她的信心感染了他们俩。

第 *31* 章

现世的爱

2012 年 *11* 月

从越南启程，麦克斯飞到了秘鲁的利马，然后前往特鲁希略。在那里，他将和玛丽亚以及她的两个儿子在机场碰面。

玛丽亚热情地拥抱了麦克斯。他飞快地想起40年前他们第一次见面时，眼前这个女人是多么动人心魄的美丽。

然后，玛丽亚又把麦克斯介绍给了自己的儿子安德列亚斯和塞巴斯蒂安。麦克斯不禁退后两步，看着她。他再次发现，她依旧美丽，而且温柔和智慧更为她增添了魅力。

"你在很特别的一天到达了这里。"她带着一丝自豪解释道，"塞巴斯蒂安的大女儿今天要庆祝她的15岁生日。整个家族的人都会来我家，所以你将会见到所有托卡诺家族的人。"

"我知道你肯定坐飞机坐得很累了，"她继续说，"安德列亚斯会带你去酒店，而塞巴斯蒂安和我则要为生日宴会做准备。今晚6点，安德列亚斯会去酒店接上你。毫无疑问，我们会狂欢整晚，所以你先好好休息下吧！"

她笑着给了麦克斯一个贴面吻，再次快速拥抱了他一下。

在路上，麦克斯发现安德列亚斯是个很容易相处的人。他对麦克

斯和他母亲相遇的故事很好奇——玛丽亚从来没对孩子们谈过这件事。直到麦克斯打电话邀请她一起去伊萨帕之前，他们都不知道麦克斯的存在呢！

因为欣赏这个年轻人坦率而温和的举止，麦克斯决定告诉他整个故事。

为什么不呢？他想。最坏的情况，也不过是他会把我当成一个疯狂的美国人，而这个美国人恰好是自己母亲的朋友罢了。

但是听完在伊萨帕发生的事请之后，安德列亚斯并没有显得非常吃惊。甚至对第 13 个门徒的出现，他都没有感到惊讶。

“我妈妈告诉了我整个经过，并且说你会来帮助她寻找‘一’。她是一位很棒的妈妈，我相信她所有的话。”

“我不知道她是否能成为找到‘一’的人，”他继续说着，对麦克斯微微一笑，“但我很高兴你能来。你为她的生活带来的这次历险，让她获得了新生。妈妈和爸爸很相爱，但当他突然去世的时候，妈妈陷入了深深的悲痛中。而现在，她又重展笑颜了。和你一起旅行，重新回到她年轻时去过的那些地方，对她而言肯定是一次非常好的经历。”

提到玛丽亚的丈夫时，麦克斯很好奇。

“你母亲是一位非常特别的女人，”他说，“我敢肯定你父亲一定也是一个非常特别的人。很遗憾他这么年轻就去世了。”

“是的，我爸爸很棒，”安德列亚斯说，“他是一个无私奉献又能充分享受生活乐趣的人。他让我妈妈很快乐，也总是和我们兄弟开玩笑，他的孙子们都很想念他。在我们的生命中，能够拥有这样一位长辈是幸福的。”

“在今晚的派对上，你可以看到托卡诺家族是多么生机勃勃。”他接着说，“我父亲来自一个非常庞大的家族，他的兄弟和我的堂亲戚也都会来参加，总共加起来会超过 100 人呢！——几乎所有人都是亲戚。”

就在这时，他把车开进了喜来登酒店。这是当年麦克斯第一次遇见玛丽亚的酒店,他禁不住环视停车场。

“我会在晚上6点来接你,这是我的电话号码。”安德列亚斯递给麦克斯一张名片,“如果你有什么需要,给我打电话。塞巴斯蒂安和我妈妈在为派对做准备,而我还能腾出手来照顾你。”

麦克斯走出汽车,接待员取出他的行李箱。

“我没什么需要的,”麦克斯对安德烈亚斯说,“在你接我之前,我们还有4个小时。我可以好好打个盹儿。”

他绕过汽车,拥抱了一下安德列亚斯,并且感谢了这个年轻人的热情好客。

* * *

麦克斯躺在床上,一会儿就睡着了。

睡觉前,他最后想的一件事是:多年前,他遇到了年轻的玛丽亚,她在他酒店外的公园里亲吻他,告诉他她会永远爱他——就像他爱她一样。但是在现实生活中,他们却不能在一起。真是命运的捉弄啊!

刚才在机场见到玛丽亚时,他就已经意识到,自己仍然爱着她。他也羡慕她和她丈夫曾经拥有的平静生活——但不是和他在一起。

* * *

麦克斯曾经参加过很多派对,但是在为雷纳塔举办的生日派对上,他仍然感到惊讶。这里充满了爱、欢笑、音乐和美食。

来客有安德列亚斯堂兄弟的孩子,有雷纳塔打扮得花枝招展的亲密女友,还有她年轻的追求者——那些小伙子穿上了他们最好的西装。此外还有叔叔婶婶、叔祖父和叔祖母。

派对上布满了鲜花、五颜六色的装饰和五彩的灯光,每个人都在跳舞,每个人都在唱歌——看起来,整个家族中有一半都是专业音乐家。他们唱民谣,唱传统的情歌,还唱自己所写的歌曲。一些歌曲很浪漫,一些歌曲则诙谐地讲着雷纳塔和她朋友的笑话。

正如玛丽亚所预期的,这个派对真的持续了整个晚上。他们烤了一整只羔羊,准备了各种各样的美食,还包括一个5寸高的蛋糕。

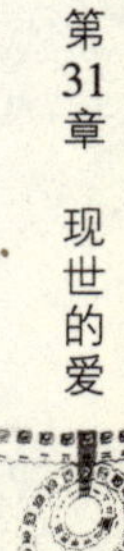

12

麦克斯被介绍给每个人,他们都拥抱他,让他感觉自己也是这个家族的一部分。自从离开伊萨帕,这还是麦克斯第一次忘却寻找“一”的任务,投身到尽情的快乐中呢！他尽情地跳舞,喝酒吃肉。他和年老或年轻的小姐们打情骂俏,和孙辈们开玩笑,和孩子一起玩填字游戏。他还给孩子们讲了自己周游世界的故事,他们都被深深地吸引住了。

但是不管在做什么,他的眼神都没有离开过玛丽亚。这种状态持续了整个晚上。

玛丽亚穿着一条朴素的黑裙子,大部分时间都和孩子们一起玩,脸上始终挂着微笑。在和最小的孙子玩耍时,她是如此活跃,以至于人们几乎不会把她看成一个祖母。

在这个夜晚结束——或者说是清晨开始时, 麦克斯帮玛丽亚把许多孙子们都送上了床。然后她转向麦克斯,向他道谢。

“在明天——其实已经是今天了,我想我们可能会睡到很晚。睡醒之后,我会去酒店接上你,然后我们就飞往阿雷基帕,”她说,“从那儿转车,我们将会去库可、马丘比丘、普诺、科帕卡巴纳和的的喀喀湖。那些都是我年轻时去过的神圣的地方, 也是我们最有可能找到‘一’的地方。”

“我也曾经去过那些地方,这多亏了我在电影界工作过。”麦克斯说,“然而现在,我想要再次为了今晚的盛宴感谢你。我不仅在寻找之旅的途中得到了一次休息,而且感受到了如此之多的亲情。看到你和你的孙子们、你的整个家族,这感觉是那么的特别。”

“不,其实我应该谢谢你,”玛丽亚坚持道,“你的电话来得太是时候了。在伊萨帕,我感觉自己得到了更高的人生目标。我有过一个完美的生活,而现在,我又感觉一种新的生活刚刚开始。”

然后她将他带到了前门。

“有一辆出租车正在等着,它会把你送回酒店。我们的航班是下午1点,在旅途中我们有很多机会来叙旧。在伊萨帕,我们太多的人在一起,我都没机会问问你的生活和家庭情况。我期待在旅途中慢慢了解你的往事。”

* * *

在接下来的10天，麦克斯和玛丽亚都在致力于寻找“一”，但是也没有成功。

在每个旅馆，麦克斯都预定了两个房间，这样做比较合适。但他们发现，多年前将他们联结在一起的深深的爱意并没有消失。

现在，他们重新单独在一起了，没有人打扰，两个人不可避免地再次相爱了。

他们有着一种自然而然的默契，这使得旅途轻松愉快。他们会为彼此的故事、看法和遇到的人而发笑。在从阿雷基帕去普诺的火车上，他们还打了会儿牌。麦克斯惊讶地发现，玛丽亚很好胜——虽然她自己对此毫无知觉，但她屡屡能轻而易举地击败他。

在去马丘比丘的步行途中，麦克斯温柔地牵住了玛丽亚的手，帮助她走过一道小径。在这如此平常的一次接触中，他感到了一道电流。他的渴望再次复活了，爱情穿过了他的身体和大脑。

一直到他们到达科帕卡巴纳，麦克斯都一直握着她的手——也不管有没有借口。他不能让自己的手离开她，也不能让自己的视线离开她。

玛丽亚很专注，她一直在进行寻找。但在他们旅行的最后一天，在的的喀喀湖的一个小岛上，玛丽亚承认，她同样再次爱上了麦克斯。

“我很失望我们没有找到‘一’，”她坦率地说，“我真的希望我们能够成功——就在今天，就在这个岛上。在我们的文化里，存在着一个关于母系时代将会重新开始的传说，那传说就和这个湖有关。我的印加祖先们相信，女神维拉科查来自于这个湖，也会回到这个湖里。我敢肯定，维拉科查会被大多数印加人认为是‘一’。”

她微笑着，看向麦克斯的眼睛，然后继续说：“但是事实上，虽然寻找没有结果，但我一点儿也不失望。当我第一次遇见你的时候，我就知道你将会是我一生的爱。在特鲁希略公园里，我们度过了一个神

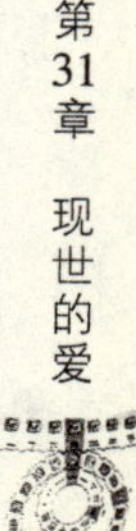

奇的时刻,对我而言,那天的景象永远不会结束。我爱我的丈夫,也爱我们共同创造的家庭,但我从未停止过爱你。”

她接着说:“而且并不像我们当初遇到时的那种情形,已经没有任何理由让我们不能追随自己的内心了。”

玛丽亚抓住麦克斯的双手,吻上他的嘴唇,他报之以同样的激情和温柔。这个吻似乎不会结束,但是当麦克斯的泪水流到她的脸颊上时,玛丽亚优雅地和他分开了。

“这是幸福的泪水,我的爱人,”麦克斯说,“我终其一生都在梦想这一刻。我几乎不敢相信,在这么多年之后,自己终于找到了现世的真爱。不知为什么,我觉得自己总是能够吸引你,然后和你共渡爱河——而这个我,才是真正的我。当看到你和儿子、孙子们在一起时,我也由衷地为你庆幸,你是如此地慷慨无私。和你永远在一起,会是我一生最大的荣耀。”

她微笑着看着他:“麦克斯,一认识你,我就爱上了你。我不能拒绝你,并且相信我们的余生都会在一起。但是在这个时刻,你必须准备上船,回到普诺,然后赶去12个人中的其他成员身边。你必须和他们继续去寻找‘一’。”

麦克斯带着轻松快乐的心情笑了:“是的。现在,我有一个更大的动力去寻找‘一’了,并且保证地球不会在混乱中自我毁灭。一个多月后,在12月21日之前,我会在伊萨帕和你重逢。一旦‘一’被找到,我们就可以在爱和幸福中度过剩下的时光了。”

麦克斯再次微笑着亲吻玛丽亚,然后继续他的寻找之旅。

第32章
绊脚石

2012年11月—12月

期待着和玛丽亚在一起的未来,麦克斯获得了新的动力。他们必须成功,不然所有的梦想都将失去意义。

所以,麦克斯需要快马加鞭。他飞到伦敦,在那里和亚特斯基碰了面。

这个以色列人年轻时最好的几年都是在英国度过的。他曾经在很多神圣的遗迹拍摄电影,史前巨石柱、格拉斯顿伯里、爱奥那小岛、都柏林南部威克洛山脉里的格兰达洛都曾留下他的足迹。而麦克斯当年为《探寻远古之谜》选址的时候,也去参观过相同的遗址。

然而他们到这些地点的旅行没有任何收获。

无法在不列颠岛找到“一”,亚特斯基和麦克斯前往了德国。在那里,他们探索了黑森林和许多古堡。

仍旧一无所获,麦克斯开始发愁。曾经看起来那么确定无疑的事情,现在却让他感觉自己像个傻瓜。

我不能灰心,我们一定会成功!他为自己坚定着信念。

德国之行结束后,他们又奔赴了法国。去过洛德斯和普罗旺斯的古代遗址后,两个人又进入了西班牙北部。麦克斯和亚特斯基年轻

时，都曾经在桑坦德城外的桑蒂拉那德马尔史前山洞里拍摄过电影，两个人都对那儿有着很深的记忆。

在一个多星期的旅行中，他们游览了20余个遗址，仍然没有“一”的踪影。

所以，亚特斯基又带着麦克斯回到了他的出生地耶路撒冷。在那儿，他们探访了古城、杰里科、马察达、伯利恒、死海和加利利。

* * *

仍然一无所获。当麦克斯飞到伊斯坦布尔与埃罗尔会面时，已经过去将近100天了。

“麦克斯，你必须保持冷静——很可能‘一’会在最后时分才出现。”埃罗尔鼓励他，“我们必须继续向前走，随时等待着他露出真容。而现在，我们应该赶紧前往希腊，当我还是个孩子时，曾经去过那里。从希腊回来后，我还将带你领略我眼中最美的风景，那就是我的家乡土耳其。”

“我认为，土耳其是所有国家中最神圣的，而且如果‘一’想要享受生活的话，肯定会投胎为一个土耳其人的。在土耳其，我会带你去见识一些常人想象不到的遗迹和美景——包括诺亚方舟的遗址。我了解这个国家的每一寸土地，并且我已经为有限的时间做好了安排。”

尽管埃罗尔有着难以抑制的热情，他的故乡土耳其也的确美不胜收，但他们的寻找依旧无果。

* * *

麦克斯又从伊斯坦布尔飞往尼泊尔，和仁波切见面。他们重走了一遍当年仁波切从西藏的寺庙到尼泊尔的旅程。在那些寺庙里，这个僧人仍被视为活佛转世。

然后，他们又去了仁波切曾经做苦力的森林。尽管森林中布满迷雾，寂静得如同毫无生命，但他们还是在那里步行了许多天。

仍然没有“一”的踪迹。

麦克斯和仁波切道别的时候，两个人都知道，他们将会在12天后重新集合。麦克斯显露出焦虑的神情,仁波切也试图安慰他。

“别担心,”他说,“我肯定‘一’的能量现在就和我在一起——我能感觉到它。虽然我们还没找到他的转世化身,但是我猜,他一定正在印度和C.D.一起等着你呢!所以一路顺风,我们会马上再见的。”

❦ ❦ ❦

麦克斯直接从西藏飞往了德里。他知道希尔帕和C.D.已经计划好了环游印度的旅程——第一站从列城开始,那个地方位于西藏南方,在喜马拉雅山脉之上。

在列城,他们拜访了一座古代寺院,希尔帕小时候曾经在那里学习过。而当C.D.刚出生时,她也曾在那里度过了一个漫长的夏天。

这里是整个印度最神圣的寺庙,甚至相传耶稣本人也到访过这里。

希尔帕认为“一”很有可能居住在寺中,但是她错了。

从列城,他们开车长途跋涉,回到了斯利那加。现在已经差不多是12月中旬了,想要翻越那些雪山极其艰难。尽管经历了如此多的磨难,但在斯利那加,他们依然没找到“一”。

所以他们又飞往恒河沿岸的瑞诗凯诗。C.D.小时候曾和他的叔叔们一起,在那里度过了很多个夏天。

瑞诗凯诗也被证明是一条死胡同。而现在,已经是12月18日了——已经到了飞往墨西哥,返回伊萨帕的时候了。

❦ ❦ ❦

曾经满怀热情的寻找结束了,现在,麦克斯沉浸在悲观的情绪之中。很显然,他们正面临着失败。C.D.曾是他最大的希望,然而“一”也没有在这个孩子面前现身。

他没有在任何人面前现身。

但此时此刻,麦克斯还是不愿放弃。他对自己说,毕竟还剩下两天,直到12月21日来临,他们还有希望。

必须有希望!他激动地想。

之后,他设法找到了一台电脑。在西藏和喜马拉雅山脉进行长途

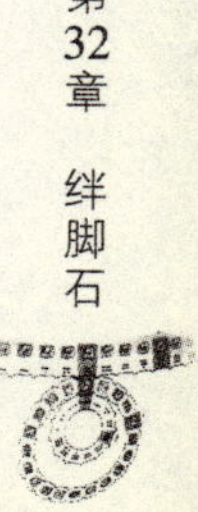

跋涉时，他没法上网，手机也没有信号。

也许“一”已经被12个人中的其他成员找到了呢！他这么想着，联系着自己曾经的旅伴。

但事实却不是如此。

是时候回到伊萨帕去了——不管有没有“一”，也该再去和第13个门徒见面了。

回去之后，他们将要看到在12月21日那天，究竟会发生什么命中注定的事情——那一天是玛雅历法和许多其他古代历法结束的日子。

当寻找之旅结束时，麦克斯已经花了无数个小时凝视B.N.笔记簿上的数字。在印度旅行的时候，他一有时间就把它拿出来看，从新德里到墨西哥的飞行途中，他仍然专心致志地研究着那些数字。

显然，21122012蕴含了深刻的意义。数列中的“1”和“2”代表了“开始”和“结束”，而数值的上下波动则基于某种计数方法。

这个数字暗示着光明和黑暗，其中也包含着质数和非质数无穷的变化。

思考这些数字的时候，麦克斯超群的数学天赋遇到了前所未有的挑战。根据麦克斯的推测，数字21122012之谜，需要人类找到一把“钥匙”才能打开。

然而他做出了一切努力的尝试，却还是没有找到这把“钥匙”。

当麦克斯、希尔帕和C.D.到达塔帕楚拉的酒店时，已经是12月20日的深夜了。其他所有成员都充满期待地聚集在了一起，准备迎接“一”。玛丽亚第一个走上前来，欢迎麦克斯。但她很快发现他神情不对，于是退后两步，等待他开口说话。

当他告诉他们他没有找到“一”的时候，所有人都很沮丧。

“这怎么可能？”麦乐迪悲哀地说，“我们都以为你和C.D.肯定能找到他。玛雅历法在明天日落时就将结束，接下来会发生什么？这个世界会变成什么样子？”

麦克斯知道，很多人和她一样绝望。但仍未完成的任务要求他们保持信心，并且相互信任。

当每一个人来到这里，准备进行这次“最后的探险”时，一定都抱着乐观的心绪。他们认为自己最终一定会获胜。

然而如今时间快到了，“一”却还没有出现，恐慌便开始蔓延了。

“我们不能质疑自己的使命，”埃罗尔劝着麦乐迪以及所有人，“我们已经全心全意地寻找了，做了第13个门徒要求我们去做的每一件事。我们已经问心无愧，并且应当获得奖励。”

“明天是个大日子，正如我们所知，也许是人类在这个星球上的最后一天。”他继续说，“让我们都好好休息，来迎接接下来的挑战吧！‘奔跑的熊’、胡安和曼纽尔会保证集会地点的安全，我们下午4点钟到那儿集合。在5点零2分，太阳将会落山，‘冬至点’会在那一刻出现，玛雅历法也会随之结束。”

“今晚好好地睡个觉，不用担心。我们必须信任宇宙的智慧——它已经让我们在这个特殊的时刻聚集到了这个特殊的地点。”

“ “ “

经过长时间的旅行，以及徒劳无功地破译B.N.笔记簿中那些数字，麦克斯筋疲力尽。他一直睡到快中午。

醒来时，他发现此时是一个美好的大晴天，于是他决定去附近的太平洋里游个泳。假如这是世界末日前的最后一天，如此度过倒也不错。他看见艾伦刚吃完早饭，便建议他一起乘坐带蓬货车去海边。

艾伦带上了他的冲浪板，此外还为麦克斯也带了一个，他想让他尝试一下冲浪。

“我以前从没冲过浪，”麦克斯拒绝道，“今天可能是这个世界的最后一天，我却要上第一节冲浪课，这实在有点儿古怪。”

“但是冲浪时，我觉得自己好像最接近你们所说的那个上帝，”艾伦回答，“如果今天是最后一天——其实我很怀疑这点——我也没有

其他更好的事情可以做了。所以我们走吧！”

他们把冲浪板放到了货车上。在去海边的路上，艾伦说他仍然怀疑那个预言：尽管他遇到了第13个门徒，却从未相信“一”会被找到。但这次经历是如此震撼人心，以至于这个怀疑的念头完全被他忽略了。

在途中，麦克斯注意到一辆破烂、老旧的褐色雪佛兰似乎在跟着他们的车。但是过了一会儿，雪佛兰就不见了，因此他也就没有想太多。

当他们到达海边时，映入眼帘的只有蓝天和阳光。

艾伦递给麦克斯一个冲浪板，麦克斯蹲在板上，然后掉下来。他再跨坐在板上，却又掉了下来。

终于，他能够蹲着立在板上了。在他做到这一点之后，便已经在一个小浪上滑行了起来。这是一个令人兴奋的胜利，他成功地坚持了一两码，然后再度失去平衡，掉进温柔的海浪里。

艾伦热情地赞扬了他：“你真有天赋，麦克斯，我不敢相信你居然浪费了这么多年都没有冲过浪。”

“我也不敢相信，”麦克斯说，“我保证，如果明天这世界还在，我一定要花更多的时间来学习冲浪。”

“这是这么长时间以来，你所做出的最好的决定。”艾伦朝他喊着，然后调转回去，冲进浪里。麦克斯追随他而去，然后碰上一个大浪，他想尽办法支撑着。

麦克斯竭力让冲浪板保持着平衡，他一边羡慕艾伦驾驭海浪的能力，一边以平稳的方式回到了岸边。上岸之后，艾伦指了指太阳，然后迈步离开海水，走向汽车。

太阳高挂空中，麦克斯意识到他们该走了。但在离开之前，他还想在海浪中再冲一次，所以他示意艾伦先去收拾东西，然后用手势表明自己会在几分钟内回来。

接着，他蹲在冲浪板上，向海面看去，一个大浪正在涌来。

突然，在毫无预警的情况下，麦克斯感到一只手抓住了他的脚踝，把他拉下了冲浪板。然后，又有一只手勒住了他的脖子，开始把他往海底拽去。这里的水只有8英尺深，但是麦克斯失去了方向。在那一刻，他分不清东南西北，甚至不知道海底在哪里，也不知道海岸在哪个方向。

他试图挣脱这个袭击者，但是对方的袭击让他措手不及。他已经窒息，完全无法呼吸了。他绝望地挣扎着，终于在海面上露出头来1秒种——仅仅来得及呼吸一次，马上又被拉下去。

他开始失去意识。

他感觉到全身虚弱，无力抵抗。

在一切都结束之前，他想起了小时候路易斯每一次试图勒死自己的情况。在一片模糊中，他觉得他辨认出了那袭击者的脸。那是一个留着长长的灰白头发的人，眼神凶狠。在麦克斯的整个童年时期，这个人一直纠缠着他。

但是认出是谁已经没有意义了，麦克斯的意识正在离开他的身体。

他回到了一个平和幸福的空间，那里充满明亮的光线，到处都是爱和欢乐。他向下看去，发现他的身体正在挣扎——它一直处在水面之下。

他再次看见了那12个名字和12种颜色，而这次同时出现的，还有一条对他自己表示原谅的信息：

已经很好了……你已经做到最好了。

这个世界的结束不是你的错。

在约塞米蒂国家公园袭击了麦克斯之后，路易斯在一个精神病机构待了30天。因为被害人没有出现在审讯现场，因此他被释放了。

他记得吉尔说起过12月21日在伊萨帕的聚会，所以他一被释放，就开车来到墨西哥，然后监视着塔帕楚拉唯一的高档酒店。

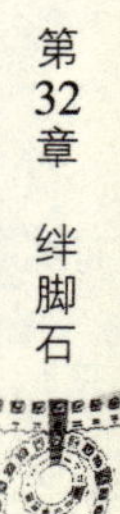

终于，他的耐心得到了回报。他跟着麦克斯和另一个人到了海边，而当另一个人离开的时候，他就对自己的弟弟进行了又一次突然袭击。

路易斯想要确保的只有一件事：因为自己已经失败，所以麦克斯也绝对不能达成他的生活目标。

为了阻止麦克斯的成功，他宁愿同时毁灭自己。

* * *

麦克斯已经接受了任务失败的事实，并准备进入白色隧道。突然，他看见一个貌似艾伦的人游向那两具扭在一起的身体。接着，他远离了那片光芒。

艾伦是一个游泳健将，他只用了几分钟，就游到了路易斯的上方。因为闭气时间太长，路易斯也很虚弱，完全无法应战。

艾伦把麦克斯从路易斯的桎梏中拉了出来。接着他一边往海岸游，一边踢开追赶过来的路易斯。

路易斯认清了无法得逞的现实，所以当艾伦把麦克斯带回岸边时，他就游走了。艾伦立即给麦克斯做了人工呼吸。几分钟后，麦克斯咳嗽起来，喷出他在水下喝进的大量海水。

过了几刻钟，他坐起来。虽然头脑晕晕乎乎的，但是他还活着。

"那个疯子是谁？为什么要淹死你？"艾伦问："我曾经遇到过一些冲浪纳粹[①]，但我从没见过这样的袭击。也许我该去找个警察逮捕他，他差点儿杀了你。"

麦克斯让他忘掉这件事，并且解释说："那个试图淹死我的人是我哥哥。"

艾伦一脸惊愕。

麦克斯继续道："刚才这种事，他以前也经常做——这没什么了不起的。现在的当务之急，是我们必须马上回到酒店。其他人都在等

---

① 冲浪纳粹：一些保护自己的冲浪海滩不被外地人或游客入侵的暴力分子。——译者注

着，不知道我们去了哪里。我们还有时间在日落之前到达伊萨帕。”

他站起来，感谢艾伦的救命之恩：“你救了我的命。而现在，12个人还有拯救这个世界的希望。我们必须马上出发。”

艾伦表示同意，然后他们尽快回到了塔帕楚拉的酒店。在途中，他不时看看麦克斯，确保他没事。看见麦克斯脸上恢复了生气，他很高兴。

终于，在咳了十几分钟后，麦克斯能正常说话了：“我不知道我哥哥为什么要跟踪我们，也不知道他为什么想要杀死我，但是我知道你阻止了他。请不要让其他人知道这次袭击，他们已经够焦虑了，我不想他们把这次事件看作一个恶兆，或者因为担心我而耽误别的事情，他们应该集中精力祈祷‘一’的出现。即使我们还没找到‘一’，但必须相信他最终会现出真身。”

艾伦答应了。

“你想的是对的，”艾伦道，“但坦率地说，我依然认为这一切很荒谬。玛雅历法只是一个神话，不比别的神话更伟大。我从来不相信世界会在几天之内被创造出来——就像《圣经》故事里说的那样。同样，我也不相信这个世界末日的故事。我敢打赌，我明天还会来冲浪。而且，如果你那个疯子哥哥还敢出现的话，他就将会是被淹死的那个人——而不是你。”

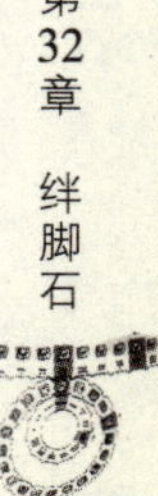

第 33 章
时间尽头

2012 年 12 月 21 日

当火车开往伊萨帕时,天空越来越低沉,那一抹金色越来越重。

曼纽尔在山脚下与 12 个人汇合,然后他们步行前去山洞边的空地。此时天空开始飘雨,雨水冰冷无情。在他们到达空地的时候,雨变成了冰雹。

胡安说,伊萨帕从来没有下过冰雹。现在看起来,确实好像世界末日要来到了。

空中中弥漫着忧虑的气氛,即使是 C.D.,也不停地躲避着落在他黑发和皮肤上的雹子。当他们到达集合地点时,已经快 4 点半了——离"冬至点"只有 30 分钟了。

依然没有"一"的影子。

每个人都很冷, 所以他们全都跑到山洞里去躲避交织着的雨水和冰雹。"奔跑的熊"点燃了一个火堆,今天他再一次穿上了典礼服饰,一根鹰羽立在头顶。

他们紧紧地围在一起,烤干自己的衣服。但是他们上次在山洞里感到的那种宁静和安详,已经一去不复返了。

突然,雨水和冰雹都停止了,太阳的最后一丝光线透过树枝射下来。一片彻底的寂静。

整队人立刻离开避难的山洞,回到空地上,第 13 个门徒再次出现。

他清楚而平静地说道:“你们在预定的时间回来了,但是我没有看到‘一’的加入。你们的寻找怎么了?”

没有人说话。只有 1 分钟的沉默,看起来却有 1 个世纪那么漫长。

太阳正在快速地下沉。

时间的尽头就要来临,整队人已经失败了。

在高空中,有一只秃鹫出现,向下俯冲,刚好停在“奔跑的熊”的肩膀上。“奔跑的熊”十分震惊,但他很快镇静下来,开口说道:“以前常说,在拉科塔和霍皮人的神秘仪式上,当秃鹫和鹰一起到来,美好、和平的时代就会来临。”

他指了指自己头上戴的羽毛:“显然,这是鹰的标志。我们没有失败。我感到,事实上,‘一’现在已经和我们在一起了。”

过了一会儿,第 13 个门徒的声音再次响起。

“‘奔跑的熊’是对的。秃鹫的出现标志着‘一’此刻就在这里,你们要寻找的那个人实际上就在你们中间。”

这个消息震惊了所有人,他们互相看来看去。在有人能开口说话之前,第 13 个门徒继续说道。

“不管是谁,他必须现在就站出来。太阳就要下山了,除非‘一’站出来解救他所创造的这个世界,否则悲观的预言就会实现——”

“没有光明的黑暗时代,将是人类的命运。”

所有人的视线都转向 C.D.。看起来,只有他不具备自我意识,只有他最可能不知道自己就是“一”。

但 C.D.只是转向麦克斯,眼里饱含崇拜和敬爱的光芒。

麦克斯也看向 C.D.。就在那一刻,麦克斯想起了自己出生时,从妈妈那儿得到的爱。

他意识到,尽管他计算了所有人的生辰八字,但他从来没有算过他自己的。

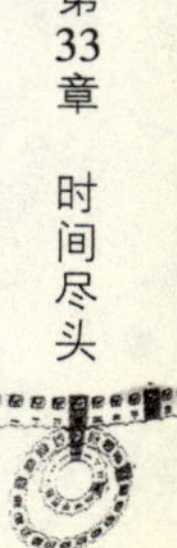

在那一刻，他意识到了一个事实：他的生日是1949年12月12日，这个日期拥有12212012这个数列的准确数值和波动。

第一次，他想起了自己究竟是谁。

他想起自己作为“麦克斯”出生，他想起自己故意忘掉所有知道的事情，以便让自己经历人类的一生。

他向前迈出一步，站到空地中央。这时，他感到自己成为了所有事物的一部分，感到自己的意识重新和所有人联系了起来。

他第一次看见了第13个门徒的真身——一个忠诚的信使，他拯救人类计划的同路人。在许多个世纪以前，当第一次发现人类中产生了文明的冲突时，他们便一起制订了这个计划。

当麦克斯和第13个门徒互相注视时，他们只是沉默。深深地感谢和致意之后，他们看着对方，仿佛在镜子里看着自己。接着，他们消解了彼此之间的界限，融为一体。

然后，他们变形成为成千上万个不同的人——男的女的，老的少的，曾经在地球上生活的每一个人种、每一个民族。

一个事物既是，而又不是它本身。

麦克斯既是而又不是麦克斯，麦克斯既是而又不是第13个门徒，麦克斯既是而又不是每一个曾经存在过的人类。

那12个人——麦乐迪、玛丽亚、亚特斯基、吉尔、艾伦、仁波切、埃罗尔、孙柏钊、胡安、洋子、“奔跑的熊”和C.D.——都呆若木鸡。太阳下山了，就像人类之前经历过的那些日子一样。

时间静止了。

鸟儿不再歌唱。

风儿不再吹拂。

只有静止和无边的寂静。

那一刻，也许会到永远。

也许不到一秒。

没有人知道。

玛雅人的预言实现了。所有的一切都过去了,正如好几个世纪以前预言的那样。

对麦克斯而言,这种感觉似曾相识,就和他当年的“濒死体验”一样。又有了光芒和爱,又有了温暖。那是他身边站着的人们散发出来的温暖,为人类新时代的开始而感到欣喜的无数灵魂所散发出来的温暖。

当时间再次开始时,麦克斯开口说话了。但是说话的已经不是人类麦克斯,而是真正觉醒的麦克斯了。他意识到自己确实是“一”,意识到他在千百万年以前,就曾为这12个人播下了信念的种子。

他以温柔而平静的语调开口,让听到的人身心舒畅。

“时间已经结束,而一个新的时代将要开始,”“一”说道,“伟大的转变已经发生。没有什么将改变,然而所有一切都将改变。”

“地球存活下来了,地球上的所有生物也都存活下来了。然而,每个人的意识已经改变,而且在将来的日子里还会持续转变。你们人类正在跨入一个充满爱、和谐和自由的新时代——这更适合你们。当你们发现所有人都是无限慷慨的时候,战争将会停止。

“在这个星球上什么都不会缺,人们没有必要争斗,你们为了竞争而发展出来的能力将会被用于创造和娱乐。其实从一开始,我就希望你们这么做。”

他停了一会儿,继续说:“这个新时代会延续14万4千年,但也可能永远延伸下去,这决定于你们和你们后代的选择。总是有自由意志的存在,而且正是自由意志把你们带到了这里。虽然你们的聚会是预先命定的,但是它的结果却并没有设定。你们每个人都有自己的角色,地球上的其他人也都一样。”

“是你们的勇气和爱,是你们的选择,为地球带来了这个充满幸福的时代。”

夕阳将空地涂上了一层粉色和橘色的光芒,每个成员都因麦克斯的觉醒而喜悦。这种喜悦的能量扩散到了地球所有的生物上。立

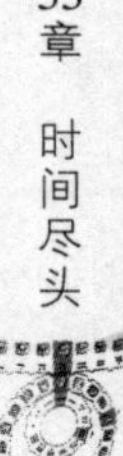

刻，每一棵树、每一株植物，甚至是岩石和人们脚下的泥土，都焕发出了新的生机。一切事物因为爱而变得生机盎然。

第13个门徒从麦克斯身上退出来，对12个人说：“现在，我要把你们留在这片土地上，我对你们所做的事情感到高兴。在另外一个空间，我们已经重新联结在一起，我们将分享生命的奇迹和那永不停止的伟大觉醒。”

“麦克斯还会和你们在一起。虽然他是‘一’，但他也是人类麦克斯，不要特别关注他。虽然他随时可能离开，但是如果他希望和你们在一起，他就是一个和原来相同的人，而不是特殊的人。”

“即使作为神，我们最大的快乐也正是在最大程度上体验人类的经历——包括失败、失望和争斗。人类总是试图遮蔽生活的阴暗面，但是作为神，我们则会感动于所有的经历。即使作为已经觉醒的人，你们也还将面临挑战。但你们大可放心，即使从失败中，你们也可以体会到一种更广阔、更复杂的人生。”

“保护麦克斯，保护你们自己，享受你们命中注定要去创造的那些生活。”他最后说道，“愿全世界的欢乐与你们同在！”

说完这些，第13个门徒离开了。

* * *

夜幕降临了。当他们沿着依然泥泞的小路回到曼纽尔等候的山脚下时，12个人和麦克斯的脸上还闪烁着光芒。

曼纽尔微笑着欢迎每一个人。即使货车上等待着的司机，也是满面微笑。没有人说话，但是开车回到塔帕楚拉的一路上，他们之间有了一种无声的交流。

时间的尽头来了又走了，他们所有的忧虑都烟消云散了。

一个新的时代已经开始。

第 *34* 章
觉醒

2012 年 *12* 月 *21* 日

当货车来到塔帕楚拉的酒店把 12 个人放下时,不同寻常的消息也已经传开了。即使在恰帕斯这个偏远的墨西哥小镇,人们同样惊异于地球的新变化。

科学家们发现,地球的中心轴突然发生了变化,磁场已经改变,地球运行的轨道也已经改变。

接下来会发生什么仍是未知数,但电视、广播和互联网都在不断发布着新的发现、新的推测。

虽然这种事情本应该带来一片恐慌,但是除了报道事件的一部分人有些忧虑之外,大部分人看起来都很平静,人们几乎是安详的。科学家们惊讶于这样的变化居然毫无预警地发生了,也没有带来什么灾难性的影响。

没有海啸。

没有地震。

在东半球,如今已经是 12 月 22 日的早上了。太阳在纯净的天空中升起,带着不同寻常的柔和光芒。

在地球上的每个地方看来,今天都是美好的一天。

12

当麦克斯走进酒店时，从门童到大堂接待员，每个人都很轻松，脸上挂着微笑。好像每个人都分享着同一种认知，有着同一个秘密：所有人在深层次上，都是联系着的。

人们好像是同一个生命体中的不同细胞。对麦克斯而言，这不是一个比喻，而是一个事实。

作为一个团队，他们吃了最后一餐。吃饭时，麦克斯说，就在他意识到自己实际上就是“一”的那一刻，转变才真正开始发生。

“从来没有人能保证，我们一定会促成这个转变，”他解释说，“在作为麦克斯的这一生，我大部分时候都是沉睡的，我不得不作为一个普通人工作。”

“其实所有人类都一样。当成为一个人的时候，其实他们都睡着了——所以他们也可以真正地醒来。而且为了整个地球的发展，只有一两个人醒来是不够的，这就是为什么你们所有人都必须加入进来的原因。正是这个团队的活动，也是这个团队的觉醒，促发了我的觉醒。你们中的每个人都拥有‘一’的能量。就像喀巴拉和其他古代科学所认为的一样，创世的时刻，就是‘一’分裂成为无限个体的时刻。在这个层面上，你们每个人和所有的事物都是‘一’。”

埃罗尔提出了疑问：“如果是这样的话，为什么8月我们第一次聚在一起激发能量时，你没有觉醒到自己是谁呢？在过去这4个月的寻找中，你有什么其他的目的吗？或者通过寻找，你正在对我们的信仰和承诺进行测试？”

其他人都点了点头，埃罗尔表达了所有人的疑惑。

麦克斯回答：“我当时的确没有觉醒。而且在最初的计划中，麦克斯需要作为一个真正的人类去触发地球上所有的能量。是这个星球在受苦受难，我要唤醒的是地球。盖亚的传说确实是真的。”

看到有些人脸上露出疑惑的神情，他解释说：“盖亚是一位希腊女神。那个传说，就是地球有着自己的意识，而且每个事件都会影响到它。几个世纪以来，每一次人类的暴力行为都伤害了地球。而想要治愈这些伤害，则要从地球上的那些圣地着手。那些圣地都是多少个世纪以前，被先知们选定的——有的选择是有意为之，有些则是无心插柳，但它们都坐落于有着巨大能量的地方。每个圣地都是一个能量的漩涡，而我必须去这些地方旅行，去治愈它们。这是一个很长的过程，其实从麦克斯年轻时就开始了。”

“但是你当初怎么知道自己将跨越整个世界，到访这么多的圣地？”麦乐迪问。

“作为麦克斯，我从来没有意识到这一点。”他回答，“这个旅程真正开始于我作为学生的第一次旅行——去秘鲁和玻利维亚，而当我参观的的喀喀湖以及其他的一些遗址时，则是在为《探寻远古之谜》这部影片工作。但是当时，我从来没意识到会有任何不同寻常的事情发生。而在我开始最初的旅行之后，你们这12个人也卷进了这件事，这也是为什么直到遇见你们，我才想起了你们的名字。我一个接一个地找到了你们，最后遇到了‘奔跑的熊’，那时我才认识到这次集会的重要性。”

“但是过去的几个月，你和我们每个人一起旅行，又是为了什么呢？”孙柏钊问道。

“首先，有些地方我从来没去过，比如西藏的寺庙、爱奥那的小岛、德国的古堡，以及越南、中国的偏远乡村——而你们认为那些地方都是神圣的。”麦克斯说，“而且，即使我曾经去过的地方，也已经阔别多年了。因此，当我和你们一起回去的时候，实际上是为那里带去了每个人的能量。有了你们的能量的援助，就好像是我们一起点燃了每个遗址的圣火。我的单独出现并不能引发这些转变。直到每个人和每个遗址都被设定好，转变才会发生。一旦做完这些，所有遗址就都有了它们自己的‘觉醒钥匙’。”

“你说的‘觉醒钥匙’是什么意思？”吉尔问。

“作为麦克斯，我就是自己的‘觉醒钥匙’。但是只有在现实中的

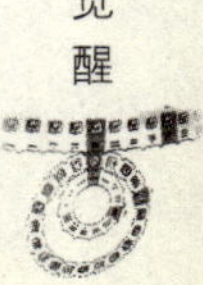

某个特定时刻，觉醒才会发生。只有当我意识到自己的生日和2012年12月21日这个日期存在着联系，意识到我转世的唯一目的就是把人们从物质主义中解脱出来时，觉醒才会发生。”

他环视了桌边的每个人，这些人曾与他共同历险。

“你们每个人都为最后的觉醒做出了贡献。从遇到玛丽亚开始，我就能感到你们每个人心里的渴望，而让我最直接感受到这种渴望的，可能正是从C.D.眼中散发出来的无条件的爱……”他真挚地说，“但在你们所有人聚集的能量中，最有力量的并不是你们试图帮助自己国家的渴望，而是帮助整个人类的愿望。事实上，这种纯洁、博大的爱，正是人类心灵中最基本的元素，它是人类存在和繁衍的基础。如果作为麦克斯我没有意识到这一点，那么我就没有能力作为‘觉醒钥匙’来治愈这个星球，伟大的转变也就不会发生。”

他再次停下来，让大家思考自己所说的话，然后继续说：“有很多东西与人类的命运密切相关，甚至远比科学家们所能理解的还要多。”

他举起一个东西：“这是B.N.马哈斯的笔记簿，在这里面，很多公式解释了那些秘密，但是作为麦克斯，我不能完全弄懂它。然而现在我明白了：古代文明的历法、12个种族的传说，这些东西与你们每个人、也与全宇宙的能量都联系在一起。所有一切都是相关的。”

“确实，有和无也是相同的，因为它们能够互相转换。没有时间，也没有空间。生和死在某种程度上也只是幻觉，它们仅在有限范围里是真实的。”他放下那本笔记簿，一个接一个地盯着大家，“当你进化成为‘多维’的人时，就会领悟到这些。到那个时候，你们也将完成伟大的觉醒，然后开始探索更丰富的未来……”

玛丽亚看着他，脸上呈现出爱和敬畏混合的神情。

“是的，”她说，“现在看来，我们应该为人类的得救而高兴。但是不久，问题会再次出现：我们接下来要去哪里？我们生命的余生将要做什么？”

回答之前，他微笑地看着她。在这微笑中有一个承诺——他们会生活在一起，相亲相爱——就像此前所约定的那样。

作为人类的麦克斯感到欣喜。

“此刻——事实上是任何一刻——只要体验快乐就足够了。表面上，你的生活可能根本没有变化，但是当你在这个广阔而奇妙的世界行走时，你会意识到每个人、每只动物，每棵植物，甚至是每个没有生命的物体——都充满活力。”

“对于你们，甚至是对于我来说，挑战仍然存在。我所渴望的，只是继续作为麦克斯的生活。怎样才能把我理解到的这一切传递给每个人，这是我的任务。”

当他说完总结后，便举起酒杯，与在座的12个人一饮而尽。然后，他们继续着人类和神都称作“生活”的那段奇妙旅程。

第35章
尾声

12个人中,没有一个人透露过自己在伟大的转变过程中所扮演的角色。也没有一个人透露麦克斯的真正身份是“一”。

同时,地球繁荣昌盛。全球变暖的脚步变慢了,然后完全停止了。更引人注目的是,人类找到了与自然和谐相处的方式。

人们发明了新科技,找到了新能源,人人都很富足。仅仅在几十年间,战争的概念就已经不复存在了,教育和创意成为了新的“战场”。人类也完全没有理由去犯罪了。

科学家继续研究着2012年12月21日那天发生的戏剧性的转变,但是一直没有得出结论。一些人转回头去,开始研究古代玛雅文明。古玛雅人曾经指出,地球(具体地说是伊萨帕)位于银河系的中心,也位于无限的宇宙的中心。

这种说法成为了争论的话题,而且这个话题永远不会终结:因为这确实超越了人类的认知范围。

后记

虽然《12》是一本虚构的小说，但是它包含了很多真实的因素。世界上的很多文明都相信“巨大的转变”，不仅是玛雅文明。

当然，我们会发现我们的星球、我们的文明存在一些问题，并且确实需要我们做点儿什么。不管你相不相信有一个更高的力量——也不管你认为你自己是“奔跑的熊”还是艾伦医生——你都可以参与解决这些问题。

真理、诚实和爱总是生活中最重要的东西。

致谢

我要感谢这部书早期草稿的读者：凯瑟琳·基耶萨(Catherine Chiesa)、大卫·威尔克(David Wilk)、盖尔·纽豪斯(Gayle Newhouse)、鲍勃·霍尔特(Bob Holt)、琳达·麦克纳布(Linda McNabb)、凯西·蒙特西 (Cathy Montesi)、康纳德·詹肖 (Conrad Zensho)、汤姆·哈特曼(Thom Hartmann)、康斯坦斯·凯尔劳(Constance Kellough)、乔斯·阿圭列斯(Jose Arguelles)、塞勒斯·格拉斯顿(Cyrus Gladstone)、桑托斯·罗德里格斯(Santos Rodriguez)和埃尔文·拉兹罗博士(Dr. Ervin Laszlo)。

我要感谢我的编辑，玛丽·罗 (Marie Rowe)、乔治娜·莱维特(Georgina Levitt)、基姆·麦克阿瑟(Kim McArthur)、阿曼达·费伯(Amanda Ferber)和斯蒂芬·塞弗(Stephen Saffel)，他们都曾对我的书提出过很好的建议。

还要感谢电影制片人伊恩·杰赛尔 (Ian Jessel)、我的堂姐莉安(Rhianne)和我的电影经纪人巴里·克劳斯特(Barry Krost)。

特别要感谢 Waterside 的工作人员：明·拉塞尔(Ming Russell)、娜塔莉·迈克奈特(Nathalie McKnight)和卡琳·赫曼森(Carlene Hermanson)，他们花了很多时间在打印校对上。同时，也要感谢文字编辑克莱尔·威科夫 (Claire Wyckoff)。我有一个极好的出版商罗杰·库珀

(Roger Cooper)，他集合了一个伟大的团队，编辑、发行了你手头这本精美的图书。

我衷心地感谢他们所有人，还有所有与我有交集的人，从老师、同事到客户、高尔夫搭档，你们给了我这样的生活，使我完成这本书的写作。

最后，我要感谢的是我已故的父母，塞尔玛(Selma)和米尔顿·格拉斯顿(Milton Gladstone)，他们赋予我知识和灵感，让我通过这次神奇的写作，与你们分享我的思想。

祝阅读愉快！

William Gladstone

(威廉·格拉斯顿)

推荐阅读

Argüelles, José. *The Mayan Factor: Path Beyond Technology.* Rochester, VT: Bear & Company, 1987.

Audlin, James David (Distant Eagle). *Circle of Life: Traditional Teachings of Native American Elders.* Santa Fe, NM: Clear Light Publishing, 2006.

Braden, Gregg, Peter Russell, Daneil Pinchbeck, et al. *The Mystery of 2012: Predictions, Prophecies, and Possibilities.* Louisville, CO: Sounds True Publishing, 2007. (Audio also available.)

Clow, Barbara Hand. *The Mayan Code: Time Acceleration and Awakening the World Mind.* Rochester, VT: Bear & Company, 2007.

Gladstone, William. *Legends of the Twelve.* New York, NY: Vanguard Press, 2010.

Jenkins, John Ma jor, and Terence McKenna. *Maya Cosmogenisis 2012: The True Meaning of the Maya Calendar End-Date.* Rochester, VT: Bear&Company, 1998.

Laszlo, Ervin. *Worldshift 2012: Making Green Business, New Politics, and Higher Consciousness Work Together.* Rochester, VT: Inner Traditions, 2009.

Loye, David. *An Arrow Through Chaos: How We See into the Future*. Rochester, VT: Inner Traditions, 2000.

Márquez, Gabriel Garcia. *100 Years of Solitude*. New York, NY: Avon, 1976.

Melchizedek, Drunvalo. *Serpent of Light Beyond 2012: The Movement of the Earth's Kundalini and the Rise of the Female Light, 1949 to 2013*. Newburyport, MA: Weiser Books, 2008.

Michell, John, and Christine Rhone. *Twelve-Tribe Nations: Sacred Number and the Golden Age*. Rochester, VT: Inner Traditions, 2008.

Page, Christine R. *2012 and the Galactic Center: The Return of the Great Mother*. Rochester, VT: Bear & Company, 2008.

South, Stephanie. *2012: Biography of a Time Traveler: The Journey of José Argüelles*. Franklin Lakes, NJ: Career Press, 2009.

Whitehead, Alfred North. *Modes of Thought*. New York, NY: Fireside, 1970.

图书在版编目(CIP)数据

12 /[美] 格拉斯顿（Gladstone,W.）著；石一枫，洪琰 译.
-北京：新世界出版社，2010.4
ISBN 978-7-5104-0874-8

I. ①1… Ⅱ.①格…②石…③洪… Ⅲ.①长篇小说-美国-现代
Ⅳ.①I712.45

中国版本图书馆CIP数据核字（2010）第045263号

12

策　　划：青豆书坊
作　　者：[美] 威廉·格拉斯顿
责任编辑：余守斌　熊文霞
特约编辑：曹　锦
封面设计：主语设计
出版发行：新世界出版社
社　　址：北京市西城区百万庄大街24号（100037）
总编室电话：+86（10）6899 5424　　+86（10）6832 6679（传真）
发行部电话：+86（10）6899 5968　　+86（10）6832 8705（传真）
本社中文网址：www.nwp.cn
本社英文网址：www.newworld-press.com
版权部电子信箱：frank@nwp.com.cn
版权部电话：+86（10）6899 6306
印　　刷：北京金瀑印刷有限责任公司
经　　销：新华书店
开　　本：700mm×1000mm　1/16
字　　数：150千字
印　　张：16
版　　次：2010年4月第1版　第1次印刷
书　　号：ISBN 978-7-5104-0874-8
定　　价：28.50元

神秘的“12人名单”

序号	姓名	性别	种族或教派	来源地	身份	代表颜色
1	玛丽亚·雷麦斯	女		秘鲁，特鲁希略	电视台记者	银色
2	亚特斯基·哈斯法尔	男	不详	以色列，耶路撒冷	电影制片人	绿色
3	布拉马·马哈斯(B.N.)	男	印度教	印度，德里	博物馆工作人员	不详
4	三井美弥子（洋子）	女	不详	日本，东京		明黄色
5	仁波切·千叶	男	佛教	中国，西藏	活佛	紫色
6	孙柏钊	男	道教	中国，北京	首席技术官	不详
7	艾伦·泰勒	男	无神论	美国，俄亥俄州	按摩治疗医师	青绿色
8	埃罗尔·来苏	男	伊斯兰教和犹太教		某石油进出口公司创始人	天蓝色
9	胡安·安科斯塔	男	古玛雅教和基督教	墨西哥，伊萨帕	修车工人	靛蓝色
10	吉尔·堪比斯特	男	基督教	美国，加利福尼亚州，丹纳岬	电视真人秀节目冠军	
11	麦乐迪·琼斯	女	不详	越南	芭蕾舞学生	橙色
12		男	拉科塔族和霍皮族	美国，亚利桑那州，塞多那	旅行向导，印第安巫师	红色

欢迎参与“免费读小说”活动（截止日期：2010年6月30日）

只要您将以上“12人名单”中的空格内容正确填写，并寄至如下地址：

北京市朝阳区汤立路218号明天工作室352青豆书坊 企划小宣 收（邮编：100012）

即有机会收到下面小说中的一种，请在您最想读的一本小说上画圈。

别忘填写您的联系方式，图书将尽快递送给您，为方便联系请全部填写。

姓名：__________ 电话：__________ E-MAIL：__________

邮编：__________ 地址：__________

详情请参见青豆书坊 BLOG：http://blog.sina.com.cn/gbpress